사치코의 세계 차 여행 2

사치코의
세계 차 여행 ②

오사다 사치코 지음

이른아침

아이들과 함께 한 세계 차 여행

저는 차를 사랑하는 일본인입니다. 30년 가까이 일본에서 살다가 한국차의 매력에 빠져들었고 현재 한국에서 살고 있습니다.

지금부터 10년 전, 세계 각국에서 본 차문화를 소개한 《사치코의 세계 차 여행》을 집필했습니다. 이 책을 만드는 과정은 이후 제가 평생 살게 될 한국의 차 문화를 이해하는 데 매우 큰 도움이 되었습니다. 지금도 차를 사랑하는 제 마음은 그때와 다르지 않지만, 저를 둘러싼 환경은 크게 변했습니다. 두 딸의 엄마가 되어 서울에서 행복하게 살고 있습니다.

사람들은 저에게 말했습니다. "당신은 이제 아이들이 있어서 예전처럼 세계 차 여행을 하기가 어려울 것이다.", "그 책을 내면서 당신의 세계 차 여행은 끝났을 것이다."라고.

분명 예전처럼 혼자 배낭여행을 하면서 해외 차문화를 체험하기는 어려워 졌습니다. 이제는 혼자가 아니니까요. 그러나 제가 가진 차에 대한 탐구심은 점점 깊어져 갔습니다. 그리고 저는 결심했습니다. 세계 차 여행을 계속하자! 두 딸과 함께!

현지 사람들의 삶에 뿌리를 둔 살아있는 차문화를 한층 더 깊이 이해하기 위 해 대부분 일반 가정집에 머물렀습니다. 현지인의 의식주를 직접 체험하면서 다른 문화를 조금이라도 더 이해해 보려고 노력했습니다.

그리고 아이들 역시 저와 함께 여러 나라를 돌아다니고 다양한 경험을 작은 몸으로 가득 받아들이면서 조금씩 성장했습니다.

큰 배낭을 메고 작은딸을 유모차에 태워 이란의 테헤란 거리를 걷다가 길가에 앉아 홍차를 즐기는 이란인에게 선물 받은 빙설탕을 입에 넣으면서 "설탕이 딱딱하네."라며 웃고, 케냐에서는 사람을 만날 때마다 설탕이 듬뿍 들어간 달콤한 차이가 나온다는 것을 알게 되면서 어디를 가도 "빨리 차이가 나오면 좋겠다."라고 하고, 모로코에서는 처음으로 맡은 민트 향에 놀라서 눈을 꿈뻑거리고, 우간다에서는 광대한 차밭에서 제 키보다 큰 차나무 사이를 돌아다니면서 숨바꼭질을 하고…….

두 아이를 데리고 떠나는 차 여행은 저에게 약간의 고생이 보태지기는 했지만, 홀로 다녔을 때와는 또 다른 관점에서 다른 문화를 이해할 수 있는 많은 힌트를 주었습니다.

모로코 여행이 끝나고 얼마 지나지 않은 어느 날, 일과를 마치고 제 딸이 다니는 어린이집으로 갔더니, 울어서 눈이 퉁퉁 부어 있는 딸이 저를 기다리고 있었습니다. 머리카락은 흐트러져 있고 원피스는 끈이 떨어진 채였습니다. 선생님이 말씀하셨습니다. "오늘 동물 색칠 공부를 했어요. 친구들과 선생님이 낙타는 갈색이라고 가르쳐 주었는데도 '아니야, 낙타는 흰색이야!'라고 크게 울고 색칠을 하지 않았어요." 이 이야기를 듣고 저는 제 딸이 자랑스러웠습니다. 왜냐하면 모로코에서 딸이 본 낙타는 정말로 흰색이었기 때문입니다. 이처럼 아이들도 해외에서 접했던 다양한 경험을 기억에 새기고 있습니다.

세상에는 바로 그곳에 가봐야만 알 수 있는 것들이 있습니다. 저 역시 방문하기 전에 가지고 있던 특정 국가의 차문화에 대한 고정관념이 실제 현지에 가서 완전히 달라졌던 경험이 정말 많습니다. 그렇게 세계 차 여행을 통해 실제로 경험하는 것의 중요성을 거듭 실감하고 있습니다. 이 책에서 소개하는 세계의 차문화는 모두 제가 현지에서 체험하고 제 눈으로 확인한 진실입니다.

환상의 세계가 아닙니다. 이번에 소개하는 세계 차문화는 그 나라 모든 사람에게 해당하는 것이 아니라 그 나라에서 제가 만난 차문화의 일부에 불과하지만, 차 여행을 통해서 얻은 체험과 현지에서 느꼈던 일들을 차, 그리고 여행을 사랑하는 많은 사람들에게 전달할 수 있으면 좋겠습니다.

저의 세계 차 여행을 응원해주고, 우리를 가족처럼 흔쾌하게 받아주었으며, 현지의 살아있는 정보를 아낌없이 제공해준 홈스테이의 모든 가족과 방문에 협조해주신 현지 차업 종사자분들께 이 지면을 빌어 감사의 인사를 전합니다.
이 책이 나온 후에도 저는 세계 어딘가에서 새로운 차문화를 또 만나길 기대하면서 배낭을 메고 또다시 끝없는 여행을 떠날 것입니다. 아직 어린 두 아이의 손을 잡고 말입니다.

2024년 봄
오사다 사치코

차례

Malaysia

테타릭과 천공의 다원

말레이시아

서울

쿠알라룸푸르

말레이시아

테타릭과 천공의 다원

최근 근대화가 현저한 쿠알라룸푸르 거리에는 반짝반짝 빛나는 고층 빌딩들이 늘어 서 있다. 작열하는 태양 아래에 있으면 마치 쿠알라룸푸르의 세례를 받고 있는 것 같다. 조금만 걸어도 줄줄 흐르는 땀을 닦기가 힘들다. 더운 날씨에 거리를 걷는 동안 몇 번이고 쉬고 싶어지는 것은 나만이 아닐 것이다. 땀도 식힐 겸 잠시 휴식을 즐기며 곳곳에서 만날 수 있는 음료가 있다. 바로 말레이시아의 국민 음료 '테타릭Teh Tarik'이다.

말레이시아의 국민 음료 테타릭

내가 말레이시아를 찾은 이유 중 하나는 이 테타릭을 만나기 위해서였다. 테타릭은 쿠알라룸푸르에 도착하자마자 아주 쉽게 만날 수 있었다. 길가에 설치된 빨간색과 파란색 플라스틱 테이블과 의자에 앉아 많은 사람이 테타릭을 마시며 담소하고 있다. 식사를 하면서 물 대신 테타릭을 마시는 이도 있고, 테타릭만 즐기는 이도 있다. 남녀노소 모두 이 달콤한 음료를 즐기는 모습을 보니 테타릭이 말레이시아 국민 음료임이 분명해 보였다. 나는 현지인들이 많이 오가는 활기찬 분위기 속에서 테타릭을 맛보고 싶어, 시내에 있는 푸두 웨트 마켓Pudu Wet Market이라는 재래시장으로 향했다.

● 테타릭 "맥주가 아닙니다. 이것은 차입니다."

쿠알라룸푸르 최대 규모의 재래시장인 이 시장에는 없는 게 없다고 할 정도로 다양한 식재료가 넘친다. 내 머리 위를 가득 채운 다채로운 색상의 파라솔 아래에는 채소와 과일, 육류, 생선 등이 진열된 테이블이 끝없이 늘어 서 있다. 특이한 식재료에 넋을 잃고 걸었더니 어느 순간 볼칵거리는 소리와 함께 내 한쪽 다리가 웅덩이에 빠진다. 일명 젖은 마켓wet market이라고도 불리는 이 시장의 통로에는 마치 올가미처럼 보이는 수많은 웅덩이가 쇼핑객을 맞이한다.

시장 통로를 걷다보면 수 미터 간격으로 음료를 마실 수 있는 가게를 만날 수 있다. 나는 돼지고기 시장 안에 있는 음료 노점에 들어가 테타릭을 주문했다. 머리에 스카프를 감은 여성이 테타릭을 만들 준비를 시작했다. 내가 그녀에게 사정을 설명하고 차를 우리는 모습을 촬영하고 싶다고 했더니, 가게에 있던 단골손님이 내게 말을 걸어왔다.

"촬영을 한다면 이 시장에서 제일 테타릭을 능숙하게 만드는 사람에게 가서 찍는 게 좋아요."

그러더니 내가 가지고 있던 메모장에 그 사람이 있다는 가게에 찾아갈 수 있도록 약도를 그려 주었다. 대충 그려진 약도를 길잡이로 삼아 그 가게에 찾아가기란 쉽지 않았다. 나는 중간중간 상인들에게 지도를 보여주고 물어물어 겨우겨우 그곳에 도착할 수 있었다.

이미 단골손님으로 붐비고 있던 그 노점에 들어가 사람들이 이 가게를 가르쳐주었다고 설명하자, 가게 손님들이 입을 모아 이렇게 말했다.

"그의 테타릭 만드는 기술은 이 시장에서 가장 뛰어나죠."

이 가게에는 두 개의 테이블과 플라스틱 의자가 몇 개 놓여 있었다. 테이블 한가운데를 보니 뭔가 이상한 물건이 있었다. 플라스틱 티팟tea pot이다. 티팟의 용도가 무엇인지 궁금해졌다. 연하게 우린 차를 담아서 손님이 물 대신 마실 수 있게 서비스하는 것일까 싶었는데 물어보니 내 예상은 빗나갔다. "이건 식사 전에 손을 씻는 물이에요."라고 여직원이 내게 말해주었다. 주인은 조리장에서 테

● **플라스틱 티팟** 식사를 하기 전에 손을 씻는 물을 담아둔다.

타릭을 만드는 모습을 보여주었다.

　먼저 천으로 만든 거름망 속에 홍차를 넣는다. 찻잎은 매우 미세한 가루같이 생겼다. 홍차가 들어간 거름망을 손잡이가 달린 알루미늄 계량컵 위에 올린 후, 위에서 뜨거운 물을 붓는다. 계량컵 안의 매우 진하게 우려진 홍차가 거름망 밑으로 조금씩 떨어진다. 마치 필터로 드립 커피를 내리는 것처럼 보인다. 이 과정이 테타릭 맛을 결정한다.

　진하게 거른 홍차를 계량컵에서 유리잔에 붓는다. 이 유리잔이 실제로 음용할 때 사용하는 컵이다. 홍차는 유리잔의 3분의 1 정도를 채운다. 그러고 나서 연유를 3숟가락 정도 넣고 마지막으로 유리잔 맨 끝까지 뜨거운 물을 붓는다.

• **테타릭 만들기** 진한 홍차에 연유를 넣고 높은 곳에서 떨어뜨려 거품을 낸다.

여기서 테타릭의 볼거리가 시작된다. 왼손에 유리잔, 오른손에 빈 계량컵을 잡고, 왼손의 유리잔 속 홍차를 높은 위치에서 오른손에 있는 아래쪽의 계량컵에 붓는다. 다음에는 반대로 오른손을 올리고, 낮아진 왼손의 컵에 붓는다. 이때의 포인트는 단지 위에서 아래로 홍차를 떨어뜨리도록 붓는 것이 아니라, 처음에는 2개의 컵을 배꼽 앞에서 들고 기본자세를 취한 후, 차가 들어간 컵을 높이 들어 올려 아래로 떨어뜨린다는 것이다. 이때의 동작이 마치 홍차를 잡아당기는 것처럼 보인다. 그래서 '홍차^{테/Teh}'를 '당긴다^{타릭/Tarik}'고 하여 테타릭이라고 부르는 것이다.

테타릭에 관심을 갖게 된 이후, 내가 아는 유일한 말레이시아어가 이 '당기다'라는 의미의 '타릭'이다. 말레이시아의 가게 출입문에 '타릭^{Tarik}'이라고 쓰여 있으면 문을 '당겨서' 들어간다. 홍차를 '당기는' 동작을 5~6번 반복하면 홍차와 연유, 뜨거운 물이 잘 섞인다. 마지막으로 유리잔 안에 부어주면 완성이다.

주인장이 만든 테타릭을 보고, 사람들이 왜 이 가게의 테타릭을 추천했는지 이해할 수 있었다. 주인이 만든 테타릭에는 매우 섬세한 거품이, 마치 맥주 거품처럼 유리잔 가장자리에서 아름다운 돔형을 이루고 있었다. 주인은 아주 과묵한 남자였는데, 내가 놀라운 표정으로 그가 만든 테타릭을 보고 있었더니, 이때만큼은 매우 자랑스러운 표정을 보여주었다. 거품이 사라지기 전에 서둘러 마셔야 한다고 생각한 것은 나의 버릇인 것 같다. 그러나 이것은 맥주가 아니다. 테타릭 거품은 쉽게 사라지지 않는다. 나는 테타릭 사진을 몇 장 촬영한 뒤 한입 들이켰다. 매우 달콤하지만, 무거운 단맛이 아니라 상쾌한 단맛으로, 무더위에 돌아다니며 쌓였던 피로가 단번에 회복되는 듯한 느낌이다. 주인은 자기가 우린 테타릭 맛에 자신이 있으면서도 내가 끝까지 맛있게 마시는지 걱정했던 모양이다. 조리장 안에서 내가 마시는 모습을 살짝 쳐다보고 있었다. 내가 마지막 한 방울까지 마시고 빈 유리잔을 테이블에 내려놓자 그가 조리장 안에서 살짝 웃는 것이 보였다. 주인에게 감사를 전하면서 2링깃(약 560원)을 내고, 나는 다시 웅덩이로 질펀한 시장을 걷기 시작했다.

나는 이 시장에서는 물론 다른 곳에서도 셀 수 없을 정도로 많은 테타릭을 마셨다. 테타릭을 파는 가게에서는 연유가 들어있지 않은 아이스티, 마일로, 아이스 리마우라고 불리는 라임 주스, 아이스 커피 등 다양한 메뉴의 음료를 팔지만, 가게 주인의 말에 따르면 가장 인기가 있는 것은 역시 테타릭이라고 한다.

카메론 하이랜드의 채엽 풍경

말레이시아 차 산지라고 하면 현지 사람들 누구나 떠올리는 곳이 쿠알라룸푸르에서 차로 약 3시간 거리에 있는 카메론 하이랜드^{Cameron Highlands}다. 이곳은 작열하는 태양이 비추는 쿠알라룸푸르와 달리 1년 내내 쾌적한 기후를 보이는 구릉지로, 국내외에서 이주한 장기 체류자도 많다. 나는 쿠알라룸푸르 시내에서 장거리 버스를 타고 카메론 하이랜드로 향했다. 내가 탄 버스는 잘 정비된 고속도로를 북쪽으로 달리다가 나중에는 커브가 많은 산길을 달리기 시작했다. 그리고는 얼마 지나지 않아 산 표면에 깔린 황록색 카펫 같은 드넓은 차밭이 나를 맞이했다.

나는 카메론 하이랜드의 차밭 한가운데 위치한 숙소에 묵었다. 아직 주변이 어두운 이른 아침, 창밖에는 안개가 자욱하게 끼어 있었다. 영화 속 한 장면 같은 매우 환상적인 경치를 즐기고 있는데 귀를 찌르는 듯한 큰 기계 소리가 들려왔다. 이미 차밭에서는 작업이 시작되었던 것이다. 서둘러 숙소를 뛰쳐나와 소리가 나는 방향으로 달려갔다. 점점 주변이 밝아지면서 차밭을 덮고 있던 안개도 사라져 점차 맑아지고 있었다. 그때 차밭 안에 있는 언덕 위에 체격이 좋은 한 남자가 팔짱을 끼고 마치 동상처럼 우뚝 서 있는 것이 보였다.

선명한 오렌지 색으로 염색한 턱수염을 가진 그 남자에게서는 멀리서 봐도 엄청난 박력이 느껴졌다. '한국 사찰에 있는 사천왕 가운데 한 사람이 아닐까?'라는 생각이 들 정도다. 그리고 그의 눈앞에는 내가 숙소에서 들었던 기계음의 정체, 차 채엽기를 조종하는 남자 세 명이 있었다. 나의 경험상, 차밭에서 빈손으로 서 있는 남성은 채엽하는 노동자를 감시하고, 때로는 긴 막대기로 차나무를 가리키면서 지시를 내리는 역할을 하는 슈퍼바이저^{supervisor}다. 실제로 여기서도 나의 예상은 적중했다. 왠지 무섭게 생긴 그 남자는 나를 보자마자 살짝 웃었는데, 그 미소에 나는 조금 놀랐고 다리가 떨렸다. 흠칫흠칫 가까이 다가갔더니 그는 유창한 영어로 자기소개를 하기 시작했다.

그는 말레이시아 차 기업 바랏 그룹^{Bharat Group} 소유의 카메론 밸리 티^{Cameron Valley Tea} 농장 감독인 데로아르^{Delwuar}라고 했다. 1985년 말레이시아로 이주한 방글라데시인으로, 이 마을에 있는 차밭과 노동자 관리를 맡고 있다. 나는 문득 생각했다. 말레이시아 주변 국가에서 차 채엽은 여성이 담당하는 경우가 많은데, 이 차밭은 왜 남성이 작업을 하는 것일까? 데로아르 씨는 겉보기와 달리 매우 온화한 목소리로 이렇게 말했다.

"이 채엽기는 여성의 힘으로는 도저히 들어 올릴 수가 없어요."

그들이 사용하던 채엽기는 내가 한국이나 일본 등에서 보던 경량형이 아니라 매우 튼튼한 대형 적채기였다. 일본제 기계지만 너무 무거워서 일본 내에서는 판매가 어려워진 옛날 기종이다. 이 적채기의 장점은 매우 튼튼해서 고장이 잘 나지 않는다는 것이다. 아주 무겁기 때문에 힘이 있는 남성, 그중에서도 임금이 낮은 외국인 노동자가 주로 조작한다고 한다. 차밭에서 채엽을 할 때는 4명이 한 조로 작업을 한다. 그중 3명은 적채기를 사용하여 채엽을 하고, 나머지 1명은 전지가위를 사용해서 채엽을 한다. 왜 모든 사람이 기계로 채엽을 하지 않는지 궁금했는데, 기계 형태와 특성을 보니 그 까닭을 이해할 수 있었다. 이 기계는 수평 방향으로만 이동시킬 수 있고, 차나무의 측면은 딸 수가

● 슈퍼바이저 데로아르 씨

● **경사가 가파른 말레이시아의 차밭** 적채기가 상당히 무거워서 채엽은 남성 노동자들이 한다.

없게 되어 있었다. 따라서 기계로 일차 채엽을 하고 나서 차나무 측면에서 자란 남은 새싹을 가위로 잘라 채엽하는 것이다. 기계를 사용하면 하루에 1,100kg의 생엽을 수확할 수 있고, 가위를 사용하면 100~150kg 정도 딸 수 있다고 한다. 적채기를 사용해서 차를 딸 때는 차밭 경사면을 횡 방향으로 이동하면서 따는 것이 일반적이지만, 놀랍게도 여기 남성들은 경사면을 위에서 아래로 이동하면서 차를 수확하고 있었다. 폭 2.5m 정도 되는 기계를 사용해서 경사면의 위에서 아래까지 채엽을 하면, 다시 그 무겁고 거대한 기계를 들고 가파른 경사를 올라가고, 다시 위에서 아래 방향으로 내려가면서 채엽을 한다. 무거운 기계를 들고 차밭 경사면을 여러 번 반복해서 왕래하는 것은 상상 이상의 중노동이다. 나도 한 번 경사면 위쪽까지 기계를 올려보려고 시도했지만, 가파른 경사를 2m도 올라갈 수 없어 바로 포기했다. 그들은 그만큼 매우 심한 경사면을 여러 번 오르내리고 있었다. 이곳의 차밭은 애초에 한국이나 일본 차밭처럼 산의 등고선을 따라 횡 방향으로 걸어 다닐 수 있도록 밭고랑을 만들고 차나무를 심지 않았기 때문에, 이러한 채엽 방법을 선택할 수밖에 없다고 한다.

데로아르 씨의 말에 따르면 이 차밭에서는 아침 7시부터 오후 4시 반까지 1년 내내 채엽이 진행된다고 한다. 광대한 차밭을 날마다 이동하면서 채엽을 하는데, 대략 20~25일 주기로 다시 같은 장소로 돌아온다. 채엽을 하지 않는 차밭에서는 잡초 뽑는 작업이 진행된다. 차밭 노동자들은 차 기업이 마련한 숙소에서 단체생활을 하고 있고, 이 주변에서 일하는 차 노동자들 중에는 자국에 가족을 남기고 일하러 온 기러기 아빠도 많다고 한다.

내가 "이 마을은 쿠알라룸푸르와 달리 시원하고 살기 편한 곳이네요. 공기도 맑고 기분이 좋아요."라고 했더니 데로아르 씨는 이렇게 말했다.

"최근 말레이시아인이나 외국인이 투자 목적으로 이 마을에 빌딩이나 아파트를 많이 세우기 시작하는 바람에 요즘은 이 마을에도 무더운 날이 많아졌어요. 그들이 만든 빌딩이 이곳의 기후까지 바꿔버렸어요."

나는 말레이시아인이 아닌 방글라데시인으로부터 이런 이야기를 듣게 되어 조금 복잡한 심경이 되었다. 내가 "저쪽에서 열심히 차를 따고 있는 분들에게도 말씀을 들어도 되나요?"라고 물었더니, 데로아르 씨는 "그들은 영어를 할 수 없어서 대화가 어려울 거예요."라고 했다. 여러 유익한 이야기를 해준 데로아르 씨에게 인사를 하고 그 자리를 떠나려고 하던 나에게 그는 마지막으로 이런 안내를 해주었다.

"이 다원에는 농로農路를 한 바퀴 돌면서 차밭을 구경할 수 있는 4륜 구동 버기buggy 등 다양한 액티비티가 있어요. 마을을 떠나기 전에 한 번 체험해보세요. 어린아이들한테도 인기 있는 프로그램이라 당신 딸도 꼭 마음에 들어 할 겁니다."

그러면서 저만치 떨어진 곳에서 놀고 있는 내 딸 쪽을 보고 빙그레 웃었다.

하이랜드 다원

이야기를 마친 내가 딸이 있는 곳에 갔더니 아이는 이렇게 말했다.

"도깨비 아저씨랑 이야기 끝났어?"

숙소로 돌아가서 아침 식사를 하고 티샵tea shop에 가보니 그 옆에 4륜 구동의 버기와 사파리 차를 타고 차밭을 달리는 체험을 할 수 있는 곳이 있었다. 나와 내 딸은 10링깃(약 2,830원)을 내고 4륜 버기 체험을 했는데, 짧은 업-다운up-down이 계속 이어지는 차밭 농로를 달리는 것은 놀이동산에 있는 롤러코스터에 못지않게 상상 이상의 스릴 넘치는 체험이었다. 아름다운 카메론 밸리 차밭은 아주 넓었고, 지금까지 수많은 차밭을 돌아다닌 나도 차밭에서 이런 즐거운 경험을 한 것은 이때가 처음이었다. 체험 후 "엄마, 또 타고 싶어!"라며 떼를 쓰는 딸의 손을 잡고 차밭을 뒤로했다.

카메론 하이랜드 마을에는 티샵이 여러 곳 있고, 차밭 경관을 다양한 형태로 구경할 수 있는 체험을 운영하고 있다. 나는 이 회사가 운영하는 다른 티샵도 방문했는데 많은 관광객으로 매우 붐비고 있었다. 차밭을 달리는 미니버스를 타고 차밭 골짜기에 있는 계곡으로 가보니 맑고 차가운 물이 흐르고 있었다. 차밭 곳곳에는 전망대와 포토존이 있어서 나도 거기서 차밭 사진을 많이 찍었다. 세계에는 많은 관광객이 찾아가는 관광형 다원이 여럿 존재하는데, 카메론 밸리 티에서의 경험은 차를 온몸으로 즐길 수 있었고, 오랫동안 내 기억에 남는 체험이 되었다.

보티의 제다 공장

말레이시아를 대표하는 차 기업은 보티BOH TEA다. 국내뿐만 아니라 해외에도 그 이름이 널리 알려져 있다. 나도 이 기업의 차 제품을 경기도 안산의 다문화음식거리에 있는 마트에서 자주 봤는데, 드디어 그 기업의 차밭을 방문하게 되었다.

보티의 제다 공장은 카메론 하이랜드 마을 중심지에서 승용차로 40분 정도 떨어진 깊은 산속에 있었다. 이 공장은 카메론 하이랜드를 방문하는 관광객들이 자유롭게 방문할 수 있게 개방하고 있으며, 차 전시장과 함께 매점과 티샵도 함께 운영하고 있다. 마을 중심에서 멀리 떨어져 있기에 나는 오토바이를 타고 이곳에 가려고 대여점에 갔다. 그런데 대여점 주인이 "보티에 간다면 택시를 이용하는 것이 좋아요. 상태가 아주 안 좋은 비포장도로로 가야 하고, 중간에 오토바이가 고장이라도 나면 큰일이에요."라고 했다. 그 말을 듣고 나는 택시로 가기로 했는데, 실제로 택시 안에 앉아서 고장 난 오토바이 핸들을 잡고 열심히 산길을 걷고 있는 여행자 두 사람을 보게 되었다.

택시 기사님은 말레이시아인 라자^Raja 씨로, 카메론 하이랜드에서 태어났고 지금까지 이 마을에 계속 살고 있다고 했다. 그는 아침에는 따뜻한 테타릭을, 오후 4시쯤에는 아이스 테타릭을 마시는 것이 일과라고 한다. 이 마을은 홍차 산지이기 때문에 많은 현지인이 테타릭을 마신다고 했다. 하지만 그의 가족은 테타릭보다 커피나 마일로를 자주 마신다고 한다. 내가 당신이 카메론 하이랜드에서 처음으로 만난 말레이시아인이라고 했더니 그는 이런 이야기를 들려주었다.

"여기는 산골이라 일자리가 많지 않기 때문에 젊은 사람들은 모두 도시로 나가고 우리 마을도 고령화가 진행되고 있어요. 제 아이들은 지금 마을 초등학교에 다니고 있지만, 나중에 쿠알라룸푸르에 있는 학교에 다닐 계획이에요."

그에 따르면 원래 이 마을에 살던 말레이시아인은 도시로 나가고, 그 대신 인도, 방글라데시, 인도네시아, 네팔에서 온 노동자가 늘었다고 한다.

보티의 공장에 가는 동안 그가 흥미로운 이야기를 많이 해줬기 때문에 공장까지 걸린 시간이 매우 짧게 느껴졌다. 공장에 도착하자마자 생엽을 가득 실은 트럭이 도착하는 것이 보였다. 라자 씨는 조금 삐진 듯한, 혹은 부러운 듯한 말투로 이렇게 말했다.

"저 트럭을 운전하는 사람은 말레이시아인이에요. 다른 노동자들이 생엽을 수확해서 트럭에 실어주면 그저 공장까지 운전만 할 뿐인데, 저 친구는 한 달에 1,700링깃(약 48만 1,500원)이나 받아요. 나 같은 사람은 승객이 없으면 전혀 수입이 없는데 말이에요. 정말 좋은 팔자죠."

나는 트럭을 운전하고 있던 말레이시아인에게 차밭에서 차를 따는 노동자들의 급여에 대한 이야기를 들을 수 있었는데, 보티 차밭에서는 아침 7시부터 저녁 4시까지 매일 일하고 한 달에 1,200링깃(약 34만 원)을 받는다고 했다. 순간, 트럭 운전만 하는 말레이시아인과 큰 차이가 없다는 생각이 들었지만, 차를 채엽하는 노동자는 무거운 적채기를 들고 하루에도 몇 번이고 급경사를 오르내리는 일이 기본이므로 단순 비교는 무의미하다는 생각이 들었다.

말레이시아인 기사는 공장 입구에 차를 주차한 뒤 트럭에서 내리더니 공장 옆으로 가서 담배를 피우기 시작했다. 그 사이에 몇 명의 외국인 노동자들이 트럭 짐칸에서 생엽을 내려 공장 안으로 운반했다.

제다 공장 안에는 관광객이 다닐 수 있도록 제다 기계 앞에 큰 유리가 설치되어 있어 홍차가 만들어지는 과정을 견학할 수 있게 되어 있었다. 공장 옆 건물에는 차에 관한 설명과 보티의 역사를 배울 수 있는 전시장도 마련되어 있다. 전시장 입구를 보니 어딘가에서 본 적이 있는 큰 원형의 철 덩어리가 벽에 걸려 있다. 바로 유념기 밑바닥 부분이다. 이것을 전시장 장식물로 활용했다는 발상이 내 마음을 아주 즐겁게 했다. 전시장 옆에 있는 매점에서는 지금까지 내가 본 적 없는 다양한 보티의 상품을 구입할 수 있었다. 쇼핑 후에는 그 옆에 있는 티샵으로 가서 보티 차밭을 한눈에 바라보며 따뜻한 홍차를 마셨다. '저 차밭에서 딴 찻잎으로 만든 홍차 일부가 한국으로 수출되어 안산 다문화음식거리에 있는 진열장에서 다시 만날 수 있을까?' 생각하면서.

사바티와 천공의 다원

차를 마시고 있는데, 내 머리에 무언가가 부딪쳤다. "아야!" 하면서 발밑에 떨어진 그 물체가 무엇인지 가만히 들여다 봤다. 세상에나, 그것은 크기 15cm 정도의 검고 윤이 나는 몸에 훌륭한 뿔과 긴 다리를 가진, 내가 여지껏 본 적 없는 크기의 장수풍뎅이였다. 놀라운 것도 잠시, 또 다른 장수풍뎅이가 내 머리를 향해 돌진해 왔다. 피하지 않았다면 나는 수십 마리의 장수풍뎅이에게 공격을 당했을 것이다. 함께 있던 딸은 책 속에서만 보던 장수풍뎅이를 보고 흥분을 감추지 못한 채, 낮부터 새벽까지 그것들을 잡아 오랫동안 놀았다.

이곳은 코타키나발루 중심에서 버스로 약 2시간 반 정도 떨어진 곳에 있는 사바티^{SABAH TEA}라는 기업이 운영하는 말레이시아 전통 펜션이다. 대나무로 지어진 고상식^{高床式} 건물로, 발밑의 대나무 바닥 틈 사이로는 수상한 짐승들이

• **사바티가 운영하는 전통 숙소 안의 레스토랑** 이곳에서는 말차를 이용한 다양한 음식과 디저트를 제공한다.

배회하는 것이 보인다. 침대를 둘러싼 모기장 주변에서 수많은 장수풍뎅이가 바스락바스락 움직이고, 알 수 없는 짐승들이 우짖는 소리도 들렸다. 게다가 대나무 천장 위를 무언가가 쿵쿵거리며 뛰어다니는 소리에 나는 무서움에 떨면서 밤을 보냈다.

다음 날 아침, 나는 매우 기분 좋은 작은 새소리에 잠에서 깼다. 나를 곤란하게 한 장수풍뎅이들은 이미 어딘가로 사라지고 한 마리도 보이지 않았다. 복도에 나와 보니 눈앞에 너무나 아름다운 운해가 펼쳐져 있고, 그 밑에는 아직 아침이슬에 젖은 차밭이 끝없이 펼쳐져 있었다. 나는 차밭을 30분 정도 산책했다. 아직 아침 7시가 되기 전인데도 차밭에서 잡초를 뽑고 있는 여성 몇

명이 보였다.

사바티가 운영하는 이 전통 숙소는 차밭 입구에서 농로를 따라 자동차로 5분 정도 거리에 있고, 아침 식사는 차밭 입구에 지어진 건물 레스토랑을 이용해야 한다. 차밭 입구까지 갈 때는 숙소 직원이 오토바이로 데려다준다. 조금 불편하긴 하지만 차밭 한가운데에서 숙박한다는 것은 바로 이 맛이다.

레스토랑에서는 나시고렝$^{nasi\ goreng}$ 등 대표적인 말레이 음식 외에 말차를 이용한 스콘, 와플, 아이스크림, 팬케이크도 팔고 있었다. 홍차 브랜드인 사바티의 레스토랑에 말차를 이용한 음식과 디저트가 이렇게나 다양하다니 실로 놀랍다. 역시 '차'라고 하면 많은 이들이 초록색을 떠올리는 것은 어쩔 수 없는 일인 것 같다.

음료 메뉴를 보니 맨 위에 '땀^{Tham}'이라는 음료가 있다. 사바티 홍차와 사바주^{Sabah州}에서 생산된 커피인 떼놈 커피$^{Tenom\ Coffee}$를 섞은 음료라고 한다. 나는 홍차와 커피와 우유가 섞인 음료에 흥미를 느끼고 바로 주문했다. 정말 달다! 목 넘김은 무겁고 연유를 그대로 먹었을 때처럼 약간의 걸쭉함이 있다. 커피의 향과 맛이 강하고, 그 속에 은은한 홍차의 풍미가 느껴지지만, 그 이상으로 강력한 단맛이 밀려와서 나는 깜짝 놀랐다. 시내에서 마셨던 테타릭이 그리워지는 순간이었다.

레스토랑 옆에 있는 제다 공장은 내부 견학을 할 수 있다고 해서 나는 안으로 들어갔다. 공장에는 안내원이 있어 사바티 차밭이나 공장에 관한 흥미로운 이야기를 많이 들을 수 있었다. 1978년에 중국과 인도에서 차 씨앗을 가져와 만들어진 이곳 차밭에는 중국종과 아삼종이 각각 심어져 있는데, 당시 차밭을 조성할 때 스리랑카인으로부터 재배기술을 배웠다고 한다. 현재 이 차밭에서 가장 오래된 구역에 재배된 차나무를 뽑아서 새로운 차나무 모종을 심는 작업을 진행하고 있다. 이 제다 공장에서는 72명이 일하고 있는데, 그중 약 60%가 이 지역에 거주하는 말레이시아인, 나머지 40%는 인도네시아인이라고 한다. 내가 공장 내부를 구경해보니 일하는 직원들은 남성보다 여성이 더 많은 것 같았다.

여기서 제조되는 차는 대부분 CTC 홍차다. 공장으로 운반된 생엽은 날씨에 따라 8~16시간 동안 위조, 즉 시들리기를 한다. 그다음에 찻잎을 비비는 유념 과정을 거치고 로터베인^{rotorvane} 기계를 통과하면서 분쇄된다. 마지막으로 약 1시간 반 정도 발효 과정을 진행한다. 발효 과정도 날씨에 따라 발효실 온도를 조절한다. 건조된 홍차는 체를 이용해서 찻잎 크기별로 나눈다. 이 공장에서는 'BOPF, PF, Dust 1, Dust 2'라는 네 종류로 나누며, BOPF는 주로 티팟을 이용해서 음용하는 용도로 판매한다. PF와 Dust 1은 주로 티백 원료가 되고, 마지막 Dust 2는 테타릭용이라고 한다.

설명을 마친 안내원은 마지막으로 내게 이런 말을 했다.

"우리 차는 카메론 하이랜드와는 질이 달라요. 뭐니 뭐니해도 천공^{天空}의 차 밭이니까요."

수많은 장수풍뎅이와 짐승들에게 뜨거운 환영을 받았던 이 천공의 차밭은 내 기억에 깊게 남을, 즐겁고 행복한 낙원이었다.

Singapore

버라이어티한 다국적 차문화

싱가포르

싱가포르

버라이어티한 다국적 차문화

나는 말레이시아의 쿠알라룸푸르 버스터미널에서 국제버스를 이용해 싱가
포르로 향했다. 싱가포르행 버스는 하루에 여러 번 운행하고 티켓은 인터넷에
서 쉽게 예매할 수 있다. 요금은 2만 원 정도, 탑승 시간은 5시간 반 정도다.
말레이반도 남단에서 시작하는 다리를 건너면 바로 싱가포르에 입국할 수 있
다. 비행기를 타지 않으면 국경을 넘을 수 없는 나라에 사는 나에게는 너무나
싱거운 출입국이다.

나는 최근까지 싱가포르에 가본 적이 없었다. 많은 사람들로부터 "여러 나
라를 다니는 당신이 싱가포르에 가본 적이 없다니, 정말 의외다."라는 말을 들
었다. 지금까지 내가 싱가포르에 가지 않았던 이유는 간단했다. 차밭이 없는
데다 싱가포르에서는 뭔가 독자적인 차문화를 접하기 어려울 것 같다고 생각
했기 때문이다. 머라이언^{Merlion}을 보고 싶다는 욕심도 없었다. 단지 말레이시
아 바로 옆에 있어서 쉽게 방문할 수 있다는 이유로, 나는 큰 기대 없이 방문
하였기에 그곳에서 나의 차 여행에 큰 영향을 주는 인물을 만나게 되리라고
는 전혀 상상조차 하지 못했다.

● 고급 레스토랑의 하이티 세트

고급 레스토랑의 하이티

싱가포르까지 왔으니 애프터눈티나 하이티를 체험해보자고 계획한 나는 우선 싱가포르 국립 미술관^{National Gallery Singapore}으로 향했다. 전시물을 관람한 후 건물 안에 있는 바이올렛 운^{Violet Oon}이라는 레스토랑을 찾았다. 이곳은 말라카 지역의 전통 음식인 뇨냐^{Nyonya} 요리를 전문으로 한다. 뇨냐 요리는 말레이시아와 싱가포르의 독특한 식문화 중 하나로, 중국에서 이민해온 화교의 음식과 말레이 음식이 융합된 요리다. 그렇다면 이곳에서 만날 수 있는 애프터눈티도 무언가 독특한 것이 나오지 않을까 생각한 것이다.

레스토랑 안으로 들어가자 다소 어두운 공간이 나타났는데, 머리 위에는 화려한 순백 샹들리에가 반짝반짝 빛나고 있었다. 여성 손님이 많았는데, 격식을 따지지 않는 자유로운 분위기의 레스토랑이어서 웨이터의 안내로 자리에 앉는 사이에 조금 긴장이 풀렸다.

나는 하이티를 주문했는데, 2인 기준으로 56싱가포르달러(SGD, 약 5만 4,530원)였다. 차는 민트티, 레몬그라스, 잉글리시 브랙퍼스트 중에서 선택할 수 있었다.

잠시 후 웨이터가 차와 하이티 세트를 내왔다. 3층의 접시에 올려진 음식은 내 기대에 어긋나지 않았다. 물론 예전에 영국에서 체험한 하이티와는 전혀 달랐다. 웨이터는 접시 위에 올려진 음식에 대해 하나씩 친절하게 설명을 해주었다. 맨 아래 접시에는 둥글게 잘린 바나나 잎 위에 샌드위치와 중국의 빠오즈^{包子} 같은 찜빵이 있었다. 중간 접시에는 중국 요리에서 나올 것 같은 4종류의 과자가 올려져 있었다. 중간 접시에 있는 음식은 모두 조금씩 매운 향과 맛이 났는데, 그 매운 향미는 계속 입안에 남아 있는 것이 아니라 입속에 넣은 후 곧 사라진다. 그리고 맨 위 접시에는 코코넛을 많이 사용한 달콤한 디저트가 5종류 놓여 있었다. 애프터눈티나 하이티와 함께 나오는 음식은 접시 위에서 그 나라의 특징과 계절감을 표현한 것이 많다. 싱가포르는 중국에 뿌리를

● 싱가포르의 TWG 매장

나 베이 샌즈 안에 위치한 TWG 티룸으로 향했다.

　이 건물은 5성급 호텔에 쇼핑몰과 레스토랑, 미술관, 카지노까지 있는 종합 리조트이다. 건물 위에는 샌즈 스카이파크라는 배 모양 건축물이 있다.

　건물 안으로 들어가 보니 쇼핑몰이 길게 이어져 있고, 지하 2층에는 운하가 흐르고 있다. 마리나 베이 샌즈에는 TWG 티룸이 여러 곳 있는데, 나는 운하 위에서 차를 즐길 수 있는 티룸을 이용하기로 했다.

　매장 안으로 들어가자 직원이 테이블 위에 6권이나 되는 메뉴판을 올려놓았다. 하나는 식사 메뉴고, 다른 메뉴판에는 홍차, 녹차 등 어마어마하게 많은 종류의 차가 안내되어 있다. 그 메뉴판을 보고 있자니 눈이 절로 휘둥그레진다. 이렇게 수많은 차 중에서 단 하나만 선택해야 한다니……. 나는 신중하게

메뉴판을 보다가 이 메뉴판의 차들은 차 원료 수입국별로 나누어 기재되어 있다는 것을 알게 되었다. 그래서 내가 평상시 접하기 힘든 나라의 차를 찾았고, 내 시선을 잡는 나라를 발견했다. 르완다다.

현재 동아프리카 국가가 생산하는 홍차는 대부분이 케냐 몸바사에 있는 경매장을 통해 세계 각국으로 수출되는데, 그중에서 가장 높은 가격으로 거래되고 있는 것이 바로 르완다산 홍차다. 그러나 나는 한국에서 르완다 홍차를 만날 기회가 없었기 때문에 이 자리에서 한번 맛보려고 생각한 것이다. 나는 메뉴에서 르완다 익스프레스를 주문했다.

티컵에서 올라오는 향은 부드럽고 달콤한 과일 향과는 다른, 왠지 무게 중심이 아래쪽에 있는 흙과 같은 향을 가지고 있었다. 맛도 단맛보다는 감칠맛과 쓴맛이 더 강하게 느껴졌다. 다른 나라에서는 맛본 적이 없는 재미있는 홍차의 맛이다. 언젠가는 르완다에 직접 가서 홍차를 맛보고 싶다고 생각하면서 나는 티팟 속의 홍차를 따라 마셨다.

차를 마시면서 테이블에 놓인 6권의 메뉴를 여러 번 읽어보았다. 거기에는 수백 종류의 차 생산국과 차 생산지가 적혀 있었는데, 내가 지금까지 가본 적이 있는 차 생산국은 이 메뉴판에 등장하는 나라의 극히 일부분에 불과하다는 걸 깨달았다. 세계는 정말 넓다. 앞으로 나는 이 메뉴 속에 있는 차 산지 중 몇

● **싱가포르의 아침** 카페에서 차와 식사를 즐기는 것으로 하루를 시작한다.

개국이나 더 방문할 수 있을까?

싱가포르의 아침 식사

싱가포르의 아침은 코피티암(Kopitiam, 카페)에서 시작된다. 이른 아침부터 아침 식사를 하는 사람들로 붐비는 코피티암은 싱가포르 안에만 2,000개 넘게 존재한다고 알려져 있으며, 시내 어디에서나 쉽게 찾을 수 있다. 내가 머물던 게스트하우스 주인에게 현지 사람들 사이에서 인기 있는 코피티암이 있다는 정보를 얻어서 나는 그 가게로 향했다. 큰길에서 주택가 쪽으로 조금 들어간 골목 안에 가게가 있다는데, 나는 바로 그 가게를 찾을 수 없었다. 근처를 걷고 있던 남성에게 길을 물었더니, "방금 내가 그 가게에 다녀왔어요. 안내해 드릴 테니 따라오세요."라면서 나를 데리고 가줬다. 그분이 "여기가 입구예요."라고 알려준 곳을 지나 안으로 들어가 보니 아주 희미한 건물 통로가 나타났다. 내가 안쪽으로 들어가는 것을 망설이고 있자 그 남성은 웃으면서 "저쪽을 보세요, 자리가 보이시죠?"라면서 안쪽을 가리켰다. 반신반의하며 들어가 보니, 새하얀 민소매 셔츠에 잠옷 바지 같은 낡고 구겨진 바지를 입은 할아버지가 열심히 음료를 만들고 있었다. 가게에는 50대 정도로 보이는 남성 손님들로 붐비고 있었다. 내가 안내를 받아 들어간 장소는 이 가게 뒷문이었다. 가게 반대쪽에는 한자로 '協勝隆Heap Seng Leong, 협승룽'이라고 적힌 매우 훌륭한 간판이 걸린 입구가 보였다. 왜 하필이면 뒷문을 알려주었을까 신기했는데, 내 뒤로 들어온 단골손님같이 보이는 사람들도 모두 뒷문으로 들어왔다. 어쨌든 무사히 도착한 나는 그곳에서 아침을 먹기로 했다. 가게를 둘러보니 커피를 마시는 사람과 홍차를 마시는 사람이 반반씩인 듯했다. 대부분은 음료를 마시면서 토스트와 찐 고기만두, 계란 프라이 등을 먹고 있었다. 나는 1달러(약 973원)를 내고 밀크티인 '테타릭'과 토스트, 고기만두를 주문했다.

주인 할아버지인 시 씨Mr.Shi는 70년 전에 중국에서 이 땅으로 이주해 왔고, 이 가게는 1974년 창업 후 당시의 메뉴와 분위기를 유지하면서 매일 단골손님을 맞이하고 있다고 한다. 시 씨는 매우 천천히, 하지만 불필요한 움직임 없이 정성스럽게 테타릭을 만들어 주었다. 그리고 식빵의 테두리를 자르고 숯불 위에 올려 구운 뒤 코코넛 밀크와 계란으로 만든 카야잼을 듬뿍 바르고 버터를 끼워넣었다. 이것으로 싱가포르 로컬푸드 '카야 토스트' 완성이다. 할아버지가 만든 테타릭은 거품을 내지 않고 만든 것으로, 유리잔 아래쪽에 연유가 1cm 정도 가라앉아 있었다. 마시기 전에 손님이 숟가락으로 잘 저어주고 나서 마신다. 테타릭도 토스트도 모두 매우 달아서 칼로리 과잉 섭취가 되는 게 아닐까 걱정했지만, 단골손님으로 붐비는 가게에서 싱가포르 사람들의 아침 한때를 엿보는 사이 내가 주문한 테타릭과 카야 토스트는 내 뱃속으로 조용히 사

• 코피티암 협승룽 ••음료를 만드는 시 씨

● **싱가포르의 테타릭** 여기에서도 테타릭은 최고의 인기 음료다.

라졌다.

　싱가포르에는 말레이시아와 마찬가지로 테타릭을 마실 수 있는 가게가 많다. 하루에 수백 명이 이용하는 푸드코트에서는 70종 이상의 다양한 음료를 취급하는 가게도 있는데 그중에서도 판매 1, 2위를 다투는 것이 커피와 홍차라고 한다. 매장 앞에 죽 늘어선 화려한 음료 메뉴 사진을 보고, 이번에는 어떤 음료를 마셔볼까 고민하다가 결국 테타릭을 주문하는 사람은 나만이 아닐 것이다.

　싱가포르에 머무는 동안 나는 매일 코피티암에 갔다. 그리고 그때마다 스테디셀러인 테타릭과 카야 토스트를 주문했다. 토스트의 경우 어느 가게에서든 똑같은 숯불화로를 사용해서 굽고 있다. 식빵의 바삭바삭한 식감과 고소한 숯불 향, 부드러운 빵의 속살을 맛볼 수 있다. 단순한 구조의 숯불화로에서 이렇게 맛있는 토스트가 구워진다니……. 나는 재래시장에 가서 이 숯불화로를 구입했다. 야외에서 바베큐 할 때 사용해보려고 했는데 불행히도 아직까지 한 번도 사용하지 못했다.

싱가포르에서 만난 레이차

싱가포르 차에 대해 알아보다가 이곳에서 하카客家의 레이차擂茶를 맛볼 수 있다는 사실을 알게 되었다. 하카는 중국 남부와 타이완에 주로 거주하는 민족 집단으로, 본래는 한족의 일파지만 4세기와 12세기 초에 황하 유역을 벗어나 타지를 떠돌게 된 민족이다. 여전히 자기 정체성을 유지하며 생활하는 이들이 즐기는 차 가운데 하나가 레이차로, 레이擂란 절구통 따위에 무언가를 넣고 '간다'는 말이다. 말하자면 레이차는 '갈아서 먹는 차'라고 할 수 있다. 전에 타이완의 신주新竹 베이푸北埔에 갔을 때 그 지역에 거주하는 하카족 사람들이 만들어 준 달콤한 레이차를 맛본 경험이 있어 이번에도 꼭 다시 맛보고 싶었다.

카통Katong지구의 주 치앗 로드Joo Chiat Road에 그 가게가 있었다. 나는 레이차밥Thunder Tea Rice을 주문했는데, 가격은 5.8싱가포르달러(약 5,648원)였다. 밥은 화이트 라이스와 브라운 라이스 중에서 선택할 수 있는데, 좀 더 본고장에 가까운 맛을 즐기고 싶다면 브라운 라이스가 좋다고 주인이 알려주었다. '밥이 나온다고?' 타이완에서 마셨던 레이차에는 밥이 나오지 않았기 때문에 나는 조금 이상한 생각이 들었다.

잠시 후 주인이 가져온 레이차밥을 보고 나는 당황했다. 내가 타이완에서 경험한 레이차와는 전혀 달랐기 때문이다. 이것은 마시는 차가 아니라 완전히 식사였다. 큰 접시에는 볶은 채소와 땅콩이 들어 있고, 작은 그릇에는 아주 선명한 초록색 액체가 들어 있다. 아마도 이 초록색 액체가 차인 것 같은데, 이렇게까지 선명한 색을 띤다면 혹시 말차가 아닐까 추측하면서 나는 숟가락으로 조금 떠서 맛을 보았다. 짜다! 그리고 코를 찌르는 것 같은 약초 향이 밀려온다. 이것은 차 맛이 아니다. 그렇다면 이것은 무슨 음식일까?

내가 당황해하고 있으니 가게 주인이 다가왔다. 차가 어디에 들어가 있는지 물었더니, 주인은 수프에 들어 있다고 대답했다. 차 외에도 민트와 바질, 소금이 함께 들어 있다고 한다. 최근에는 이러한 재료를 전동 믹서를 사용해서 분쇄하지만, 전통적인 조리 방법으로는 절구통의 일종인 큰 유발^{乳鉢}과 나무공이를 사용해 세세하게 분쇄했다고 한다. 그 방법은 내가 대만에서 만났던 레이차와 동일했다.

큰 접시에는 땅콩 외에 볶은 양배추, 튀긴 두부, 소송채, 강낭콩, 작은 생선을 튀긴 것 등이 들어 있고, 그 아래에 브라운 라이스가 숨어 있다. 먹는 방법은 작은 그릇 안에 있는 초록색 수프를 큰 그릇에 부어준 후, 마치 한국의 비빔밥처럼 모든 재료를 섞어서 먹는다. 주인이 가르쳐 준 대로 잘 섞어서 한입먹어 봤다. 마치 삶지 않은 라면을 씹는 듯한 식감과 채소를 씹는 아삭아삭한 식감이 입안에서 섞였다. 그런데 의외로 맛있다. 초록색 수프는 그것만 마시면 쓴맛이 강하지만, 채소랑 밥과 섞었더니 쓴맛이 사라졌다. 순식간에 그릇을 비웠다. 양이 많아 아주 배부르게 먹었는데도 속에 부담이 없는 깔끔한 음식이었다. 타이완 레이차와 싱가포르 레이차, 이름은 같지만 전혀 다른 모습에 다른 맛이다. 이런 재미있고 즐거운 경험을 할 수 있으니 나의 차 여행은 멈출 수 없다.

● **레이차** 차보다는 스프와 채소볶음에 가깝다. 타이완의 레이차와는 전혀 다르다.

• **인도식 짜이** 싱가포르의 리틀 인디아에서 만난 인도 짜이다.

다민족 다국적 도시국가의 버라이어티한 차문화

싱가포르의 국토는 서울보다 조금 넓은 정도지만 화교를 비롯해 중국에 뿌리를 둔 사람들뿐 아니라 다른 여러 나라 국적의 사람들이 혼주하는 다민족 국가다. 시내에 있는 캄퐁 글램(이슬람), 리틀 인디아(힌두), 차이나타운(중국)은 3대 민족문화지구로 불린다. 나는 싱가포르 체류 중 가능한 한 다양한 국적의 사람들과 교류함으로써 싱가포르를 피부로 느끼고 싶었다.

싱가포르 차 여행이 끝날 무렵, 나는 싱가포르에서 가장 큰 이슬람사원인 술탄모스크 주변에 있는 캄퐁 글램 속 아랍 스트리트를 찾아갔다. 이 지역은 19세기 초 말레이인과 이슬람교도, 아랍계 민족이 거주하는 지역으로 공식 인정된 곳이라고 한다.

나는 이 지역에 가서 레바논 레스토랑에서 점심을 먹고, 식후에 튀르키예식 짜이를 마시고, 걸어 다니면서 한숨 돌리고 싶을 때는 모로코 카페에서 상쾌한 민트티를 마셨다. 마치 싱가포르에 있으면서 다른 나라들을 여행하고 있는 듯한 기분이었다. 외국의 기념품을 판매하는 가게가 많아져서, 싱가포르에 왔는데도 그 밖의 다른 나라 기념품을 구입할 수 있다는, 아주 신기한 체험을 할 수 있는 곳이다. 이러한 다국적 문화가 넘치는 아랍 스트리트를 천천히 걷다가, 나는 카펫 가게 앞에서 발을 멈췄다. 아름다운 페르시아 카펫을 사고 싶어서가 아니었다. 가게 안을 들여다보니 그곳에서 한 남자가 다채로운 융단에 둘러싸여 차를 마시고 있었다. 나는 그 남자가 차를 마시는 모습에서 눈을 뗄 수 없었다. 그는 아주 세련된 유리잔으로 홍차를 조금씩 마시고 있었는데, 그의 입술에 뭔가 하얀 물체가 끼어 있는 것이 보였다. 그게 무엇일까 궁금해진 나는 망설임 없이 그에게 다가가 말을 걸었다.

"지금 홍차를 마시고 있는 거죠? 그 하얀 것은 무엇입니까?"

그는 나의 갑작스러운 질문에 조금 놀라는 눈치였는데, 입술에 하얀 물체를 물힌 채 이렇게 대답했다.

● **각설탕** 이란에서는 각설탕을 입술에 문 채 차를 마신다.

"이건 간드라고 하는 이란의 각설탕이에요."

그래서 왜 각설탕을 입술에 묻히고 홍차를 마시는지 물어보니, 그는 왜 그런 질문을 하는지 오히려 신기하다는 표정으로 이렇게 대답했다.

"왜냐하면 내 고향 사람들은 이렇게 홍차를 마시니까요."

그의 이름은 모하메드^{Mohammad}라고 하고, 2008년 이란에서 싱가포르로 이주했다고 한다. 가끔 이란으로 귀국할 때 이란산 홍차를 가져와 이 가게에서 매일 하루에 10잔 정도 마시고 있다고 한다. 이란에도 차밭이 있다는 말을 듣고 놀라는 내게 모하메드 씨는 "지금부터 홍차를 우릴 거예요. 함께 드실래요?" 하면서 나를 가게 안에 있는 작은 부엌으로 안내해줬다.

흰색 바탕에 파랑과 붉은 꽃이 그려진 세련된 찻주전자에 홍차를 세 숟가락 넣고 뜨거운 물을 부었다. 그는 차통에 들어있는 홍차를 보여주었는데 CTC 홍차가 아니라 오서독스^{Orthodox} 방식으로 만든 홍차였다.

조금 기다리고 나서 예쁜 튤립형 유리잔에 차를 붓고 다른 용기에는 각설탕을 몇 개 챙긴 후, 모하메드 씨는 "자, 지금부터 페르시안 티를 즐기는 티타임이 시작됩니다!"라며 카펫으로 둘러싸인 테이블 위에 홍차 세트를 내려놓았다. 홍차를 마시면서 내가 차 여행을 하고 있다고 말하자 그는 "이란인이 매일 홍차를 마신다는 걸 몰랐어요?"라며 놀란 표정으로 물었다. 그리고는 "이란의 차밭은 카스피해 연안에 많은데, 수많은 이란 사람들이 관광 삼아 찾아갈 정도로 아름다운 곳입니다. 차 여행을 한다면 반드시 가봐야 하는 곳이죠."라고

● **미스터 모하메드** 싱가포르에서 카펫 가게를 운영하는 이란인이다. 그가 나를 이란으로 이끌었다.

말했다.

이란의 홍차 이야기를 들으면 들을수록 이란 차밭을 한번 보고 싶고, 현지에서 홍차를 마시고 싶다는 생각이 강해졌다. "결심했어요. 반드시 이란에 갈겁니다."라고 나는 모하메드 씨에게 말했다. 즉흥적으로 내뱉은 말이 절대 아니다. 정말 그 순간 결심한 것이다. 그의 카펫 매장에서 이란 홍차를 마시고 나서, 자리에서 일어나며 카펫을 사지 않아서 미안하다고 사과를 했더니 "그런 말 하지 마세요. 이렇게 당신에게 고향 자랑을 할 수 있어서 정말 행복한 시간이었어요."라고 말하면서 나를 배웅해 주었다.

훗날, 우연찮은 계기로 다시 싱가포르에 찾아갈 일이 생겼다. 그리고 싱가

● **브라보** 싱가포르 사람들은 차를 일상적으로 즐기며 산다. 이들이 행복한 비결이다.

포르 여행이 끝난 후, 정말로 이란에 다녀왔다. 나는 모하메드를 만나서 "당신 덕분에 정말 이란에 갈 수 있었어요!"라고 보고하고 싶다.

여행을 하다 보면 예상치 못한 아주 재미있는 일이 생길 수도 있다. 가기 전 까지는 왠지 썩 내키지 않던 싱가포르 차 여행에서 이렇게 즐거운 경험을 하게 되다니, 다국적 국가인 싱가포르이기에 가능했던 특별한 차 여행이었다.

라페예로 여는 아침

미얀마

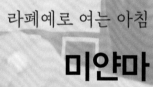

서울

네피도

미얀마
라페예로 여는 아침

　아침 5시. 하늘이 조금씩 밝아지기 시작했지만 아직 길거리는 조용했다. 탁발托鉢하는 승려들이 다가오면 사람들은 길가에 나와 희사喜捨를 하고 합장한다. 잠시 뒤부터 양곤 사람들이 하나둘 시장이나 포장마차에 모이기 시작하고, 그들의 아침 식사가 시작된다. 미얀마에서는 집에서 아침 식사를 해 먹지 않고 식당에서 사 먹거나 가게에서 포장을 해가는 경우가 많다.

　미얀마 아침 식사로 사람들이 흔히 먹는 것은 모힝가mohinga다. 쌀가루로 만든 국수에 메기 국물로 만든 진한 수프가 들어 있다. 특히 남부 지역에서 자주 먹는 음식이고, 양곤에는 모힝가 맛집도 존재한다. 쌀국수는 입안에 넣는 순

간에 쉽게 끊어질 정도로 부드러워서 마치 죽을 먹는 듯하다. 미얀마는 지금까지 내가 가 본 나라 중에서 입맛이 가장 잘 맞았다. 포장마차나 서민적인 골목 식당에서 먹는 쇠고기와 돼지고기, 가다랑어, 새우 등으로 만든 각종 카레와 채소볶음, 국수, 바베큐 등 어떤 음식이든 무조건 입에 맞았지만, 그중에서도 제일은 미얀마의 아침 식사다. 이 모힝가에 금상첨화 역할을 하는 것이 미얀마식 밀크티 '라페예^{Lat Phat Yay}'다.

미얀마식 아침 식사 풍경

노상 찻집에서 라페예를 만들고 있던 남성이 "또 왔어요?"라고 묻는 듯한 표정으로 나를 쳐다봤다. 그는 가게 앞을 지날 때마다 한 번씩 라페예를 주문하고, 사진을 찍고, 차를 마시고 바로 자리를 뜨는 나를 기억했다. 처음 사진이나 동영상을 촬영할 때 조금 쑥스러워하던 이 찻집 남자는 내가 방문하는 횟수가 거듭될수록 눈에 띄게 달라졌다. 촬영할 때 표정은 점점 더 배우 수준으로 좋아졌고, 옷과 머리 스타일까지 매일 눈에 띌 정도로 세련되어갔다.

그에게 500짜트(MMK, 약 320원)짜리 밀크티를 주문하고, 하얀 김이 모락모락 나는 차를 조금씩 천천히 마시다 보면 나도 양곤 시내 풍경의 일부가 된 것 같았다. 찻집 앞에서 여유롭게 앉아 우아하게 티타임을 즐기는 것은 대부분 남성들이

● **라파예** 미얀마식 밀크티다.

● **이차퀘와 밀크티** 미얀마 사람들이 즐기는 아침 식사 메뉴이다.

다. 그 옆에 바쁘게 일하는 여성들이 오가고 있다.

　미얀마에서 찻집의 손님들이 주문하는 것은 대부분 라페예다. 머그잔이나 유리잔에 연유와 캔에 든 우유를 1대 1 정도의 비율로 넣은 후, 주전자에서 진하게 끓인 홍차를 붓고 잘 저어주면 완성이다. 연유가 듬뿍 들어간 라페예 맛은 그다지 달지 않고 하루에 몇 잔 마셔도 부담스럽지 않다. 차와 함께 빵이나 소량의 면 등 간단한 식사를 하는 사람도 있다. 밀크티를 이웃 사람들에게 배달하는 찻집도 많다. 조금이라도 시간이 생기면 차를 마시면서 휴식을 즐기는 미얀마 사람들의 차생활에 대해 나는 알고 싶은 것이 많았다.

　나는 양곤 사람들 사이에서 모르는 사람이 없을 만큼 인기가 높은 킹티^{King Tea}라는 식당에 갔다. 이 가게는 현지에서 '이차퀘'라고 불리는 중국식 튀김빵 요우티아오^{油条}를 밀크티에 적셔 먹는 미얀마식 아침 식사 맛집이다. 아침 5시부터 영업을 시작하는데 나는 천천히 출발해서 6시 조금 넘어 가게에 도착했

다. 놀랍게도 수백 석의 자리가 이미 만석이었다. 가게 입구에서는 큰 냄비에 기름을 듬뿍 붓고 엄청난 양의 튀김빵을 만들고 있었다. 갈색으로 잘 튀겨진 빵은 기름에서 꺼내자마자 바로 직원이 접시에 담아 가게 안으로 가져간다. 여기는 중국이 아닌데 이렇게나 많은 튀김빵이 이 가게에서 소비되고 있다니, 나는 정말 놀랐다.

가게에서는 젊은 직원이 열 명 정도 바쁘게 일하고 있었다. 손님은 젊은이부터 노인까지 연령층이 다양했지만 직원은 모두 10대 후반 정도로 보였다. 아마도 수백 명의 손님을 상대로 일을 하려면 기민하게 움직일 수 있는 젊은이가 하는 것이 좋을 것이다. 나는 가게 밖에서 빈 좌석이 생길 때까지 기다리다가 식사를 마친 손님이 자리에서 일어나자마자 가게 안으로 들어가 그 자리에 앉았다.

우선 주위를 둘러보며 다른 손님들이 무얼 주문하는지 확인했다. 예상대로 라페예와 튀김빵을 세트로 주문하는 사람이 많았다. 바쁘게 움직이는 직원을 겨우 불러 나도 같은 것을 주문했다. 잠시 후 귀여운 여직원이 라페예와 튀김빵을 가져왔다. 아직 어린 이 직원은 얼굴에 타나카라고 불리는 나무의 가루를 물에 녹인 연한 노락색 미얀마식 선크림을 발랐다. 보통 이 타나가 가루는 뺨 전체를 덮도록 바르는 사람들이 많지만, 이 직원은 뺨에 귀여운 나뭇잎 그림을 그리고 있는 멋쟁이 아가씨였다. 주변 손님이 먹는 모습을 잘 관찰하고, 나는 갓 튀긴 빵을 밀크티에 흠뻑 적셔 먹었다. 아직 따뜻한 튀김빵이 밀크티를 빨아들였다. 씹는 순간, 튀김빵의 고소함과 밀크티의 단맛이 입안에 가득 퍼졌다. 정말 맛있다. 정신없이 먹다가 순식간에 나의 아침 식사가 끝났다.

먹는 차를 찾아서

내가 미얀마를 방문한 목적은 사실 '먹는 차'를 만나기 위해서였다. 현지어로 차는 '라페lepet'라고 부른다. '마시는' 차문화권에 속한 우리에게 차를 '먹는다'라고 하면 뭔가 희귀한 문화라고 생각할 수 있지만, 미얀마에서는 시장이나 마트에서 토마토나 양배추 같은 채소를 쉽게 볼 수 있는 것처럼 '먹는 차'를 만날 수 있고, 그것을 먹고 있는 사람도 또한 흔히 볼 수 있다. 이 먹는 차를 '라페소^{lepet-so}'라고 부른다. '소'란 축축하다는 뜻이다.

● 간편식 라페소

　후발효차의 일종으로, 먹을 때는 취향에 따라 양념을 한다. 시장에서는 라페소와 함께 차(라페)와 거기에 섞는 조미료, 견과류, 튀긴 마늘, 말린 새우, 참깨, 생강, 구운 생선 등을 함께 팔고 있다. 사람들은 취향에 맞게 필요한 재료를 구입하고 먹기 전에 섞어서 먹는다. 최근 젊은이들은 매운맛과 신맛을 좋아하는 경향이 있어, 고추나 스타프루트 등을 섞는 일도 많다고 한다. 해외에서 다양한 식문화가 유입되고 있는 요즘, 특히 젊은이들 사이에서 라페소 문화가 사라지게 되는 것이 걱정이지만, 젊은 사람들 취향에 딱 맞는 편리한 라페소 세트가 마트나 기차역, 공항을 비롯해 많은 사람이 모이는 장소에서 판매되고 있다. 작은 상자 안에 라페소와 작은 봉지에 담긴 각종 견과류가 들어 있는 상품으로, 언제 어디서나 편하게 먹을 수 있는 스낵 과자처럼 즐길 수 있는 상품이다.

　양곤에서 고교생 아들이 있다는 남성을 만났을 때의 이야기다. 그의 아들은 시험이 가까워지면 공부를 하면서 라페소를 먹는 것이 습관이라고 했다. 라페소를 먹으면 눈이 밝아져서 늦은 시간까지 공부에 집중할 수 있기 때문이라고 한다. 또 평소에는 밤에 라페소를 많이 먹으면 잠이 안 올 수 있으므로 적당히

● **라페소** 마시는 차가 아니라 먹는 차다.

먹으라고 아들에게 말하고 있다고 했다.

　현지 식당 단골 메뉴 중에 라페소에 토마토, 썬 양배추 등 채소와 함께 섞어서 먹는 음식이 있는데, 이것을 밥에 비벼 먹으니 그야말로 밥도둑이었다.

　가정마다, 식당마다, 라페소에 섞는 식재료와 맛은 조금씩 다르다. 어느 날 점심으로 라페소를 먹고 있는데, 그 맛이 다른 가게에서 먹던 것보다 훨씬 감칠맛이 나고 맛있었다. 내가 식당 주인에게 라페소 레시피를 가르쳐 달라고 부탁해 보았지만 돌아오는 답은 내가 기대했던 것과는 달랐다. 주인은 자신만만한 태도로 "재료는 접시 위에 보이는 것이 전부예요, 라페소에는 레시피가 없어요. 내가 넣고 싶은 재료를 적당히 넣으면 끝이에요. 라페소는 엄마의 맛! 어떤 라페소라도 맛없는 것은 없습니다!"라고 말했다. 보아하니 별다른 재료가 들어가지 않았는데 어떻게 이런 맛이 날까? 이 재료가 정말 전부일까? 아무래도 특별한 노하우가 있을 것 같다는 생각을 떨쳐버릴 수 없어 내가 주인에게 끈덕지게 물어보니, 가게 주인은 주방에 들어가 부끄러운 듯이 비닐에 들어간 하얀 가루를 가져왔다. 자세히 보니 한국 마트에서도 볼 수 있는 조미료였다.

'라페투'라 불리는 차 샐러드도 있다. '투'는 샐러드라는 뜻이고 견과류를 비롯한 각종 재료와 코코넛 오일, 간장, 어장^{魚醬} 등을 섞어 메인 반찬이나 밑반찬으로 먹거나, 샐러드처럼 먹는다.

미얀마의 일반 가정집에 방문하면 주인이 차와 함께 라페소를 내주는 경우가 있다. 뜨거운 차를 마시면서 라페소를 한 입 먹고 또 차를 마신다. 이것을 계속 반복한다.

미얀마 라페소와 비슷한 후발효차로 태국 북부에서 즐기는 '미얀'이 있다. 미얀은 찻잎을 껌처럼 씹어 먹는다. 하지만 내가 태국 북부에 갔을 때, 실제로 미얀을 먹는 사람을 보기는 퍽 어려웠다. 태국에서는 미얀을 먹는 문화가 현저하게 쇠퇴의 길을 걷고 있었다. 그러나 미얀마의 라페소는 태국과는 대조적으로 미얀마 식문화를 대표하는 음식으로 완전히 뿌리를 내리고 있다. 라페소는 생활 수준과 상관없이 미얀마 사람들에게는 절대 빼놓을 수 없는 음식이라고 할 수 있다.

● **진화하는 라페소** 신선 채소까지 들어간다. 밥도둑이 따로 없다.

● **미얀마의 차 상점** 주로 녹차나 라페소를 판매하고 있었다.

라페소 제다 공장

나는 이 라페소 만드는 현장을 보고 싶었다. 양곤에서 라페소를 메인요리로 제공하는 식당 주인에게 물었더니 "우리 가게에서 파는 라페소 만드는 마을로 가보라."면서 마을 이름을 알려주었다.

라페소 가게 주인이 알려준 동네는 샹 주^州 남부에 있는 핀다야^{Pindaya}라는 곳이다. 핀다야는 미얀마 중앙부에 위치한 조용하고 한가로운, 시골 풍경이 펼쳐지는 전형적인 농촌이다. 이 마을은 미얀마에서 잘 알려진 대표적인 차 산지로, "핀다야 차만 마신다."고 말하는 사람이 있을 정도다.

마을 중심부에는 대규모 재래시장이 있어 다양한 식재료가 빼곡히 진열되어 있는데, 사람들의 눈에 띄는 대로변에 위치한 가게에서는 라페소나 녹차 등 차 관련 상품을 많이 판매하고 있다. 차 판매 공간도 매우 넓은데, 그만큼 차를 구매하러 오는 사람들이 많다는 증거인 것 같다. 고품질의 차는 100g에 1,000짜트(약 640원) 정도고, 질 낮은 차는 주로 정량 판매로 팔고 있는데 가게 앞에 쌓인 차를 작은 캔으로 떠내어 100짜트(약 6.4원)에 팔고 있었다.

라페소도 판매하고 있는데, 품질과 맛이 좋다며 팔고 있는 라페소는 1kg에 2,500짜트(약 1,600원)였다. 라페소만 팔기도 하고, 라페소에 섞는 양념까지 함께 포장된 제품도 있었다.

양곤의 라페소 식당 주인은 라페소 공장도 소개해 주었다. 방문하기 전에 약속을 잡고 가고 싶었으나, 미얀마어를 모르는 데다 전화번호도 알 수 없어 나는 어쩔 수 없이 약속을 잡지 못한 채 공장까지 갔다. 먼 길을 왔는데 만약 견학할 수 없다면 어쩌나 걱정하면서 나는 공장 문을 열었다. 안에 있던 사람에게 라페소 가게 주인이 적어준 메모를 보여주자, 그 사람은 웃으면서 나를 안으로 들어가게 해주었다.

공장 마당에서는 20~30대 정도로 보이는 남녀 9명이 둥글게 앉아 차를 비비고 있었다. 그들에게 말을 걸고 싶었지만 말이 통하지 않아 고민하고 있었더니, 얼마 후 다행히 영어를 할 줄 아는 사람이 나와서 자세하게 설명을 해주었다.

이 마을에서는 17년 전쯤부터 라페소를 만들기 시작했다. 모든 공정은 수작업으로 이루어지고 있지만 3년 전에 유념기와 선별기가 이 마을에 각 2대씩 도입되었다. 이 기계들은 쌀을 정미할 때 사용하는 기계를 활용하여 스스로 만든 것이라고 했다.

차밭에서는 팔라웅족, 빠오족 등 소수민족이 생엽을 1창3기로 채엽한 후 바로 삶는다. 15분에서 20분 정도 삶은 찻잎은 큰 비닐에 담겨 트럭으로 제다공장까지 운반되는데, 이처럼 1차 가공된 찻잎을 '빈자'라고 부른다. 내 앞에서

● 제다공장 노동자들 라께쓰는 모든 공정을 사람 손에만 의존한다.

작업하고 있는 여성들은 이 빈자를 유념하고 있었던 것이다.

삶은 찻잎은 수분이 많으므로 찻잎에 압력을 가해 물기를 짜낸 후에 유념한다. 제대로 물기를 짜지 않으면 찻잎이 붉어지고 품질이 떨어진다고 한다. 압력을 가할 때는 몇 차례에 나눠서 누르는데, 삶았을 때 발생한 수분이 대부분 빠지면 그 후에는 수분에 찻잎에서 나오는 기름이 섞인다. 이것을 모아 작은 병에 담은 것을 라페시('시'는 기름이라는 뜻)라고 부르며, 시장에서 50ml에 500짜트(약 320원)에 판매하고 있다. 이것을 물에 적당량 넣고 음용하거나, 코코넛오일과 1대 1 비율로 섞어 두피에 바르면 흰머리나 탈모 방지 효과가 있다고 한다.

이 제다 공장 직원 9명이 하루에 유념하는 찻잎의 양은 250kg이다. 주인 말로는 제다는 수작업으로 힘을 많이 써야 하기 때문에 젊은 사람이 일하는 것이 좋다고 한다. 일당은 여성의 경우 2,000짜트(약 1,280원), 남성의 경우 2,500짜트(약 1,600원)지만, 고난도의 작업을 요구하는 경우에는 금액을 조금 올려 지급한다. 싼 임금으로 인력을 혹사하면 제품의 품질이 떨어지기 때문에 주인은 최대한 신경을 쓰고 있다고 한다. 품질 향상을 위해 신뢰할 수 있는 정직원이 제조하는 것이 기본이지만, 바쁜 시기에는 임시직 아르바이트를 고용하고 있다. 유념할 때 찻잎에 섞여 있는 줄기를 제거하는데, 이 줄기를 모아 덖은 것도 음료용으로 이용되며, 시장에서 상당한 고가로 거래된다고 한다.

유념 작업을 하는 노동자들은 하루 8시간 정도 일한다. 이렇게 오랫동안 바닥에 계속 앉아 찻잎과 씨름하는 것은 상당한 끈기를 필요로 한다. 내가 "매일 몇 시간씩 비비고 있는데, 지루하지 않아요?"라고 묻자 한 여성 노동자가 "전혀 지루하지 않고 오히려 즐거운 작업이에요."라며 싱글벙글 웃었다. 때로는 민요를 부르면서, 때로는 잡담을 주고 받으면서 즐겁게 일하고 있다고 한다. 설명을 들으면서 나도 바닥에 앉아 그녀들과 함께 찻잎을 유념했다. 그런데 끈기가 없어서인지 30분 정도 하다가 두 손을 들었다.

● 도 팅 옹니 할머니

유념할 때 유념기를 사용하기도 하는데, 1차 유념은 손으로 하고, 2차 유념에 기계를 사용해 50kg 찻잎을 3~5분 정도 유념한다. 그리고 3차 유념은 다시 손으로 비벼서 마무리한다. 고품질 찻잎은 모든 과정을 손으로 진행하고, 그렇지 않은 찻잎은 기계 유념을 함께 이용한다고 한다. 유념이 끝난 찻잎을 큰 마대에 담아 1년 정도 발효시키면 라페소 완성이다.

직원들이 작업하는 모습을 견학한 후 나는 이 공장 대표의 방으로 안내되었는데, 거기에는 연세가 아주 많아 보이는 할머니가 의자에 앉아 계셨다. 그녀의 이름은 도 팅 옹니, 85세라고 한다. 양곤 근교에서 태어난 그녀는 60년 전에 이 마을로 이주했다. 연세가 많은 탓에 평소 공장을 운영하는 일은 딸에게 맡기고 있지만, 아직까지 운영 면에서 조언을 많이 하고 있다고 한다. 나는 "차 공장을 운영하는 데 있어서 무엇이 가장 중요하다고 생각하시나요?"라고 물었다. 할머니는 주름이 많은 얼굴이지만 위엄 있고 늠름한 표정으로 이렇게 말했다.

"내가 지금까지 가장 소중하게 여기는 것은 우리 직원들입니다. 직원이 그만두지 않고 오랫동안 일할 수 있는 환경을 만들어줘야 합니다. 가족 같은 분위기를 만들고 급여도 충분히 줍니다. 직원을 소중히 대우하면 할수록 그들이 행복해지면서 작업 기술도, 생산하는 차 품질도 향상됩니다. 그것이 결국 우리 공장 수익에 직접 영향을 줍니다. 직원들의 불만이 많아지면 그것은 바로 제품의 질로 나타납니다. 고품질의 차 제품을 만들기 위해서는 직원에게 기술을 교육하는 것보다 직원이 행복하게 일 할 수 있는 일자리를 만들어야 해요. 경영 자가 항상 직원에게 신경을 쓰고 계속 노 력해야 합니다."

할머니의 말은 내 가슴을 울렸다. 할머니의 이러한 경영이념은 그녀의 딸에게도 계승되고 있다고 한다.

● **발효** 유념된 찻잎을 이렇게 마대에 담아 1년간 발효를 시켜야 라페소가 완성된다.

공장을 나갈 때, 나는 마당에서 찻잎을 계속 유념하고 있는 직원들에게 인사를 했다. 할머니의 이야기를 들어서 그런지, 그녀들이 화기애애한 표정으로 찻잎 비비는 모습이 행복해 보였다.

다음으로 나는 인근에 있는 발효 전문 제다 농가로 향했다. 노부부가 운영하는 작은 제다 농가의 마당에는 큰 마대에 담긴 찻잎이 쌓여 있고, 그 위에 큰 돌과 멍석이 덮여 있었다. 또 직사광선이 닿지 않도록 찻잎 위에는 차광막이 설치되어 있었다. 주인은 "당신은 내 집에 온 최초의 외국인입니다."라면서 이 공장에서 생산한 라페소와 함께 먹는 땅콩이나 튀긴 콩을 대접해주었다. 부인은 라페소가 들어간 접시를 부엌에서 가져와 코코넛 오일을 뿌려 찻잎을 부드럽게 했다. 나는 "녹차나 홍차에 등급이 있는 것처럼 라페소도 품질에 따라 등급이 나뉘나요?"라고 물어보았다. 그러자 주인은 세 종류의 라페소를 작

은 접시에 담아, 나에게 하나씩 맛보라고 했다. 이 마을에서는 라페소를 품질
이 높은 순서로 아쵸(매우 좋다는 뜻), 잔쵸아렛(보통, 그저 그렇다는 뜻), 아잔(좋지
않다는 뜻)이라고 부르고 있다고 한다. 비교해 보니 아쵸는 찻잎이 매우 부드럽
고 줄기가 전혀 보이지 않는다. 먹었을 때 식감도 매우 부드러웠다. 아잔의 경
우 아쵸에 비해 찻잎 속 섬유질이 입안에 남는 느낌이었다. 아잔은 대부분 찻
잎을 기계로 분쇄한 후 향신료를 섞어 유통하는데, 양념을 한 차 찌꺼기를 먹
는 느낌이었다. 품질이 높을수록 다른 것을 섞지 않아도 맛있게 먹을 수 있다
고 한다. "어떤 것이 제일 맛있습니까?"라고 주인이 나에게 물었다. 라페소를
먹는 것에 익숙하지 않은 나는 제대로 평가할 자신이 없었다. "모두 맛있습니
다."라고 대답했더니 주인 부부는 "등급이 낮은 라페소도 우리는 정성껏 만들
고 있으니까요."라며 웃었다.

볶아 만드는 녹차

미얀마에는 먹는 차만 있는 것이 아니다. 라페초라고 불리는 녹차도 미얀마
인들이 평소에 많이 음용한다. 주인 부부가 내놓은 차를 마시면서 지금 마시
고 있는 녹차가 어떻게 만들어지는지 알고 싶다고 말했더니, 주인은 나를 공
장 안으로 데리고 갔다. 거기에는 여러 제다 기계가 놓여 있었는데, 이 공장에
서는 라페소 발효만이 아니라 소량의 녹차도 만들고 있다고 한다. 녹차용 생
엽은 우기가 시작되기 직전에 채엽하며, 우기가 지난 찻잎은 품질이 좋지 않
아 사용하지 않는다고 한다. 채엽 후 찻잎을 살청하고 손으로 유념한다. 그다
음 멍석 위에 얇게 펼쳐서 햇빛으로 건조한다. 건조된 녹차는 그대로 봉지에
담아 판매하는 경우와, 로스팅 후에 포장하는 경우가 있다. 주인의 이야기에
따르면 로스팅할 때는 프라이팬을 사용해서 차를 강불로 덖는데, 이때 소량의
참깨를 함께 넣는 경우도 많다고 한다. 샹족族들은 이렇게 로스팅한 차가 위장
에 좋다고 여겨 민간요법에 이용하고 있다고 한다. 반면에 양곤 같은 큰 도시

• **양곤의 노상 찻집** 박스 하나가 개별 찻집이다.

에서는 미리 로스팅한 차를 판매하는 경우가 많다고 한다. 로스팅, 즉 볶아서 녹차를 만든다는 것은 일본의 호지차(ほうじ茶) 제법과 같다. 참깨가 들어간 호지차 맛은 도대체 어떤 맛일까? 궁금해하면서 나는 공장을 떠났다.

차밭은 차 공장 주변 곳곳에서 볼 수 있었다. 무릎 정도 높이를 가진 작은 나무와 사람 키보다 큰 나무가 섞여 심겨져 있는데, 제초나 정지 작업 등 차밭 관리가 매우 잘 되고 있었다.

다시 마을 중심부로 돌아온 나는 작은 식당에 들어가서 식사를 하기로 했다. 물 대신 나온 차를 한 입 마셔 보니, 떫은맛과 단내가 섞인, 어쨌든 표현하기 어려운 맛이 났다. 내가 식당 여주인에게 이 차를 만드는 방법을 알고 싶다고 몸짓으로 전했더니, 그녀는 나를 주방으로 데려갔다. 프라이팬에 바닥이 보이지 않을 정도 양의 녹차를 넣고 강불 위에 올렸다. 화력이 매우 강해서 고소한 향기보다는 차가 타는 냄새가 퍼졌다. 프라이팬에서 하얀 연기가 뭉게뭉게 솟아 올라온다. 차에 불씨가 옮겨붙지 않을까 걱정이 될 정도다. 이렇게 볶은 차를 큰 주전자에 소량 넣고 뜨거운 물을 부어 마신다고 한다. 자리에 돌아가서 다시 이 로스팅 녹차를 마셨는데, 호지차 맛과 향을 떠올리던 내게는 예상했던 맛이 결코 아니었다.

양곤으로 돌아온 나는 시내 재래시장에 있는 차 판매점에 들렀다. 매장에서는 자국산 홍차와 녹차 외에 자국산 홍차와 중국산 홍차를 반반씩 섞은 혼합차도 팔고 있었다. 이러한 혼합 홍차는 자국산 100% 홍차보다 고품질 차로 취급되고 있다고 한다. 또 '슈에피우'라는 차도 판매하고 있는데, 이것은 생엽을 채취한 후 곧바로 유념해서 건조시킨 차로, 녹차도 아니고 홍차도 아니다. 가게 주인에 따르면 식당에서 물 대신 제공하는 차로 이 차가 많이 사용된다고 한다. 그러고 보니 식당이나 포장마차에 가면 테이블 위에 작은 주전자가 놓여 있어 손님은 그 안의 차를 자유롭게 마시고 있었다. 그 차의 정체가 여기서 밝혀진 것이다. 나는 이 가게에서 미얀마산 녹차와 홍차를 몇 종류 구입했다. 신나게 차를 사는 내가 주인에게는 신기하게 보였는지 그가 이렇게 물었다.

"왜 당신은 품질이 그리 좋지 않은 미얀마산 차만 사나요? 우리 가게에는 그보다 더 품질이 좋은 수입차도 많이 있는데…….."

한국으로 돌아와 양곤에서 구입한 차를 한 종류씩 마셔 보았지만 역시 현지에서 느꼈던 맛이 아니다. 너무 정중하게 우렸기 때문일까? 라페소 세트도 먹어 보았지만, 쌀이 달라서 그런지 역시 현지에서 먹던 맛과는 거리가 많이 멀어 실망했다. 하지만 미얀마 차가 그리워지면 다시 현지에 가서 실컷 마시면 된다. 어차피 내 차 여행은 앞으로도 계속 이어지니까.

Bangladesh

노상 찻집이라는 오아시스

방글라데시

방글라데시

노상 찻집이라는 오아시스

인도에 둘러싸인 나라 방글라데시. 벵골어로 '벵골인의 나라'라는 의미다. 다른 아시아권 국가들에 비해 외국인 여행자가 드물고, 그나마도 NGO나 특정 분야 연구자가 대부분이다. 수도 다카는 어딜 가도 사람이 많다. 시내에서 풍경 사진을 찍으려고 해도 몇 명이든 사람이 사진에 걸린다. 게다가 그들은 모두 카메라 방향을 보고 포즈를 취하고 있다. 도로는 현지인들의 이동 수단인 CNG(3륜 택시)와 릭셔(인력거)가 차선은 물론 중앙분리대까지도 완전히 무시해 대혼잡을 일으키고 있다.

방글라데시 거리에서 만나는 대부분의 사람들은 남성이다. 게다가 낮부터 빈둥거리는 사람이 많다. 길가에 앉아 남자들끼리 수다를 떨거나 멍하게 앉아 있는 사람도 많지만, 가끔 성실하게 일하는 남성도 보인다. 종교상의 이유 때문인지 부유층이 이용하는 쇼핑센터 등을 제외하고 외출하는 여성은 거의 보이지 않는다. 방글라데시 실업률은 40%, 하루를 2달러 이하로 생활하는 빈곤층 인구가 75% 이상이라고 한다. 그러나 이 나라 사람들에게는 하루에 몇 차례 찾아오는 행복한 시간이 존재한다. 거기에는 노상路上 찻집이라는 오아시스에서 마시는 한 잔의 홍차가 있다.

다카의 노상 찻집

다카 시내를 걷다 보면 곳곳에서 많은 사람이 모여 있는 장소를 만나게 된다. 인파 한가운데에는 한 남자가 앉아 묵묵히 홍차를 우리고 있다. 방글라데시식 노상 찻집이다. 길을 지나가는 사람들은 이러한 노상 찻집이 있으면 그 작은 벤치에 앉아서, 또는 선 채로 홍차를 마신다. 손님은 다른 손님과 즐겁게 대화를 나누다가 차를 다 마시면 자리를 뜬다.

사람들은 자신의 단골 찻집 이외에도 거리를 돌아다니다가 시내 곳곳에서 찻집을 이용한다. '잠깐 쉬었다가 가자.'라는 생각이 떠오르자마자 코앞에 있는 노상 찻집에 앉아 차를 즐긴다. '노상 찻집을 찾을 수 없는 게 아닐까'라는 걱정은 할 필요가 없다. 왜냐하면 시내 곳곳에 노상 찻집이 반드시 존재하기 때문이다. 지역에 따라서 수 미터 간격으로 몇 개의 찻집이 붙어 있는 곳도 있다. 또 홍차가 들어간 주전자와 양동이를 손에 들고 걸어 다니면서 홍차를 파

● **노상 찻집** 다카 시내 어디에서든 볼 수 있는 찻집이다.

는 이동 찻집도 있다. 그들은 자동차가 들어가기 어려운 좁은 골목 구석구석
까지 다니면서 차를 판다. 이만큼 수많은 찻집이 존재한다면 찻집 주인은 제
대로 이익을 얻고 있는 것일까? 그러나 이상하게도 손님이 전혀 없는 찻집은
거의 보이지 않는다. 어느 노상 찻집엘 가도 사람이 넘친다. 항상 노상 찻집
수요가 있다는 뜻이다. 찻집 메뉴는 주로 랄차(붉은 차, 스트레이트 티), 두드차
(밀크티), 아다차(생강차)가 있는데 많은 사람이 밀크티를 주문한다.

어느 날 나는 다카 시내에 있는 대규모 재래시장인 뉴마켓에 갔다. 동행했
던 딸은 시장에 진열된 다양한 과일을 보고 아주 흥분했다. 딸이 기뻐하는 모
습을 보고 과감히 방글라데시에 데려오길 잘했다고 생각하면서 시장을 산책
했다. 과일 가게 주인들은 외국인 아이를 보는 것이 매우 드문 일인지, 내 딸
과 함께 휴대폰으로 셀카를 찍기도 하고 바나나 파인애플, 망고, 오렌지 등
을 선물해 주기도 했다. 그나저나 방글라데시 사람들은 사진 찍는 것을 아주

● **차 배달꾼** 보통 아이들이 차 배달하는 일과 찻집의 뒤치닥거리를 맡고 있다.

좋아하는 모양이다. 방글라데시 사람들과 내 딸의 셀카는 입국하고 나서 출국할 때까지 계속되었고, 지금까지도 딸은 "나도 방글라데시에서는 연예인이야."라고 말할 정도다.

이 시장에서는 홍차를 무게를 달아 파는 가게가 있고, CTC 홍차나 입자가 고운 더스트 홍차 등을 취급하고 있다. 무게를 달아서 파는 홍차는 질이 조금 떨어지는 대신 저렴한 가격으로 인해 일반 가정에 널리 보급되고 있다고 한다. 시장 곳곳에는 노상 찻집이 있는데 상인이나 쇼핑객에게 밀크티를 팔고 있었다. 나는 사람들이 많이 모이는 찻집에 방문해보았다. 이 가게에서는 초등학교 저학년부터 중학생 정도로 보이는 어린 소년들이 배달일을 하고 있었다. 가게에는 배달 주문이 끊임없이 들어온다. 주인이 우린 홍차를 아이들이 몇 잔씩 들고 시장 골목을 뛰어다니면서 배달하고, 서둘러 돌아와 또 다른 홍차를 쟁반에 놓고 배달하러 나간다. 주문 배달이 없을 때는 손님이 사용한 유

• **노상 찻집** 이보다 편하고 안락한 곳은 없다.

리잔을 말없이 재빠르게 씻고 있지만, 그사이에 다시 배달 주문이 들어오면 홍차를 들고 가게를 튀어 나간다. 이렇게 보면 어른보다 아이가 훨씬 더 열심히 일하고 있다.

이 찻집 주인이 내게 밀크티 만드는 방법을 보여주었다. 큰 주전자에 미리 홍차를 진하게 끓여 둔다. 주문이 들어오면 100cc 정도 용량의 유리잔에 설탕을 2순가락 넣고, 그 위에 미리 끓인 홍차를 붓는다. 마지막으로 무당연유를 1~2순가락 넣고 잘 저어주면 완성이다. 밀크티 한 잔을 만드는 데 걸리는 시간은 30초 정도다. 가격은 밀크티 한 잔에 5타카(BDT, 약 61원)이다. 이렇게 저렴해도 괜찮을까 걱정이 될 정도지만, 찻집 주인은 하루 매출로 하루 생활하기에 충분하다고 한다.

다카에서는 부이안Bhuiyan 씨가 운영하는 게스트하우스에 머물렀다. 부이안 씨 숙소는 지금까지 연구 목적으로 다카에 체류하는 외국인이 많이 이용하고 있다는 이야기를 들었고, 여기로 가면 방글라데시 차에 대한 다양한 정보를 얻을 수 있으리라고 생각했기 때문이다. 나의 예상은 적중했다. 부이안 씨는 방글라데시의 다양한 차 사정을 자세하게 가르쳐 주었다.

그에 따르면, 노상 찻집의 주인 대다수는 오늘 먹을 걸 살 수 있으면 충분하다고 여기는 경우가 많고, 따라서 차를 많이 팔아 부를 축적하거나 미래에 대한 새로운 계획을 세우는 사람은 거의 없다고 한다. "일자리가 없으니 일단 찻집이라도 한번 해볼까?"라는 생각으로 시작한다는 것이다. 이 '일단'이라고 생각하는 것만 봐도 방글라데시에서 노상 찻집은 누구나 부담 없이 시작할 수 있는 직업이고, 아무 지식 없이 찻잔에 물을 붓기만 하면 되는 쉬운 일이라고 인식하고 있는 모양이다. 실제로 노상 찻집에 필요한 도구를 갖추어 시내의 적당한 곳에 가게를 열기만 하면 자동적으로 손님이 오기 때문에, 손님이 오지 않으면 어쩌나 고민하는 일도 없다. 찻집을 열기 위해 사람이 많이 다니는 장소를 찾아야겠다고 머리를 쓸 필요도 없다. 방글라데시는 어디를 가도 사람들로 넘쳐나니까.

부이안 씨는 나에게 설명하면서 홍차를 마시기 시작했는데, 나는 그가 홍차를 마시는 모습에 깜짝 놀랐다. 그는 컵에 티백을 넣고 뜨거운 물을 부어준 뒤, 티백 끈을 여러 번 위아래로 움직였다. 그러고 나서 숟가락 위에 티백을 놓았다. 부이안 씨는 티백 택을 손으로 집고 숟가락 위에 있는 티백 주머니를 티백 실로 둘둘 휘감아 티백을 짜냈다. "어? 지금 뭘 하고 있는 거예요?"라고 나는 바로 부이안 씨에게 물었다. 그는 자신이 티백을 우리는 동작에서 무엇이 나를 놀라게 했는지 모르고 있다가, 잠시 상황 파악을 한 뒤에 이렇게 설명해 주었다.

"티백을 이렇게 하면 홍차를 충분히 진하게 우릴 수 있기 때문입니다. 이러한 동작이 손에 익숙한 사람은 신속하고 깔끔하게 실로 감을 수 있습니다. 이 동작이 능숙한 사람은 평소에 차를 티백으로 마십니다. 즉 부유층이 가진 하

● **방글라데시의 다원** 인도와 국경을 맞댄 스리몽골은 이 나라 차의 주산지이다.

나의 스테이터스^{status}라고 할 수 있습니다."

나도 부이안 씨를 따라 한 번 시도해 보았지만 동작이 너무 어색했다. 많은 연습이 필요할 것 같았다.

방글라데시 차의 수도 스리몽골

방글라데시 북동부에 위치한 실렛주^{Sylhet州}는 차 산지로 매우 유명한 지역으로 인도의 아삼과 경계를 이루는 곳이다. 방글라데시의 차밭 면적은 약 5만 8,700헥타르^{ha}, 차 생산량은 6만 6,300톤^t이며, 166개 다원^{estate}과 118개 제다 공장이 있다. 차 산지는 실렛주 내의 실렛현, 몰비바자르현^{Moulvibazar}, 하비간즈 현^{Habiganj}이 대표적으로, 이 3개 현의 다원이 전체 방글라데시 차밭 면적의

86%를 차지한다. 그 외의 차 산지로는 치타공현^{Chittagong}이 있다. 치타공에는 방글라데시 차 제조 및 유통을 비롯한 차 관련 모든 분야를 총괄하는 방글라데시 티보드가 있으며, 매주 화요일에는 티 옥션이 진행되고 있다.

나는 다카에서 장거리 버스를 타고 실렛주의 스리몽골^{Srimangal}로 향했다. 중간에 아주 작은 버스로 갈아탔는데, 잠시 후 모래 먼지가 회오리치는 시골길이 나타났다. 이 작은 버스에는 농산물을 가득 채운 자루, 닭 10마리 정도를 가둬 둔 대나무 바구니, 살아있는 염소 등등이 그 통로나 지붕 위에 실려 있어서, 목적지에 도착할 때까지 버스가 덜컹거리는 소리와 동물 울음소리가 어우러져 몹시도 소란스러웠다.

이윽고 창문 밖에 차밭이 조금씩 보이기 시작하고 스리몽골 터미널에 도착했다. 스리몽골은 지리적으로 인도의 아삼과 국경을 접하고 있어 국경을 따라 길을 달리면 오른쪽에 스리몽골 차밭, 왼쪽에 아삼 차밭을 동시에 볼 수 있다. 스리몽골 차밭에서 차 수확에 종사하는 사람들 중에는 "여기는 아삼차 생산지예요."라고 말하는 사람도 있다고 한다. 이 지역은 본래 아삼주에 속했는데,

● **다원** 방글라데시 차업시험장의 차밭으로, 여기서 딴 잎으로 홍차를 만든다.

1947년 파키스탄에 편입되었다가 다시 방글라데시로 독립한 곳이다. 나는 인도와의 국경에 있는 출국 게이트까지 가 보았다. 매우 작은 헛간 같은 건물이 하나 있는데, 내가 해외로 출입국 할 때 여권을 보여주고 통과하는 것과는 달리 이 지역 사람들은 마치 자신의 얼굴이 여권이라고 말하는 듯 아무것도 보여주지 않고 자유롭게 왕래하고 있었다.

나는 이 마을에 있는 방글라데시 차업시험장[BTRI]을 방문했다. 마을에 있는 다른 건물에 비하면 매우 큰 건물이고, 시설 주변에는 차나무를 품종별로 심은 차밭과 묘목장, 홍차 생산용 차밭이 있었다. 입구에 들어서자 아메드[Ahmed] 박사가 마중을 나와주었다.

"오랜만에 이 시험장에 손님이 오셨네요. 여기 연구원이 인도 등 해외로 연

• BTRI의 입구 모습

수를 가는 경우는 있어도 이 시험장을 방문하는 외국 손님은 많지 않습니다."

그는 시설에 있는 연구실을 하나하나 안내해 주었는데, 상당히 넓은 부지에 많은 직원이 근무하고 있었다. BTRI에는 16명의 연구원과 120명의 스탭이 근무하고 있으며, 대부분의 전속 연구원은 주로 인도 등에서 연수를 받은 경험이 있다고 한다. 이 시험장에서는 차 재배와 제조에 관한 분야를 연구하고 있으며 토양이나 생화학을 담당하는 과학부, 식물학과 농업 경제학을 담당하는 수확생산부, 그 외에 식물 병리학이나 제다 기술에 관한 연구실 등을 가지고 있다. 아메드 박사는 말했다.

"방글라데시 차 산업은 기술적인 면에서 해외 차 생산국에 뒤떨어진 점도 있고 재정 면에서도 충분하지 않은 상황이기 때문에 생산성이 낮은 것이 사실입니다. 우리 시험장에서는 차 생산성을 높이는 것과 동시에 품질 개선을 도 모하는 데 큰 목표를 두고 있습니다."

내가 "이 지역 차나무는 아삼 지역과 같습니까?"라고 물어보니 아메드 박사는 "같은 품종도 재배하고 있습니다만 시험장에서는 독자적으로 품종 개량에도 힘을 쓰고 있어, 1969년부터 현재까지 18종을 개발했습니다."라고 설명해 주었다.

스리몽골은 아삼과 인접해 있는 차 산지지만 국제적 지명도는 아직 낮다. 내가 "한국에서 열린 식품 전시회에서 방글라데시 기업이 부스를 마련하고 차 홍보하는 것을 봤습니다."라고 했더니 아메드 박사와 뒤에서 내 말을 듣고 있던 직원이 모두 놀라는 눈치였다.

"아직 본격적으로 해외 시장에 진출할 기회도 많지 않은 가운데 해외에서 방글라데시 차를 홍보하는 우리의 모습을 봐준 당신이 이 시험장에 방문하다니, 정말 감격적인 인연입니다."

시험장을 견학한 후, 나는 시험장이 소유한 차밭에서 채엽한 찻잎을 가공하는 제다공장에 방문했다. 입구로 들어서자 홍차의 달콤한 향기가 주변을 감돌고 있었다. 먼저 공장 내 응접실에서 스리몽골 마을의 차밭에 관한 설명을 들었다. 스리몽골이 있는 실렛주의 제다 시기는 4월 초순부터 12월까지이며, 차를 따는 시기에는 마을에 거주하는 여성들이 모여서 손으로 채엽을 한다고 한다. 그녀들의 일당은 70타카(약 860원) 정도라고 한다. 내가 "이 마을 차밭 안에는 큰 나무가 많군요."라고 했더니 공장장이 자세하게 설명을 해주었다. 그에 따르면 다원 안의 큰 나무는 주로 자귀나무다. 우기에는 이 자귀나무의 큰 잎이 차밭을 덮어버릴 정도로 무성하게 자라기 때문에, 차나무의 차광 재배 역할을 할 수 있다고 한다. 또 차밭의 자귀나무는 낙엽수여서 떨어진 잎이 차밭에 비료로 활용되고 있다고 한다.

설명을 들은 다음 나는 공장장과 함께 제다공장 안으로 들어갔다. BTRI를 비롯한 대부분의 방글라데시 제다공장에서는 인도산 제다 기계를 사용해서

CTC 홍차를 제조하고 있다. 스리몽골의 일부 제다공장에서는 찻잎을 쪄서 만드는 증제 녹차도 생산하고 있고, 이 증제 녹차는 주로 파키스탄으로 수출하고 있다.

이 제다공장의 CTC 홍차 제조 방법은 다음과 같다. 먼저 채엽 후 공장으로 운반된 생엽은 약 16시간 동안 실내 위조가 진행되고, 생엽의 이물질을 제거한 후 로터베인 기계를 사용해서 5단계로 나누어 절단한다. 다음으로 구기십터googie shipter라고 불리는 기계를 통과시키면서 차 모양을 원형으로 다듬어준 후 발

● **차 가게** 스리몽골의 차 전문점으로 녹차도 일부 판매한다.

효기에 투입한다. 대략 25도 전후 온도에서 약 1시간 발효한다. 마지막으로 가스버너식 건조기로 건조를 시킨다. 이 공장에서 제조한 홍차는 BTRI산 차로 주로 자국내 시장에서 유통되고 있다고 한다.

이렇게 제조된 홍차가 유통되고 있는 현장을 찾아보고 싶어서 나는 마을 중심부에 있는 작은 시장에 갔다. 시장에는 차 판매점이 수십 곳 있고, 이 마을의 차 공장에서 제조된 홍차를 팔고 있었다. 차를 판매하는 가게는 차만 전문으로 판매하고 있으며, 기타 식품 등 다른 상품은 전혀 진열되어 있지 않았다. 가게 주인은 작은 용기에 넣은 샘플을 손님에게 보여주면서 각각의 차가 만들어진 공장을 설명한다. 비교적 규모가 큰 차 기업부터 소규모 공장까지 다양한 공장에서 제조된 홍차를 판매하지만, 그중에서도 BTRI 공장에서 제조한 홍차는 1kg당 300타카(약 3,650원)로 다른 홍차보다 높은 가격으로 거래되고 있었다. 스리몽골산 녹차도 판매하고 있는데 1kg당 600타카(약 7,300원)였다.

시장에서 판매하는 홍차는 모두 스리몽골에서 생산된 것으로, 다른 지역에서 생산된 홍차는 취급하지 않는다.

나는 벽면에 크게 BTRI라고 적힌 차 판매점에 들렀다. 가게 주인은 지인과 수다를 떨면서 밀크티를 마시고 있었다. 나는 이 가게에서 스리몽골 홍차를 구입하기로 했다. "어떤 홍차가 가장 맛있나요?"라고 주인에게 물었더니, 주인은 "우리 집에서 판매하는 홍차는 BTRI 공장에서 생산된 홍차라서 다른 기업에서 만든 홍차보다 고품질입니다."라고 답했다. 나는 왜 BTRI 홍차가 품질이 좋은지 물어봤다.

"BTRI는 방글라데시 홍차를 연구하는 시험장이기 때문입니다. 원료 품질이나 제조 방법이 확실하기 때문이에요."

주인은 자랑스러운 표정으로 대답했다. 나는 이 가게에서 홍차를 2kg 구입한 후, 주인에게 밀크티 대접을 받고 나서 가게를 나왔다.

세븐 레이어 티

BTRI 시험장에서 차로 3분 정도 떨어진 거리에, 영국 식민지 시대에 지어진 영국인 숙박시설이 있다는 말을 들었다. '티 리조트 & 뮤지엄'이라는 안내판이 붙은 이 숙박시설에는 영국 식민지 시대의 차 관련 물건들이 전시되어 있다고 했다. 스리몽골에는 에코 코티지라 불리는 세련된 숙박시설이 많은데, 영국 식민지 시대 시설에서 숙박을 할 수 있다니 나는 다시없는 기회라는 생각이 들어 망설이지 않고 이 숙박시설에 묵기로 했다.

3륜 택시를 타고 목적지를 말하자 운전사가 "정말?"이라는 표정을 짓는 것을 나는 놓치지 않았다. 왠지 불안한 마음으로 숙소에 도착하자마자 운전사가 왜 그런 반응을 보였는지 쉽게 이해할 수 있었다.

"아차, 실패다!"

숙소의 드넓은 마당에는 많은 화단이 있고 예쁜 꽃들이 자라고 있었다. 거기까지는 좋았는데, 건물 자체가 숙박시설로 운영하기에는 너무 낡았다. 역시 오래된 건축물을 유지하는 것은 어려운 일인 것 같다. 마을에 골프장을 갖춘 5성급 호텔이 있다는 것도 한 요인이 되어, 불행히도 이 리조트는 너무나 한산한 모습이었다.

스리몽골까지 온 김에 마을 중심에서 조금 외곽에 위치한 라우와초라 Lawachara 국립공원에도 들러보기로 했다. 다양한 야생동물이 서식하고 있어 운이 좋으면 멸종위기종인 긴팔원숭이를 만날 수 있다는 이야기를 들었다. 동행하던 딸은 동물을 좋아하기 때문에 나는 딸에게 한국에서 볼 수 없는 방글라데시의 다양한 동물을 보여주고 싶었다. 국립공원 입구에 들어서니 나무 위에서 원숭이 떼가 우리를 내려다보고 있었다. 다가가도 덤비지 않고 지나가는 사람을 조용히 관찰하는 것 같았다. 바나나 나무와 레몬 나무 경작지를 지나자 작은 매점이 나타났다. 무더운 날씨에 돌아다니느라 약간 지쳐 있었기 때문에 나는 이 매점과 함께 운영하는 작은 찻집에서 잠깐 쉬기로 했다.

찻집은 야외에 플라스틱 테이블과 의자가 몇 개 놓여 있고, 이 국립공원에서 일하는 경비원으로 보이는 남자 3명이 밀크티를 마시고 있었다. 나도 빈자리에 앉아 밀크티를 주문하려고 하는데 가게 앞에서 놀고 있던 내 딸이 "엄마! 나 이걸 마시고 싶어!"라면서 내 손을 잡아 매점 앞으로 데리고 갔다. 딸은 가게 기둥에 걸려 있던 큰 사진을 가리켰다. 사진에는 내가 지금까지 전혀 본 적이 없는 정체불명의 음료가 찍혀 있었다. "이게 뭘까?" 투명한 유리잔 속에 다양한 색의 음료가 층층이 쌓여 있는 게, 마치 무지개처럼 생겼다. 사진에는 이 음료의 이름이라고 여겨지는 벵골 글씨가 적혀 있지만 나는 전혀 읽을 수 없었다. 조르는 딸을 달래면서 내가 이 음료의 사진을 가만히 보고 있었더니, 가게 앞에서 밀크티를 마시던 경비원이 나에게 말을 걸어왔다.

"이것은 세븐 레이어 티라고 불리는, 아주 특별한 차입니다. 방글라데시에서도 이 마을에서만 마실 수 있는 음료죠."

● **세븐 레이어 티 판매점** "이것도 역시 차입니다."

잘했어! 역시 내 딸이다! 딸아이가 없었다면 나는 이 신기한 차를 만나지 못했을 것이다. 기쁜 마음에 나는 우선 딸에게 이 차를 사주려고 했는데, 경비원이 나를 손짓으로 불러 소곤거리면서 가르쳐 주었다.

"이 차는 만드는 사람의 기술이 매우 중요합니다. 여기서 마시지 말고 내가 추천하는 찻집으로 가세요."

그가 가르쳐준 가게가 정말 존재하는지 반신반의했지만 일단 이 가게에서는 밀크티만 마시고, 나는 경비원이 메모에 써준 찻집에 가 보기로 했다.

"이 가게보다 더 맛있게 마실 수 있는 가게를 아저씨가 가르쳐 주었어."라고 딸에게 말했더니 딸은 조금 아쉬운 표정을 했다.

국립공원 게이트에서 다시 3륜 택시를 타고 기사에게 경비원이 써준 메모를 보여주자, 기사도 잘 아는 가게인지 바로 목적지로 달려갔다. 택시에서 내려서 보니 가게 앞은 이미 많은 관광객으로 붐비고 있었는데, 그들이 한결같이 주문하는 것이 다름이 아닌 세븐 레이어 티였다.

나는 나와 딸이 따로 마실 수 있게 두 잔을 주문했다. 주인은 "만드는 데 시간이 걸리기 때문에 가게 앞에서 기다려주세요." 라고 말하면서 주방 쪽으로 들어갔다. 15분 정도 기다리니 마침내 세븐 레이어 티가 나왔다.

● **세븐 레이어 티** 강력하게 달콤한 맛이다.

유리 글라스 위에서 아래까지 다양한 색상을 띠고 있다. 한 입 마셔 보니 아주 강렬한 달콤함이 밀려왔다. 색상에 따라서 은은하게 생강 맛이나 레몬 향기가 났지만 어쨌든 눈이 번쩍할 정도로 강한 단맛이 난다. 유리잔을 흔들어봐도 각각의 색깔이 섞이지 않는다. 아무래도 농도에 따라 차를 붓고 색을 표현하는 것 같았다. 어떻게 이런 색깔을 낼 수 있는지 정말 신기했다. 이 차는 정말 홍차를 사용하고 있는 것일까? 나는 주인에게 이 차를 만드는 방법을 보여달라고 요청했지만, 주인은 "죄송합니다. 이 차를 만드는 방법은 비밀입니다."라고 짧게 대답하고 보여주지 않았다. 그렇다면 각각 다른 색깔을 내는 원료라도 알려 달라고 사정을 해보았지만 역시나 그것도 비밀이라고 한다. 조금 아쉽기는 했지만, 재료를 모른 채 신비로운 차 맛을 음미하는 것도 하나의 즐거움일지 모른다. '7가지 색을 내는 차'라는 기발한 발상에서 태어난 세븐 레이어 티는 맛은 둘째치고 스리몽골을 대표

하는 관광 상품으로 정착하고 있는 것 같다. 가격은 한 잔에 75타카(약 915원)이고, 차 색깔은 1가지에서 7가지까지 선택할 수 있지만 대부분의 손님이 7색 차를 주문한다. 이 찻집에는 녹차나 홍차(각 10타카, 약 122원)도 있지만 이러한 차는 현지인들이 음용하는 경우가 많다고 한다. 관광자원이라고 하면 차밭밖에 없는 작은 시골 마을에 관광객을 끌어들일 만한 매력을 가진 차 한잔이라니, 큰 평가를 받을 만한 가치가 있다.

나는 다카로 돌아와 다시 많은 사람들로 혼잡한 노상 찻집들을 돌아다녔다. 그러던 중에 부이안 씨가 "노상 찻집을 시작하는 것은 아주 쉽다."고 말해준 것이 생각났다. 방글라데시에서 노상 찻집을 연다는 것은 어떤 느낌일까? 부이얀 씨에게 노상 찻집에서 필요한 도구 파는 곳을 물었더니 홍차, 우유, 유리잔, 거름망, 가스버너, 주전자, 조리대 등 모두 시장에서 쉽게 구할 수 있다고 가르쳐 주었다. 방글라데시를 방문한 기념으로 나는 현지 노상 찻집들이 실제로 사용하고 있는 도구들을 사기로 했다. 내가 재래시장에서 노상 찻집용 도구를 구입하고 있었더니 사람들이 "찻집을 시작하는구나.", "어디에 가게를 차리는 거야?"라며 말을 걸어왔다. 소모품인 홍차와 연유, 설탕을 제외한 도구를 구입해 보니 모두 1,000타카(약 1만 8,000원) 정도였다. 분명 현지 사람이라면 더 싸게 구할 수 있었을 것이다. 시장에서 쇼핑을 하며 노상 찻집 도구를 파는 상인들로부터 몇 가지 이야기를 들었는데, 하루에도 여러 명의 손님들이 "노상 찻집을 시작하려고요."라면서 도구를 구입해 간다고 한다. 나도 언젠가 이 도구를 사용해서 방글라데시식 찻집을 개점하는 날이 올까? 내 노후 생활의 즐거움이 하나 더 생겼다.

Saudi Arabia

낯설고 달콤한 홍차의 맛

사우디아라비아

리야드

사우디아라비아

낯설고 달콤한 홍차의 맛

　사우디아라비아를 방문하기 전에 나는 고민했다. 우선 사우디아라비아의 차에 대한 정보를 사전에 조금이라도 알고 싶었지만 좀처럼 내가 원하는 정보를 찾을 수 없었다. 주변에 사우디아라비아에 다녀왔다는 사람도 많지 않았다. 그도 그럴 것이, 사우디아라비아는 세계 어느 나라보다 입국 규제가 심한 나라다. 비즈니스나 순례를 목적으로 한 입국은 허용되지만, 관광비자를 발행하지 않기 때문에 외국인 관광객은 방문조차 할 수 없는 나라였다.

　그러던 중, 지난 2019년 9월 말부터 겨우 5개월 동안만 관광비자가 발급되어 관광객이 입국할 수 있는 시기가 있었다. 나는 그 시기를 놓치지 않았고, 관광비자 발급이 시작되자마자 사우디아라비아 방문을 결정했다. 미지의 나라 사우디아라비아에서 어떤 차문화를 만날 수 있을지 큰 기대감에 나는 가슴이 두근거렸다. 내가 아는 중동 국가는 평소 홍차를 마시는 경우가 많았는데 사우디아라비아는 어떨까? 사전에 준비한 사우디아라비아 가이드북과 인터넷에 나와 있는 현지 정보, 그리고 출장 때문에 여러 번 방문한 적이 있다는 지인이 알려준 '알백AL BAIK'이라는 치킨 체인점 이름을 적은 메모를 들고, 나는 리야드행 비행기에 올랐다.

아라빅 커피와 민트 홍차

관광비자 발급과 함께 사우디아라비아 정부는 외국인 여성에게는 아바야(전통 의상) 착용을 강제하지 않겠다는 발표를 했다. 하지만 만약을 위해 나는 상하 검은 복장을 착용했다. 하지만 이걸로도 충분하지는 않았다. 아직 외국인 관광객이 많지 않은 상황에서 나를 쳐다보는 사람들의 시선이 마음에 걸려 나는 도착한 다음 날 곧바로 리야드 구시가지에 있는 재래시장 수크 알잘Souq Al Zal에 가서 아바야를 구입하고, 현지에 머무는 내내 착용했다. 시장에서는 공예품이나 보석, 향신료, 캐시미어 스카프 등을 팔고 있었는데, 혹시 이 시장에서 사우디아라비아 차문화를 찾을 수 있을까 하는 나의 기대는 빗나가고 말았다. 시장에는 사람이 거의 없고 조용하고 한산했다. '이번 차 여행은 괜찮은 건가?'라고 걱정하면서 수크 알잘 바로 옆에 있는 관광지 마스막 성채로 향했다. 현재 역사박물관으로 공개되고 있는 이 성채 앞에 있는 광장에는 거대한 사우디아라비아 국기가 바람에 펄럭이고 있었다.

광장 구석을 보니 작은 카페가 하나 있었다. 카페 주위에 테이블이 몇 개 있고, 전통 의상을 입은 사람들이 즐겁게 담소하면서 무언가를 마시고 있었다. 그들이 마시고 있는 것이 무엇인지 궁금해서 그들에게 다가가 보니 한 남성이 나를 보고 "헬로!"라고 말을 걸어왔다. 딱 봐도 내가 외국인 관광객이라는 걸 바로 알았을 것이다. 그 남성은 두 여성과 함께 의자에 앉아 있었는데, 눈 부신 햇살 탓인지 검은 선글라스를 쓴 여성들도 나를 보고 방긋 웃어주는 것이 선글라스 너머로 보였다. 나는 용기를 내어 그들에게 "지금 무엇을 마시고 있나요?"라고 물었다. 남성은 내 옆에 있던 빈 의자를 가리키며 "아라빅 커피입니다. 여기 앉아서 함께 드세요."라고 했다. 내가 찾던 차는 아니지만 그들의 초대에 응해 나는 의자에 앉았다.

아라빅 커피는 마치 커다란 새 부리같이 생긴 황금색 긴 주둥이가 달린 보온병 안에 들어 있었다. 그는 손바닥만 한 작은 도자기 잔에 커피를 따라주며

"오늘은 제게 기념일입니다. 태어나서 처음으로 일본인을 만났으니까요."라
고 했다. 그러면서 자기는 사우디아라비아인으로 부인 및 이집트인 친구 세
명과 함께 마스막 성채에 놀러 왔다고 했다. 커피의 색은 연한 갈색을 띠고
있었는데, 내가 익히 알던 커피색과는 전혀 달랐다. 황금색 보온병 주둥이 끝
에는 엄지손가락 정도 크기로 다듬어진 야자 열매 섬유 덩어리가 끼어 있었
다. 이것이 포트 거름망 역할을 한다고 설명해 주었다. 커피 맛 역시 내게는
익숙하지 않은 맛이었다.

　여성들을 보니 그녀들은 아라빅 커피를 마시지 않고 종이컵에 든 홍차를 마
시고 있었다. 드디어 이 나라에서 홍차를 만났다고 조금 안도한 나는 그녀들
에게 사우디아라비아 홍차에 대한 이야기를 들어보았다. 사우디아라비아에서
는 홍차를 샤이라고 부르고 커피만큼 자주 마시는 음료라고 한다. 남편은 커

피를 선호하지만 자기는 평소 커피를 마시지 않기 때문에 별도로 홍차를 주문해 마시고 있다고 설명을 해주었다. 홍차가 들어간 종이컵에는 생 민트 잎도 들어 있었는데, 그녀가 "이 나라에서는 일반적으로 홍차에 민트와 설탕을 넣고 마십니다."라고 알려주었다. 나는 그들과 잠시 차에 대한 이야기를 나눈 후 함께 기념 촬영을 했다. 그런데 사우디아라비아에서는 여성이 피사체가 되는 것에 대해 규제가 매우 엄격하다. 반드시 남편에게 승낙을 받아야 하고, 얼굴 전체가 찍히지 않도록 촬영해야 한다. 다행히도 남성은 자신의 부인이 사진에 찍히는 것과, 내가 찍은 사진을 다른 사람에게 공개할 가능성이 있다는 것을 흔쾌히 허락해 주었고, 부인도 매우 기뻐해 주었다. 나의 사우디아라비아 차 여행은 종교적 규제와 국가의 법률, 사람들의 생활습관 등 실로 다양한 것들을 현지에서 손으로 더듬어서 찾으면서 천천히 진행되어 갔다.

리야드의 어느 카페 풍경

리야드 시내 중심부는 깔끔하게 정비된 넓은 도로 양쪽에 반짝반짝 빛나는 고층 빌딩이 즐비하게 서 있었다. 건물 규모가 너무나 커서 이 빌딩들을 걸어가면서 구경하기는 어렵지만, 차창에서 바라보고 있으면 어떻게 모래 위에 이런 큰 도시를 만들 수 있었는지 매우 신기한 느낌이 든다. 어느 날 나는 킹압둘라 파크King Abdullah Park로 향했다. 공원 입구로 들어가기 전 아무 생각 없이 공원 옆을 보다가 작은 카페를 발견했다. 외관은 깨끗하지만 아무 특징도 없는 평범한 카페였다. 나는 공원으로 향하던 발을 멈췄다. 그 카페에 한 번 들어가 보기로 한 것이다.

나는 쭈뼛쭈뼛 카페 유리문을 열었다. 안을 들여다보니 남성 손님 6명과 1명의 남성 직원이 있었다. 가게에 들어가도 되는지 판단이 안 돼서 입구에 서 있었더니 직원이 "우리 가게는 가족석이 별도로 없는 남성 전용 카페입니다만, 당신은 외국인이니까 들어와도 괜찮아요. 어서 앉으세요."라면서 가게

● **리야드의 카페** 사우디에서 카페는 남성들만의 공간이다.

안쪽 자리로 안내를 해주었다. 느낌이 매우 좋은 직원이라고 생각하면서도 여성이 이용할 수 없는 카페에 앉아 있다는 것에 미안하기도 하고 조금 주눅도 들었다.

　이 작은 카페에서는 의외로 다양한 음료를 제공하고 있었다. 민트티, 잉글리시 브랙퍼스트, 녹차가 각각 5리얄(SAR, 약 1,767원)이고, 모로코 민트티 포트가 20리얄(약 7,070원)이었다. 커피 메뉴를 보니 에스프레소나 아메리카노 이외에 터키 커피, 프렌치 커피, 아라빅 커피, 이탈리안 커피 등 여러 나라 커피를 판매하고 있었다. 홍차보다 커피 가격이 2배 정도 비쌌다. 나는 고민 끝에 민트 홍차를 주문했다.

　차를 마시면서 남성 손님들 쪽을 바라보았다. 6명 중 4명은 갈라베야^{Galabeya}라는 전통 의상을 입고 머리에 쿠피야라고 불리는 빨간색과 흰색 체크무늬 천을 쓰고 있었는데, 다들 민트티를 마시면서 즐겁게 수다 떨기에 열중하고 있었다.

내가 얼른 홍차를 마시고 나서 곧장 공원으로 가야겠다고 생각하고 있던 어느 순간, 갑자기 직원이 가게 불을 끄고 창문의 블라인드를 모두 내렸다. 어떤 상황인지 파악하지 못하고 있는데, 다른 손님들이 모두 자리에서 일어나 카페 테이블과 의자를 벽 쪽으로 밀어 가게 한쪽에 넓은 공간을 만들었다. 어쩔 줄 몰라 하는 내게 직원이 "지금부터 예배가 시작되지만, 당신은 여기에 계속 앉아 있어도 괜찮아요."라고 말했다. 내가 "제가 예배하지 않는 모습이 경찰에 걸리지 않을까 걱정이에요."라고 했더니 직원은 "블라인드를 내려서 밖에서는 보이지 않으니까 안심하세요. 오히려 예배 시간에 가게 밖에 나다니는 것이 좋지 않아요."라고 설명해 주었다. 직원이 예배용 카펫을 몇 장 가져와 바닥에 깔았다. 그리고 나서 카페 직원과 손님 6명이 함께 예배를 드리기 시작했다. 나는 그들에게 방해가 될까 봐 홍차 삼키는 소리도 내지 않도록 숨죽이며 조용히 차를 마셨다. 지금까지 차 한 잔을 마시는 데 이렇게까지 긴장한 적은 없었다.

사우디아라비아 체류 중 하루 5회 예배 시간에는 모든 가게가 문을 닫았다. 예배 중에 영업하는 것이 종교 경찰에 들키면 가게는 영업 정지 처분을 받는다고 한다. 그래서 예배가 시작되기 직전이 되면 가게에서 손님을 쫓아내거나 셔터를 내려 밖에서 보이지 않게 한다. 사우디아라비아를 방문하기 전에 이런 일을 어느 정도 인지하고 있었지만, 막상 현지에서 이런 일을 겪으면 어떻게 행동해야 할지 몰라서 초조해진다. 예배가 끝나고 가게를 나와 킹압둘라 파크 벤치에 앉아 구름 하나 없는 푸른 하늘을 쳐다보고 나서야 겨우 긴장이 풀려 안도했다.

사우디에서 마시는 짜이와 예맨 홍차

인구 중 약 40%에 해당하는 1,300여만 명이 외국 출신인 나라가 사우디아라비아다. 중앙통계국 조사에 따르면 외국인 거주자 중 인도, 파키스탄, 방글라데시, 이집트, 필리핀의 5개국 출신자가 약 75%를 차지하고, 이어 예멘, 인도네시아, 수단 등의 출신자가 뒤따른다.

빛나는 고층 빌딩 숲을 빠져 나와 리야드 구시가지로 발길을 돌리면 알 바트하Al Batha라는 동네가 나온다. 이 지역에는 이민노동자를 위한 상점과 음식점이 집중되어 있어, 마치 아시아 속 시골 마을에 있는 느낌이 든다. 이 지역에서는 사우디아라비아인 모습이 전혀 보이지 않는다. 내게 익숙한 인도나 방글라데시 같은 분위기가 물씬 풍기는 거리를 산책하고 있자니 사우디아라비아의 종교적 규제에서 받는 긴장감으로부터 어느 정도 해방되는 느낌이었다. 마음이 더 편안해진 또 다른 이유 중 하나는 지나가는 사람들이 손에 짜이를 들고 있는 모습 때문이었다.

나는 인도인과 방글라데시인이 많이 오가는 지역에 있는 한 식당에 들렀다. 이 식당에서는 인도 요리와 음료를 판매하는데 나는 무더운 날씨에 계속 걸어 다닌 탓에 조금 피곤했기 때문에 짜이를 한 잔 주문했다. 가게 주인 라지프Mr.Rajeep 씨는 인도인이었다. 나는 이 지역 차문화에 대해 그에게 여러 질문을 하려고 했지만, 외국인을 만난 것이 매우 기쁘다는 그로부터 반대로 일본이나 한국에 관한 질문을 많이 받았다. 그러다가 드디어 내가 그에게 질문할 차례가 와서 나는 그 가게에서 사용하는 차가 무엇인지 물었다. 그는 매장에서 사용 중인 인도산 홍차 용기와 찻잎을 보여주었다. 용기에는 1kg 분량의 CTC 홍차가 들어 있었는데, 패키지는 아랍어로 표기되어 있고 인도에서 정식 수입한 것이라고 한다. 짜이는 한 잔에 1리얄(약 353원)로, 이 동네에서 판매하는 짜이 가격은 거의 비슷하다고 한다.

우리가 이야기를 나누는 동안에도 주방에서 일하는 짜이 담당 남성은 끊임

● 민트 홍차

없이 들어오는 주문에 쉬지 않고 계속 짜이를 만들고 있었다. 이 가게에서는 하루에 약 2,000잔의 짜이가 팔린다고 한다. 가장 바쁜 시간대는 예배 시간 직전으로, 짜이를 포장해가는 사람들로 줄을 선다고 한다. 외국인 거리에서도 사우디아라비아 법률에 따라 예배 시간에는 모든 사람이 일을 일시 중단하지만, 모스크에 가지 않는 외국인 노동자들에게는 예배 시간이 휴식 시간이다. 그들은 그 시간에 짜이를 한 손에 들고 골목에 앉아 차를 마신다. 사우디아라비아에서는 흔히 민트가 들어간 홍차를 마신다고 하지만, 이 동네 사람들은 자국의 식습관을 그대로 유지하고 있기 때문에 대부분 홍차에 우유와 설탕을 넣은 짜이를 선호한단다. 이 가게를 찾는 손님은 인도, 파키스탄, 방글라데시에서 온 노동자가 많으므로 대부분이 짜이를 마시는 것도 이해가 간다.

　라지프 씨 가게에서 나오고 잠시 후에 예배 시간이 시작되었다. 주변 가게의 셔터는 모두 내려져 수많은 외국인 노동자가 일제히 건물 밖으로 나와 골

● **티타임** 사우디 사람들은 먹고 마시고 기도하는 것이 일과다.

목에 앉아 있었다. 셀 수 없을 정도로 많은 사람이 한 손에 짜이가 담긴 종이 컵을 들고 있었다. 대충 봐도 수백 잔은 되었다. 이 순간 알 바트하 지구 전체에서 소비되는 짜이가 도대체 얼마나 될까? 게다가 예배 시간 티타임이 하루 5번이라면? 나는 도저히 상상할 수 없을 정도로 어마어마한 양의 홍차가 이곳에서 소비되고 있는 게 분명했다.

리야드에서 장거리 버스를 타고 사우디아라비아의 두 번째 도시인 제다로 향했다. 약 12시간이 걸린 야간 버스 여행은 매우 편안했다. 잘 정비된 깨끗한 버스는 좌석도 넓어서 잠을 푹 잘 수 있었다. 수평선에서 아침 해가 떠오르는 신비한 광경도 차창을 통해 바라볼 수 있었다.

제다 버스 터미널에 도착하자마자 내 눈앞에 찻집이 나타났다. 거기서는 샌드위치나 고기를 올린 양념밥 '캅사' 등의 식사도 제공하고 있었으며, 주위에는 홍차에 민트가 들어간 샤이를 마시는 사람이 많이 모여 있었다. 나도 야외 자리에 앉아 샤이를 한 잔 주문했다. 직원이 유리잔 속에 생 민트와 홍차 찻잎을 1숟가락 넣은 후 뜨거운 물을 부어주었다. 마시기 전에 테이블에 있는 설탕을 취향에 맞게 넣고 마신다. 다른 손님들은 홍차와 함께 물담배도 즐기고 있었다. 가게 한쪽 구석에는 높이 1m 정도의 기다란 물담배가 많이 늘어서 놓여 있었다. 유리잔에 우려진 김이 모락모락 나는 뜨거운 샤이를 조금씩 마시니, 길었던 버스 여행에서 쌓인 피로가 점점 풀리는 것 같았다.

제다 숙소 바로 맞은편에 예멘 식당이 있었다. 매일 이른 아침부터 많은 사람이 찾아와 이 가게에서 직접 굽는 커다란 빵을 사 간다고 했다. 아침부터 붐빌 정도로 맛있는 빵을 한 번 맛보고 싶어져 나도 그 식당으로 갔다.

가게에 가보니 입구에 거대한 둥근 가마가 있고, 뒤에서 만들어진 빵 반죽을 차례차례로 가마 안쪽 벽에 붙여서 굽고 있었다. 잘 구워진 빵은 쇠로 만든 봉을 이용해 꺼내 매장 앞에 늘어놓는다. 직원은 모두 예멘인으로 여기서 구운 빵은 예멘에서 평소 먹는 것과 같다고 한다. 손님이 어느 정도 빠진 후, 직원들은 잠시 휴식을 취했다. 빵을 굽는 모습을 구경하고 있던 나에게 직원이 "함께 마실래요?" 하면서 주전자 안에 들어 있던 뜨거운 녹차를 유리잔에 붓고 나에게 건네주었다. 사우디아라비아에서 예멘인과 티타임을 가지리라고는 상상도 하지 못했다. 게다가 홍차가 아니라 녹차다.

"예멘에서는 녹차를 마시나요?"라고 물어봤더니 직원은 "매일 이렇게 주전자로 녹차를 우려서 하루에 몇 잔씩 마셔요."라고 대답했다.

다민족 국가인 이 나라에서는 사우디아라비아인 외의 여러 나라 사람들을 만날 수 있고, 서로의 문화에 관한 이야기를 나눌 수 있다. 이것도 사우디아라비아만의 매력이라고 할 수 있다.

제다 구시가지를 산책하고 있을 때 한 손에 샤이가 들어간 유리잔을 쟁반에

● **샤이** 상쾌한 민트 향과 설탕의 단맛이 강한 차다.

올려 배달하는 남성이 지나갔다. '분명 근처에 샤이 가게가 있을 것이다!'라는 생각이 들어 근처를 주의 깊게 찾아보다가 골목 끝에 있는 아주 작은 카페를 발견했다. 남자 주인이 혼자 운영하는 카페는 커피와 차 이외의 다른 메뉴는 제공하지 않는다고 한다. 나는 망설이지 않고 샤이를 티팟으로 주문했다. 티팟에 들어간 홍차는 2리얄(약 706원)이라고 한다. 주인은 "홍차는 어느 브랜드로 드릴까요?"라고 물었다. "그게 무슨 뜻이에요?"라고 되물어봤더니 홍차는 잎차로 할지 티백으로 할지, 티백이라면 어느 브랜드 제품이 좋은지 묻는 것이란다. 내가 어떻게 대답해야 할지 몰라 우물쭈물하는 사이에 가게 주인은 내 대답을 기다리지 않고 차를 우리기 시작했다. 가게 앞에 매달려 있던 조그마한 티팟을 하나 꺼내고, 립톤 티백 2개와 설탕 2숟가락을 넣은 후 생 민트를 찢어서 넣고 뜨거운 물을 부었다.

샤이를 마실 때 사용하는 유리잔은 손잡이가 붙어 있고, 크기는 손에 들어갈 정도로 작다. 샤이는 상쾌한 민트 향기가 나면서 설탕의 단맛이 매우 강했다. 그건 그렇고 주인은 왜 홍차 종류를 물었던 것일까? 한 잔의 샤이를 다 마

• **샤이용 티백들** 아래 맨 왼쪽이 예맨에서 생산된 홍차다.

신 후, 이 가게에는 몇 종류의 홍차가 있는지 주인에게 물어보았다. 주인은 내게 손가락을 까딱까딱하면서 나를 가게 카운터로 불렀다. 거기에는 다양한 브랜드의 홍차 박스가 진열되어 있었다.

"우리 가게에 오는 단골손님들은 자신이 좋아하는 홍차 브랜드가 저마다 있어요. 그래서 주문할 때 손님이 선택할 수 있도록 인기가 있는 홍차 브랜드 티백 제품을 여러 종류 준비하고 있죠."

그렇게 설명을 하면서 주인은 홍차 티백을 하나씩 꺼내 보여주었다. 총 6종류의 유명 브랜드가 있는데, 가장 인기가 좋은 것은 '알 크부스 티AL-KBOUS TEA'라는 예맨 브랜드의 홍차라고 한다.

"특히 나이가 많은 사람들은 자신이 마시는 홍차 맛에 고집이 있어요. 우리 가게는 젊은 손님이 찾아오지 않는 편이에요."

골목 안쪽에 위치한, 플라스틱 의자와 테이블 몇 개가 전부인 소박한 찻집이지만 이 지역에 오랫동안 살고 있는 사람들의 차 생활을 엿볼 수 있는 귀한 체험이 되었다.

물담배와 샤이

사우디아라비아는 공공장소에서 음악을 들을 수 없는 나라다. 따라서 쇼핑센터나 레스토랑, 카페는 물론이고 어디에 가도 주변에 음악이 흐르지 않는다. 어딜 가든 신나는 음악이 흐르는 한국에 사는 내게는 왠지 이런 조용한 시내 분위기가 익숙하지 않았다.

제다의 숙소 주인이 "제다의 밤도 즐겨보세요."라면서 내게 숙소 근처에 있는 바 하나를 소개해 주었다. 바라고 해도 술을 판매하지 않는 이른바 시샤바라고 한다. 시샤^{shisa}는 아랍권에서 애용하는 물담배용 담뱃대를 말하며 후카^{hookah}라고도 한다.

밤 8시경 나는 그 바에 가봤다. 안으로 들어가 보니 놀랍게도 거기에는 큰 소리의 음악이 흐르고 있고, 많은 젊은이로 붐비고 있었다. 남성만 있는 테이블도 있는가 하면 남녀가 함께 즐기는 좌석도 있었다. 그들은 음악을 들으면서 민트가 들어간 샤이를 마시고 물담배를 즐기고 있었다. 커피를 마시는 사

람은 아무도 없다. 이들에게는 알코올 대신 샤이와 물담배가 오락의 하나가 되어 있는 것 같다. 직원이 나에게 어느 나라 사람이냐고 물어와 나는 일본인이라고 대답했다. 그러자 "일본인이 이 가게를 찾아온 것은 오늘이 처음입니다. 즐겁게 놀다 가세요."라고 웃으면서 이야기해 주었다. 나는 샤이를 천천히 마시면서 오랜만에 음악을 듣고, 여기에 있는 젊은이들이 즐기는 모습을 구경하기도 하고, 옆자리에 앉아 있던 사람들과 이야기를 나눴다. 그러던 중 가게에서 흐르던 음악이 갑자기 바뀌며, 내가 들어 본 적이 있는 한국 K-POP 음악이 흘러나왔다. 직원이 있는 쪽을 봤더니 "당신을 위해 이 곡을 틀었어요!"라는 표정으로 나를 보고 있었다. 내가 한국에 살고 있다고는 말한 적이 없는데, 한국과 일본이 헷갈리고 있는 것인가? 어쨌든 나는 직원의 배려에 감사했다. 나중에 알았는데 이와 같은 시샤바는 음악을 듣는 것이 허용되어 있기 때문에 젊은이에게 인기가 많다고 한다. 나는 이런 바에 가는 것이 첫 경험이고 조금 당황했지만 젊은이들 사이에서도 당연한 것처럼 샤이가 음용되고 있다는 것을 알 수 있는 신선한 경험이었다.

제다를 떠나기 전 나는 시내에 있는 큰 쇼핑몰에 갔다. 식품매장에서 어떤 차가 판매되고 있는지 알아보기 위해서였다. 내 예상대로 홍차를 판매하는 큰 매장이 있었다. 차 제품 중 가장 눈에 띈 것은 립톤 제품이었지만, 그 밖에도 아마드 티^{AHMAD TEA}나 트와이닝스^{TWININGS} 차도 많이 진열되어 있었다. 대부분 소포장된 제품이었는데 패키지 포장 상태도 매우 좋고, 상품 관리가 제대로 된 것 같다는 인상을 받았다. 나는 티샵 주인이 가르쳐 준 알 크부스 티^{AL-KBOUS TEA} 티백 상품을 몇 개 구입했다. 그러고 나서 쇼핑몰 푸드코트에서 알백^{AL BAIK} 프라이드 치킨을 먹는다는 목표도 달성했다. 언젠가 한국에서도 이 치킨을 맛볼 수 있으면 좋겠다고 생각할 정도로 정말 맛있는 치킨이었다.

Arab Emirates

외국인들이 만든 두바이 차문화

아랍에미리트

사우디아라비아   아부다비   두바이

아랍에미리트
외국인들이 만든 두바이 차문화

아라비아반도 남동부에 위치한 아랍에미리트는 7개의 토후국이 모여 하나의 나라를 형성하고 있으며, 토후국마다 각각 독특한 특색이 있다. 이 나라의 두바이는 세계 각국에서 다양한 기업들이 진출하는 곳이고, 세계의 대부호들이 모이는 근대도시로 알려져 있다. "두바이에 가면 이 세상에 없는 것이 없다."고 말할 수 있을 정도로 전 세계의 모든 물자가 모이는 도시다.

아랍국가 같지 않은 아랍국가

아랍국가라고 하면 남성은 새하얀 '칸도라'라고 불리는 의상을 입고 있거나, 여성은 눈과 손만 보이는 검은색 의상인 '아바야'를 착용한 이미지가 떠오른다. 그러나 특히 두바이에서는 티셔츠 혹은 민소매 상의에 짧은 치마 같은, 피부가 많이 노출되는 옷을 입은 사람들을 자주 만난다. 다양한 인종의 사람들이 다양한 모습으로 거리를 걷는 모습을 보면 여기가 정말 아랍국가인지 의심스러울 정도다. 사람들의 복장뿐만 아니라 전 세계 음식도 한자리에 모여 있어 이곳을 방문하는 외국인들은 식사에 불편함을 전혀 느끼지 않는다. 세련된 인테리어의 오픈 카페에서는 각종 신선한 과일주스와 커피를 즐기는 사람들의 모습을 볼 수 있으며, 저녁에는 와인과 함께 식사를 즐기는 사람들, 녹차와

● **두바이 노천 카페** 카페는 깔끔하고 사람들의 옷차림이 무척 자유롭다.

민트잎을 우려서 설탕을 넣고 마시는 '모로칸 티'를 마시면서 시샤(물담배)를 피우는 사람들의 모습도 쉽게 볼 수 있다.

내가 아랍에미리트를 방문하기 전에 자주 들었던 이야기 중 이런 내용이 있었다. "아랍국가에서는 음주가 금지이다. 여성은 외출 기회가 적고 만성적인 운동 부족 때문에 건강 유지를 위한 음료로서의 차 음용 습관의 보급이 필수적이다." 그러나 실제로 나는 현지에서, 특히 두바이에서 커피나 차 이외에도 매우 다양한 음료를 접할 기회가 많았다. 나는 일본에 있는 어떤 차 업체 종사자에게서 "두바이에 사는 부자들에게 최고급 일본차를 수출하자."라는 소리도 들은 적이 있는데, 이만큼 다양한 음료를 접할 수 있는 상황에서는 솔직히 그것이 성공할 가능성은 커 보이지 않는다. 내가 찾은 정보에는 아랍에미리트에는 적지 않은 양의 차가 수입되고 있다고 나와 있었다. 수입된 차의 일부는 아랍에미리트에서 포장되어 오만, 카타르, 사우디아라비아 등 인근 국가에 수출되고 있다고 한다.

• **홍차를 든 상인** 어느 나라든 시장에 가면 차 마시는 사람을 만날 수 있다.

아랍에미리트에는 아프리카 대륙과 중동 등 주변 국가를 방문할 때 이용하는 두바이 국제공항이 있다. 나는 지금까지 국제선 환승으로 여러 번 이 공항을 이용한 적이 있지만 공항 밖으로 나와 시내를 돌아다닌 경험은 없었다. 게다가 현지 사람들의 차 생활에 대한 정보도 별로 없었다. 그런데 이 나라 인구 중 아랍에미리트 국적을 보유하고 있는 사람은 불과 20%란다. 나머지 80%는 외국 국적의 사람들이다. 중요한 직종은 내국인이 맡고 그 외의 모든 직종에서는 외국인 노동자들이 활약하고 있다. 그들의 출신지를 보니 인도, 방글라데시, 파키스탄, 스리랑카, 이란, 이라크, 요르단 등이 전체의 절반을 차지하는데 모두 차를 상음하는 나라들이다. 이것은 아랍에미리트에 거주하는 외국인들이 차를 일상적으로 음용할 가능성이 있다는 의미다. 나는 큰 기대를 해도 좋겠다는 생각을 하며 두근거리는 마음으로 공항 밖으로 나왔다.

우선 두바이에서 버스를 타고 아부다비에 있는 알 미나 어시장Al Mina Fish Market으로 향했다. 부지 입구에서 어시장 건물을 향해 걸어가는데 시장에서 일하는 사람들이 웃으면서 나를 향해 손을 흔들어주었다. 그들의 손에는 티백차가 담긴 종이컵이 들려 있었다. 역시 세계 어느 나라든 시장에 가면 차를 마시는 사람들을 만날 확률이 높다. 내가 "그 홍차는 어디에서 팔고 있어요? 나도 마시고 싶어요."라고 말하자 그들은 "생선을 먹으러 온 것이 아니라 홍차를 마시고 싶다고요?"라며 웃더니 "시장 건물 안에 가면 홍차를 파는 가게가 많아요."라고 가르쳐 주었다. 그런데 그들은 왠지 외국에서 온 사람들인 것 같은 느낌이 들어서 조심스럽게 물어보니 "이 시장에서 일하는 상인은 인도인이 많은데요, 나는 방글라데시 출신이에요."라고 알려주었다.

사람이 모이는 곳이라면 어디든

어시장은 지붕이 있는 단층건물 안에 있었다. 신선한 가다랑어나 참치를 비롯한 다양한 생선들이 진열대 위에서 서로 밀어내기 놀이라도 하는 듯 놓인 광경을 보고 압도당했지만, 그것보다 더 놀라운 건 거기서 정말 많은 사람이 일하고 있었다는 것이다. 거의 모두가 외국에서 온 노동자인 것 같았다. 어림짐작해도 약 300명 정도의 사람들이 바쁘게 일하고 있었다. 이 시장에서는 먼저 생선을 구입한 후 이를 손질하는 구역에 가져가면 원하는 형태로 직원이 깨끗이 잘라준다. 그 상태로 집으로 가져가도 좋지만, 시장 안에는 조리를 해주는 매장이 있어서 거기서 구운 후 집으로 가져갈 수도 있다. 나는 생선 판매장을 구경한 후 생선구이 매장이 늘어선 골목 안으로 들어갔다.

그중 한 매장에 가보니 몇 명의 점원이 커다란 생선을 숯불로 몇 마리 굽고 있었고, 고소한 냄새와 흰 연기가 주변을 덮고 있었다. 점원들은 한 손으로 생선을 굽고 다른 한 손으로는 찻잔을 들고 우아하게 차를 마신다. 좌우가 대칭되는 광경이 매우 흥미로웠다.

내가 가만히 쳐다보고 있었더니 한 점원이 "어서 오세요. 생선을 가져왔나요?"라고 물었다. 나는 약간 미안한 마음으로 "아니요. 생선을 사지 않았어요."라고 대답했다. 그러자 "그럼 오늘은 우리 가게를 마음껏 구경하고 사진도 많이 찍고 가세요."라면서 거대한 생선을 자랑스럽게 나에게 보여주었다. "점원들이 일하면서 홍차를 마시네요. 하루에 몇 잔 정도 마시나요?"라고 물어보았다. "6잔이나 7잔 정도일까? 세본 적이 없네요. 하루 종일 마시는 것이 습관

이라 신경 쓴 적도 없었어요."라고 점원은 웃으면서 또다시 홍차를 한 모금 들이켰다. "그쪽 골목에 있는 카페테리아에서 차를 사 와요. 이 시장에서는 인기 있는 가게라서 항상 붐벼요. 우리 직원들은 그 가게만 이용해요." 나는 그들에게 감사를 전하고 알려준 카페테리아로 향했다.

이 카페테리아는 차를 비롯한 음료와 간식을 제공하고 있었는데, 가게 주인에게 이야기를 들어보니 시장 상인들은 일하다가 한숨 돌리고 싶을 때 이러한 카페테리아에 와서 차를 마신다고 한다. 테이크아웃해서 일하면서 마시는 사람도 많다. 시장 상인뿐만 아니라 시장을 방문한 손님들도 많이 이용한다. 홍차는 1잔에 1디르함(AED, 약 370원)이다. 가게에서 사용하는 홍차는 립톤 티백으로, 주문이 들어오면 종이컵에 티백 1개와 연유, 설탕을 넣고 뜨거운 물을 붓는다. 주문 후 7초 정도 기다리면 바로 홍차가 제공되므로 바쁜 상인들에게도 인기가 있다. 홍차 메뉴는 연유 없이 설탕만 넣는 블랙티와, 연유가 들어간 밀크티의 2종류가 있다. 그 밖에도 커피나 청량음료를 제공하고 있지만 대부분 손님은 밀크티를 주문한다고 한다.

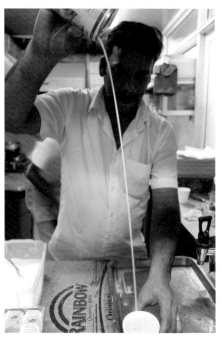

나는 가게 안에 있는 좌석에 앉아 밀크티를 마시면서 잠시 가게 모습을 보고 있었다. 손님들이 가게에 들어오자마자 주인에게 '카락^{karak}'이라고 한마디로 말하자마자 주인은 순식간에 차를 우려서 눈 깜짝 할 사이에 밀크티를 완성한다. 아무래도 사람들은 밀크티를 가리키는 '카락차이'를 생략해서 주문하는 것 같았다. 그럼 블랙티는 무엇이라고 부를까? 잠시

● **카락차이 만들기** 아랍에미리트 시장 안의 카페 모습이다.

후 들어온 손님이 주인에게 주문을 했다. "립톤!" 그러자 불과 3초 만에 블랙티가 들어간 종이컵이 카운터에서 나왔다. 종이컵에는 노란색 립톤 태그가 흔들리고 있었다.

이 카페테리아는 자리가 10석에 불과하지만, 하루에 티백을 약 500개나 사용한다고 한다. 비슷한 가게가 어시장 안에 대여섯 개 있기 때문에 단순계산만 해도 이 시장에서 사람들이 하루에 2,500~3,000잔의 차를 마시고 있다는 뜻이다. 인도 출신인 주인 말에 의하면 이 시장에는 항상 차를 마시는 인도인 외에도 방글라데시나 파키스탄에서 온 노동자가 많아서 홍차를 제공하는 가게가 반드시 있다고 한다. 그리고 한 잔 1디르함이라는 가격은 외국인 노동자들에게도 그다지 큰 부담이 되지 않는다고 한다.

카페테리아에 가면 차를 마시는 사람들을 만날 수 있다. 지금까지는 그러한 가게의 존재를 몰랐지만, 어시장을 방문한 후 시내를 자세히 보니 수크(시장)

주변이나 버스터미널 등 사람이 많이 모이는 장소 주변 곳곳에 이러한 카페테리아가 있었다. "그렇다! 사람들은 이런 장소에서 차를 마시고 있구나."

나는 두바이의 장거리 버스터미널 근처 골목에 있던 작은 카페테리아에 들렀다. 아주 소박한 가게 앞에서 몇 명의 남성이 차를 마시면서 난 같은 빵을 먹고 있었다. 나와 함께 있던 딸들이 더운 날씨로 조금 지쳐 있었기 때문에 "엄마! 나 여기서 잠깐 쉬고 싶다."며 가게 앞에 놓여 있던 플라스틱 의자에 앉아 버렸다. 일단 나는 홍차를 주문하면 되지만 아이들이 마실 수 있는 차가운 음료도 있을까? 직원에게 물어보려는데 딸들과 같은 테이블에 앉아 있던 남성들이 큰 소리로 직원에게 뭔가 말을 걸었다. 그러자 직원은 종이팩에 들어간 오렌지 주스 2개를 가져와 딸들에게 하나씩 건네주었다. 좋았어! 아이들이 좋아하는 오렌지 주스가 있어 다행이라 안도하며 직원에게 주스 가격을 물어

● **피크닉** UAE인데 UAE 사람은 한 사람도 만날 수 없었다.

보자, 직원은 웃으면서 말했다. "여기 손님이 주문한 것이라 요금은 필요 없어요." 깜짝 놀란 나는 남성들에게 정중하게 감사를 전했다. 그들은 말했다. "이렇게 작은 손님과 한 자리에 있을 수 있어서 우리야말로 매우 기쁩니다." 아무것도 모르는 딸들은 빨대를 물고 오렌지 주스를 미친 듯이 마시고 있다. 나는 직원에게 밀크티를 주문했고, 흥건히 땀이 밸 정도로 무더운 두바이의 날씨 속에서 김이 올라오는 홍차를 식히면서 조금씩 마셨다. 그런데 이번에는 작은딸이 남성들이 먹고 있던 난을 먹고 싶다고 그들에게 직접 몸짓으로 표현하기 시작했다. 세 살이 된 작은딸은 특히 중동에서 먹는 빵을 아주 좋아했다. "이런…… 그건 아저씨가 먹는 거라 안 돼."라고 타일렀지만, 딸아이는 필사적이었다. 남성들은 딸아이의 그 모습이 너무 재미있었던 모양이다. 큰 소리로 웃으면서 자신이 먹고 있던 난을 작게 찢어 딸에게 주었다. 아직 말로 의사 표현을 잘 하지 못하는 어린 딸의 이 행동으로 남성들과 나는 함께 웃으며 여러 대

● 피크닉과 사모바르

화를 나누면서 카페테리아에서의 즐거운 시간을 보냈다.

차와 함께 피크닉을 즐기는 사람들

나는 두바이에서 10km 거리에 있는 샤르자Sharjah에 갔다. 여기에는 칼리드 호수가 있고 그 주변에 잔디가 깔린 넓은 공원이 있는데 평일 낮에도 많은 사람이 방문한다. 날씨가 좋은 어느 날 오후였다. 공원을 산책하는데 놀라운 광경을 보게 되었다. 주변 잔디밭에 많은 사람이 돗자리를 깔고 피크닉을 즐기고 있었다. 피자, 치킨 등의 패스트푸드를 포장해서 가져오거나, 과자 같은 스낵류를 먹는 사람도 많다. 여기서 사람들이 마시고 있던 것은 역시 홍차였다. 티백을 사용하는 사람이 있는가 하면, 우린 홍차를 보온병에 담아서 가져온 사람도 있고, 심지어 작은 사모바르를 가져와서 그 자리에서 물을 끓여 홍차를 우리는 사람도 있다. '이곳에는 아랍에미리트 국적 사람을 만날 수 있을까?'라고 생각한 나는, 차를 마시고 있던 사람들 몇 명에게 물어보았다. 하지만 안타깝게도 이 나라 국적 사람을 만날 수는 없었다. 그곳에 있던 사람들은 인도 등 아시아계 사람들은 볼 수 없고 요르단, 이라크 등 중동 국가 출신 사람들이 대부분이었다. 그들은 일반 기업 등에서 일하기 위해 이주한 사람들이다.

내가 수많은 돗자리 사이를 조심스럽게 걷고 있는데 "헬로! 어느 나라에서 왔어요?" 하며 나에게 말을 걸어준 가족이 있었다. "저는 한국에 사는 일본인입니다."라고 하자 "한국? 내가 정말 좋아하는 나라예요. 괜찮으시면 여기서 우리와 함께 차를 마십시다. 한국의 이야기를 듣고 싶어요."라며 그들이 자리에 초대해 주었다.

커다란 돗자리에는 남녀 10명이 앉아 있었고, 2L 정도 들어가는 보온병이 5개나 있었다. 그들은 집에서 끓인 홍차를 보온병에 넣어 가져왔다고 한다. 홍차 이외의 음료는 가져오지 않았다. 이 공원에 와서 3시간 동안 간식을 먹으면서 차를 마시고 있다는 이 가족은 민트티를 좋아해서 홍차를 우릴 때 민트를 섞어서 우렸다고 했다. 설탕은 홍차를 마시기 직전에 각자 좋아하는 양을 컵에 넣어 마시고 있었다. 주변에 앉아 있던 다른 가족들은 다양한 음식을 가져와 먹고 있었는데, 그들은 "차를 마시고 대화하는 것만으로 충분히 즐길 수 있어요."라고 말했다. 이 가족은 요르단에서 온 이민자라고 소개하면서 오늘은 날씨가 좋아서 다리가 불편한 할머니와 함께 외출하려고 이 공원에 왔다고 했다. 휠체어를 탄 할머니는 나를 보고 살짝 미소를 지었다. 날씨가 좋은 날에는 자주 이곳에서 차를 마시면서 가족끼리 단란한 시간 즐긴다고 한다.

나는 한국이나 일본의 이야기를 하면서 그들의 여러 일상 이야기도 들을 수 있었다. 그들은 "우리도 해외 여러 나라에 여행을 가고 싶어요."라고 말했다. 자리를 함께한 기념으로 그들의 사진을 찍어도 되는지 물어보니 "물론이죠.

그러고 보니 이 공원에서 우리는 가족사진을 한 번도 찍은 적이 없네요."라면서 흔쾌히 허락해주셨다. 이 공원에서 피크닉을 하는 사람들은 대부분 무슬림으로 종교적 이유로 가족 단위로 함께 와도 남녀가 서로 다른 돗자리에 앉아 있는 모습이 많았는데, 이 가족은 남녀가 한자리에 앉아 있었다.

그들과 함께 티타임을 즐긴 후, 나는 또다시 공원을 산책하기 시작했는데 이번에는 이라크 가족이 나에게 말을 걸어주었다. 이 가족은 남녀가 따로 앉아 있었고, 홍차와 커피를 둘 다 가져왔다고 한다. 나는 여성들이 앉아 있는 돗자리 구석에 앉았다. 설탕만 들어간 홍차를 천천히 마시고 있었더니 그들은 나에게 매우 달콤한 데츠(대추야자 열매)를 주었다. 이 가족 역시 날씨가 좋을 때 자주 이 공원에 놀러 온다고 한다. 50~60대 정도로 보이는 이 여성들은 "우리는 나이가 있어서 많은 음식을 들고 오지 않아도 데츠만으로 충분해요."라고 말하면서 돗자리 한가운데에 가득 놓인 대추야자를 한 알씩 먹고 있었다.

평일인데도 불구하고 이 공원에는 정말로 많은 사람이 모여 앉아 돗자리를 펼치고 차를 마시면서 담소를 나누고 있다. 그 순간 나는 이 넓은 공원에서 얼마나 많은 홍차가 소비되고 있을까 생각하면서 공원을 뒤로했다.

내가 아랍에미리트에서 가보고 싶던 장소 중에 카멜 수크(낙타 시장)가 있었다. 수많은 빌딩으로 빛나는 두바이 시내에서는 볼 수 없는, 아랍국가 특유의 풍경을 만끽하고 싶었기 때문이다. 나는 두바이에서 버스를 타고 약 3시간, 오만 국경과 가까운 곳에 위치한 오아시스 도시 알 아인Al Ain으로 향했다.

카멜 수크에는 마치 이 나라의 낙타가 이곳에 모두 모이기라도 한 듯, 갓 태어난 귀여운 아기 낙타를 포함한 수많은 낙타가 울타리 안에 있어서 나는 그 분위기에 압도됐다. 낙타뿐만 아니라 염소와 양도 많았다. 울타리 주변에는 많은 남성들이 모여 거래를 하고 있는 모습으로 주변은 매우 활기가 넘쳤다. 내가 그 모습을 잠시 바라보고 있는데 사람들 사이를 빠른 걸음으로 지나가는 한 남자가 있었다. 바로 홍차를 판매하는 상인이다. 밀크티가 들어간 보온병과 종이컵을 손에 들고 사람들의 주문이 들어오면 그 자리에서 종이컵에 밀크티를 부어서 건네주고 있었다. 가격은 역시 1잔에 1디르함이다. 나도 한 잔 마시고 싶었지만 다른 사람들에게 선두를 빼앗겨서 아쉽게도 주문할 타이밍을 놓쳐버렸다.

카멜 수크의 한쪽에서는 낙타에 착용시키는 다채롭고 화려한 장식품이 판매되고 있었다. 관광지에 있는 낙타 타기 체험에서 본 낙타가 하고 있는 장식품과 비슷했는데, 이렇게 상점에서 판매하고 있는 것을 보는 것은 나도 처음이었다. 장식품 이외에도 낙타 전용 샴푸나 낙타용 간식 등 매우 보기 드문 물건들이 진열되어 있었다. 나는 주황색과 흰색 털실로 만들어진 아주 귀여운 보자기 같은 물건을 발견했다. 사각형 모양이고 모서리에 끈이 달려 있어 이것을 거실 벽에 매달아 아기자기한 소품을 넣어도 예쁠 것 같다. 이곳에 온 기념으로 하나 구입하고 싶어서 가게 주인에게 가격을 물어보니, 주인은 종이컵에 담긴 밀크티를 마시면서 이렇게 말했다. "그것은 암컷 낙타 가슴을 가리는 일종의 속옷인데, 당신 낙타는 암컷이 맞습니까?" 나는 "그건 아니지만……."이라고 얼버무리면서도 결국 그것을 구입하고 가게를 나왔다.

두바이에서 만난 다양한 차와 사람들

낙타 시장에 인접한 곳의 발라디 몰^{Baladi Mall}에는 대형 쇼핑몰이 있었다. 나는 이곳에 가서 늘 하던 것처럼 쇼핑몰 안에 있는 마트의 차 판매장으로 향했다.

진열대에는 색색의 허브티로 선반이 가득 차 있었다. 립톤^{LIPTON}, 트와이닝스^{(TWININGS}는 물론, 영국의 티 브랜드 리스토^{RISTON}, 두바이에 본사가 있는 UAE의 차 브랜드 알로코자이^{Alokozay}의 상품도 많다. 알로코자이는 주로 스리랑카에서 차를 수입하여 두바이에 있는 대규모 포장 공장에서 제조하고 있는데 스리랑카 외에도 인도, 케냐, 베트남, 중국에서 원료를 조달하고 있다. 이 판매대에는 20~25개들이 허브티 티백 상품이 많으며, 가격은 7~15디르함(약

● 대형마트의 차 코너

2,600~5,550원) 정도다. 녹차 티백도 있지만 허브티 상품이 압도적으로 많은 것을 보니 녹차는 수요가 많지 않은 것 같다. 이 마트에서 판매하는 밀크티용 홍차는 내가 예상했던 것보다 적다는 인상을 받았다. 이러한 대형마트는 비교적 생활 수준이 높은 고객이 많기 때문에 외국인 노동자가 상시 마시는 밀크티가 아니라 한 잔의 허브티를 마시며 생활 속 여유를 즐기는 고객층을 타깃으로 하는 것 같다.

건어물을 판매하는 구역에서는 찻잎을 저울로 달아 팔고 있었다. 모로칸 민트Moroccan Mint는 100g당 13디르함(약 4,800원)에 파는데, 원료로 사용되는 녹차는 '건파우더'라고 불리는 중국 녹차다. 녹차와 민트잎을 블렌딩한 것이고, 뜨거운 물을 부으면 바로 민트티를 마실 수 있다. 찻잎의 향을 맡아보니 녹차 향보다는 민트의 톡 쏘는 향이 강했다. 사실 아랍에미리트에 체류하는 동안 밀

크티에 버금갈 만큼 많이 접한 것이 이 모로칸 민트티였다. 모로코 레스토랑이 아니더라도 현지인이 이용하는 일반 식당 등에서도 흔히 마실 수 있다. 민트와 녹차를 넣은 은색 포트와 유리잔이 제공된다는 점도 모로코와 똑같다. 이 정도로 이 나라 곳곳에서 마실 수 있다면, 굳이 모로코까지 가서 마실 필요는 없을 정도다. 마트에서 저울로 달아 팔 정도로 대중적인 차라는 것은 레스토랑뿐만 아니라 가정에서도 민트티를 마시는 소비자가 꽤 있다는 것을 의미한다. 그 외에도 이 코너에서는 녹차를 베이스로 한 허브티를 여러 종류 취급하고 있었다. 그중에는 100g에 67.2디르함(약 2만 4,900원)인 일본 센차도 있었는데, 자세히 보니 외형이 충분히 꼬이지 않고 줄기가 많이 섞여 있는 저품질의 증제녹차였다. 홍차는 아삼티를 100g에 63디르함(약 23,300원)에 팔고 있었는데 점원의 말에 따르면 이 판매장에서 가장 많이 팔리는 것은 모로칸 민트이고, 그다음이 아삼 홍차라고 한다.

돌아가는 길에 알 아인 시내에 있는 작은 상점에 들렀다. 근처에 사는 사람들이 걸어서 들르는 서민적인 가게였고, 홍차, 견과류, 약초 등을 취급하고 있었다. 점원에게 "이 가게에서 가장 인기 있는 차는 무엇인가요?"라고 묻자, 활기찬 점원이 춤을 추며 큰 립톤 티백 상자를 가져왔다. "이 립톤 티백 박스가 제일 잘 팔려요. 매일 많이 마시니까 대용량 홍차가 더 이득이거든요." 가게에는 그 이외에 인도, 스리랑카, 예멘 등에서 수입된 티백 홍차가 여러 종류 진열되어 있었는데 대부분의 사람들이 립톤 홍차를 사간다고 한다.

다시 두바이로 돌아온 나는 이전부터 교류가 있었던 파키스탄인 아유브^{Ayub}

씨를 만났다. 두바이에 본사가 있는 대규모 항공사에 근무하는 그는 회사에서도 중요한 임무를 담당하는 인물이다. 아이를 좋아하는 그는 내 딸들을 아주 예뻐해 주었고, 작은딸을 안고 두바이 시내에 있는 세련된 레스토랑에 데려가거나 세계 최대의 분수 쇼인 '두바이 분수쇼^{The Dubai Fountain}'를 보여주는 등 즐거운 경험을 많이 하게 해주었다. 나는 그에게 물었다. "이 나라에선 아랍에미리트 국적 사람을 만나기 힘드네요. 그들은 도대체 어디에 있는 건가요?" 30년 이상 이 나라에 거주 중인 그는 웃으며 말했다. "나도 평소에 만날 기회가 많지 않아요. 그들은 가끔 대형 쇼핑몰에 놀러 오는 경우는 있지만요. 애초에 이 나라는 저를 포함한 다양한 국적의 사람들로 이루어진 나라니까요. 물론 이 나라 국적 사람들도 홍차를 마시는데 외국인 노동자에 비하면 그다지 대중적인 음료는 아니에요. 그들은 질 좋은 고급 홍차를 마셔요. 홍차에 카르다몸이나 생강을 넣고 마시는 사람도 많아요." 부유층 사람들은 생활에 여유가 있어 음료 선택의 폭이 넓기 때문에 외국인 노동자들처럼 저렴한 홍차를 자주 마시지 않지만, 대신 일상적으로 커피와 대추야자를 함께 즐긴다고 한다. 이러한 설명을 해준 후, 아유브 씨는 부유층에게 인기가 있다는 아랍에미리트의 티 브랜드 비벨^{VIVEL}의 판매점도 안내해 주었다.

가게 안으로 들어가 보니 검은색 바탕에 금색으로 VIVEL이라고 적힌 차통이 줄지어 늘어서 있었다. 이 차 브랜드의 제품은 왕족의 파티에서도 사용되는 왕실 납품 브랜드다. 홍차와 함께 대추야자와 초콜릿 등의 아랍 디저트도 판매하고 있고, 카페도 있다. 아유브 씨는 말했다. "이 나라에서는 최고급 차 브랜드로 알려져 있지만 사실 나는 이 가게에 들어오는 것은 오늘이 처음이에요. 우리 집에서는 마트에서 파는 홍차로 밀크티를 끓여 마시니까요. 이렇게나 많은 종류가 있으니 어떤 차를 선택해야 할지 전혀 모르겠어요."

• 비벨의 쇼룸

나를 더욱 놀라게 한 것은 점원의 차에 대한 높은 전문 지식이었다. 나는 처음 접한 이 차 브랜드의 제품에 대해 많은 질문을 했는데, 질문 하나하나에 매우 정중하고 정확하게 설명해 주었다. 이렇게 많은 차 제품을 취급하면서도 이처럼 높은 질의 안내를 받을 수 있으니, 자신의 기호에 맞는 제품을 선택하는 것도 어렵지 않을 것이다.

마침 두바이에 왔으니 다른 나라에서는 만나기 힘든 희귀한 차를 사고 싶다고 말하자, 점원은 "그러시면 녹차에 대추야자 향을 블렌딩한 이 제품은 어떠세요?"라며 블루벨벳BLUE VELVET이라는 차를 추천해 주었다. 그 이름에서 알 수 있듯이 파란 수레국화 꽃잎이 몇 장 섞여 있었다. 증제녹차를 베이스로 레드베리, 루바브, 무화과도 들어가 있는 차다. 대추야자를 사용한 차는 매우 특이

해서 외국인 관광객에게도 매우 인기 있는 상품이라고 한다. 나는 이 차를 100g에 70디르함(약 2만 5,100원)에 구매했다. 점원은 찻잎을 저울로 정성스럽게 달아 통에 담아 주었다. 이 나라에 와서 나는 저렴한 밀크티를 수없이 마셔봤지만, 한국에 돌아간 후 이 차를 마시면서 아랍의 왕족이 된 기분을 만끽할 것이 기대되었다. 쇼핑을 마치고 가게를 나오자 아유브 씨가 말했다. "나는 고급 차의 맛이 어떤지 잘 몰라요. 내 아내가 끓여주는 밀크티가 가장 맛있어요."

아랍에미리트를 떠나기 직전. 시간에 조금 여유가 있던 나는 두바이 근교에 있는 도시 아즈만Ajman을 방문했다. 이곳은 옛날부터 어업이 번창한 항구도시이고, 어시장 뒤편에 조용하고 한가로운 어항의 풍경이 펼쳐져 있다. 항구에 정박하고 있던 소형 어선을 바라보면서 천천히 걷고 있던 나는 머리에 빨간색과 흰색 체크무늬 천을 감은 한 남자가 큰 보온병을 들고 배에 타는 모습을 보았다. 보온병만 보면 무조건 차를 만날 수 있다고 기대하는 내 성격은 어쩔 수가 없다. 나는 잠시 그를 보고 있었는데 그가 나에게 말을 걸었다. "헬로! 어디에서 왔어요?" 내가 "한국에 사는 일본인이에요. 지금 무엇을 하고 있나요?"라고 되묻자 "나는 이 배에서 일하는 요리사예요."라며 지금 선원들이 먹을 요리를 준비 중이라고 했다. 배에서 먹는 요리에 큰 관심을 가진 나는 그에게 허락을 받고 배에 있는 부엌을 구경하기로 했다. "오늘의 메뉴는 생선 카레예요. 생선을 조금 전 저쪽 어시장에서 사왔어요. 조금 전에 만들기 시작했어요. 완성되었더라면 당신에게도 맛보게 해주고 싶었는데……."라며 냄비 뚜껑을 열어 보여주었다. 카레 속에는 어른 주먹만 한 커다란 생선이 많이 들어가 있었다.

이 남성은 이란에서 온 노동자로, 8명 정도의 외국인 노동자인 선원을 위한 요리를 담당하고 있다고 한다. 그들은 일하는 동안 계속 홍차를 마신다고 하고, 홍차를 마실 때 사용하는 작은 유리잔도 보여줬다. 유리잔은 물이 들어간 양동이 속에 담겨 있었다. 홍차는 연유를 넣지 않고 설탕만 넣어 마신다고 한다. 온순한 성격으로 보이는 이 남자는 천천히 말했다. "우리는 매일 저녁에 이 항구를 출발하고 다음 날 아침에 귀항해요. 밤이 되면 바다는 춥기 때문에 따뜻한 요리와 차는 매우 중요해요." 이러한 선박에는 규모와 상관없이 요리를 담당하는 선원이 함께 승선한다고 한다. 바다 위에서 마시는 차는 어떤 맛일까? 상상하는 것만으로 두근두근했다.

내가 이 나라에서 만난 외국 국적의 사람들은 다른 음료보다 차를 좋아하고 하루에도 여러 번 차를 마셨다. 아랍에미리트에서 소비되는 차의 대부분이 이러한 외국 국적 사람들의 영향을 크게 받고 있는 것이 틀림없다. 다양한 분야에서 활약하는 다양한 국적의 사람들이 차를 즐기는 아랍에미리트, 생활양식이 다른 만큼 그들의 차 생활도 다르다. 다양한 차문화를 엿볼 수 있는 이 나라가 매우 흥미롭게 느껴졌다.

Oman

아라비안나이트의 무대에서 즐기는 홍차 한잔

오만

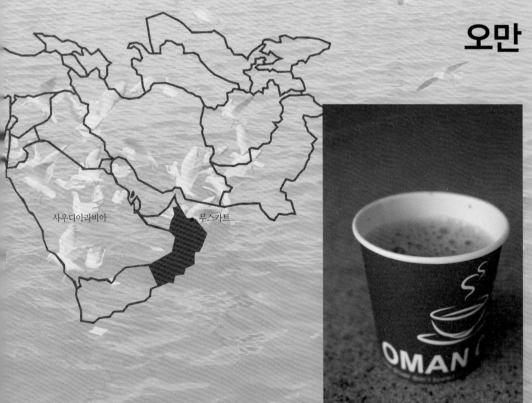

사우디아라비아　　　무스카트

오만

아라비안나이트의 무대에서 즐기는
홍차 한잔

나는 두바이에서 무스카트Masqat행 버스를 탔다. 오만의 수도 무스카트는 아랍에미리트연방UAE의 두바이에서 차로 불과 4시간 거리에 있다. 오만의 면적은 약 30만 9,500km². 전 세계에서 모인 다양한 인종이 공존하는 국제도시 두바이와는 대조적으로 오만은 인구의 약 70%가 순수한 오만인이다. 아랍 사람들의 전통적인 삶을 엿볼 수 있는 매우 온화한 분위기를 느낄 수 있는 나라로, 아라비아반도의 남동쪽 끝, 국토의 약 절반이 아라비아해를 향해 있다. 《아라비안나이트(천일야화)》의 무대이기도 한 오만은 지명도가 높지는 않지만, 한 번 발길이 닿으면 누구나 그 매혹적인 정서에 매료되지 않을 수 없는 나라다.

커피숍의 설탕 홍차 아프말

오만은 차나무를 재배하기에는 기후와 환경이 적합하지 않아서 거기에 차밭이 없다는 것은 사전조사를 통해 알고 있었다. 하지만 대부분의 중동 사람들은 차를 마신다. 그렇다면 분명 오만에서도 많은 사람이 차를 마실 거라는 생각이 들었다. 그것이 내가 오만행을 결정한 이유다. 그러나 나에게 중동은 아라비아 커피의 이미지가 강했고, 오만에서도 역시 차보다 커피를 더 많이

음용하고 있다고 하면 차를 찾아 떠나는 여행이 실망스러워지지는 않을까 하는 불안도 조금은 있었다.

한낮에 두바이를 출발한 버스가 무스카트에 도착할 무렵, 주변에는 이미 어둠이 내리고 있었다. 버스를 내려 택시로 갈아타고 숙소로 가는 도중, 어두운 곳에 있는 작은 가게 하나에 많은 남성들이 붐비는 것이 보였다. 여성의 모습은 전혀 볼 수 없었다. 분명 현지인들에게 인기가 있는 식당일 것이다! 곧장 그 가게로 들어가보고 싶었지만, 내일 아침 날이 밝아지면 들르기로 했다.

다음 날 아침, 아직 주변이 어두운 새벽에 나는 아잔^{adhān}(기도시간을 알리는 신호) 소리에 잠에서 깼다. 창밖을 내려다보니 디슈다샤라는 민족의상을 입은 많은 남자들이 오가는 모습이 보였다. 나는 오만 여성의 복장처럼 몸의 라인을

• 오만의 찻집

감출 수 있는 검은색의 치렁치렁한 긴소매 상의에 검은색 긴 바지를 입고 숙소 밖으로 나왔다. 그러곤 전날 밤에 사람들이 모여 있던 가게를 향해 천천히 걸어갔다.

목적지 근처에 가보니 가게 안은 물론이고 가게 밖에도 이미 많은 남성들로 붐비고 있었다. 입구에는 영어로 '커피숍'이라고 된 간판이 걸려 있었다. 분명 손님들이 모두 커피를 마시고 있겠지 생각하면서 가까이에 가보니, 모인 사람들은 종이컵에 담긴 홍차와 함께 삶은 달걀이나 샌드위치, 사모사 등의 가벼운 음식을 먹고 있었다. 커피를 마시는 사람은 전혀 보이지 않았다. 그들이 가지고 있던 붉은 종이컵에는 흰 글자로 크게 OMAN(오만)이라고 인쇄되어 있었고, 종이컵의 가장자리에는 아랍어로 립톤이라고 적힌 티백 태그가 흔들리고 있었다.

가게 앞에 모여 있던 남성 중 전통 의상을 입은 덩치가 큰 남자가 나에게 말을 걸어왔다.

"아침 식사를 하러 왔나요? 안으로 들어가세요."

그의 이름은 라시드^{Rashid}라고 했다. 나는 라시드에게 이 가게에서 인기 있는 음료는 무엇인지 물었다. 그는 자신이 손에 들고 있던 종이컵을 나에게 보여주면서 "아프말입니다. 저는 매일 아침 여기서 아프말을 마셔요."라고 자신 있게 대답했다. 아프말? 그가 마시는 것은 분명히 홍차인데⋯. 라시드는 매일 아침 똑같은 시간에

• 아프말을 든 라시드

이 가게에서 이 아프말을 마시는 것이 일과라고 했다.

나는 가게 안으로 들어가 차와 간단한 식사를 주문했다. 작은 가게 안에는 손님이 10명 정도 앉을 수 있는 좌석과 작은 테이블이 있고, 인상 좋은 가게 주인이 혼자 일하고 있었다. 나는 홍차를 주문하고 싶었기 때문에 라시드가 가르쳐 준 대로 "아프말 주세요."라고 말해 보았다. 그러자 가게 주인은 바로 종이컵에 티백 하나와 설탕 한 숟가락을 넣은 후 뜨거운 물을 부어 숟가락으로 빙글빙글 저어서 나에게 건넸다. 주문하고 나서 받을 때까지 5초 정도밖에 걸리지 않았다. 나는 가게 주인에게 물어보았다.

"아프말과 블랙티(홍차)는 같은 것입니까?"

주인은 웃으면서 이렇게 대답했다.

● **커피 없는 커피숍** 오만 사람들에게 커피숍은 커피 마시는 곳이 아니라 차를 마시는 곳이다.

"우리는 블랙티를 샤이^{shay}라고 불러요. 아프말은 샤이에 설탕을 넣은 것입니다. 아프말은 아랍어로 빨강이라는 뜻이에요."

주인 뒤에는 메뉴판이 걸려 있었지만 나는 해독할 수 없었다. 주인에게 "그럼 밀크티도 있나요?"라고 물어보니 주인은 "여기에 쓰여 있어요. 카락샤이라고 하는데요, 카락은 아랍어로 '섞는다'는 뜻이에요."라고 대답해주었다.

밀크티에는 향신료가 들어간다고 한다. 향신료의 종류에 대해 물어보니 정해진 향신료는 없고 가게마다 주인이 사용하고 싶은 것을 넣는다고 한다. 그리고 이 가게에서는 카르다몬과 생강을 사용한다며 매우 정중한 태도로 가르쳐주었다. 차와 함께 먹을 아침 식사로 무엇을 주문할까 잠깐 고민하다가 마침 테이블에서 식사를 하고 있던 손님이 있어서 그 사람과 똑같은 것을 주문하겠다고 말했다. 그러자 사각형 모양의 튀김빵 같은 것과, 반으로 자른 삶은 달걀 2개를 내왔다. 튀긴 빵은 가볍게 아침 식사를 할 정도의 크기였다. 이것이 이 가게의 인기메뉴인지 주변 곳곳에서 종이에 싸인 이 튀김빵을 먹고 있는 사람들을 볼 수 있었다.

홍차는 한 잔에 0.1리얄(OMR, 약 332원)이었다. 내가 가게 안에서 식사를 하는 동안에도 많은 사람들이 드나들었고 나는 자리에 가만히 앉아 그들을 관찰했다. 사람들은 '아프말'이 아니라 '립톤', '몸타즈MUMTAZ' 같은 브랜드로 주문을 했다. '아프말'이 아니라 차 브랜드로 주문하는 사람이 매우 많다는 것에 놀랐다. 참고로 오만에서 유통되는 립톤은 UAE로부터 수입되는 것이다. 몸타즈는 오만 내에서 점유율이 약 60%나 되는 홍차 브랜드로 주로 아프리카 대륙에서 수입한 원료를 자국 내에서 패키징해서 판매하고 있다. 내가 오만에 있는 동안에 상당한 확률로 만날 수 있었던 차 브랜드다.

종교적 이유 때문에 나 이외의 손님이 모두 남성이었다는 것을 제외하면, 이 작은 커피숍은 매우 아늑한 공간이었다. 많은 단골손님이 매일 다니기에는 적당한 가게다.

식사를 마치고 가게를 나와보니 라시드는 여전히 같은 자리에서 지인들과 함께 차를 마시면서 담소를 나누고 있었다. 내가 "아프말이 매우 맛있었어요." 라고 말하자 그는 매우 기쁜 표정으로 나를 바라보았다. 그때 들었던 한 가지 의문은, 커피숍에서 왜 커피가 아닌 차를 마시느냐는 것이었다. 또 홍차가 아닌 다른 음료도 많은데 왜 굳이 대다수 사람들이 홍차를 마시는지도 궁금했다. 나는 라시드와 그 지인들에게 "여기는 커피숍인데, 커피는 마시지 않아요?"라고 물어보았다. 라시드 옆에 있던 한 남성이 "홍차를 마시는 일은 어릴 때부터 몸에 스며들어 있는 습관이에요. 때로는 다른 음료를 마시기도 하지만 홍차를 마시지 않는 것은 있을 수 없는 일이에요."라고 설명했다. 그리고 그들은 모두 입을 모아 이렇게 말했다.

"커피숍은 차를 마시는 장소지 커피를 마시는 가게가 아닙니다."

오만인들의 홍차 사랑

커피숍을 떠난 나는 잠깐 주변을 산책하기로 했다. 해안을 따라 바닷바람을 받으며 여유롭게 걸으면서 오만에서 가장 오래된 시장인 무트라 수크로 향했다. 눈 앞에 펼쳐진 오만만[※]의 하늘은 바다의 푸른색과 섞일 정도로 푸르렀다. 근처에 어시장이 있어서인지 갈매기 떼가 날아다니고 있었다. 몹시도 아름다운 풍경에 감동하면서 나는 문득 내 발밑에 시선을 떨어뜨렸다. 그런데 거기에는 하늘의 아름다움과 대조적으로 경악스러운 광경이 펼쳐져 있었다. 내가 가는 길, 그리고 지금까지 걸어온 길거리 곳곳에 수많은 티백이 땅에 흩어져 있다. 바닥에 떨어져 있는 담배꽁초처럼 오만의 길에는 마시고 난 후의 홍차 티백이 버려져 있었다. 보통이라면 경관을 해치는 쓰레기처럼 보였겠지만, 지금까지 여러 나라를 다니면서 보지 못했던 이러한 풍경이 오히려 신선하게 느껴졌다. 그만큼 오만 사람들이 일상에서 차를 음용하고 있다는 증거일 테니 말이다.

무트라 수크는 입구가 매우 좁은 가게들이 구불구불한 골목에 서로 어우러지면서 처마를 맞대고 있었다. 나는 여기서 일하는 몇몇 사람들에게 이 수크 안에 찻집이 있는지 물어보았다. 이렇게나 사람이 많은데 분명 다른 나라의 시장처럼 상인을 위한 찻집이 있을 거라고 생각했기 때문이다. 그러나 나의 예상은 빗나갔다. 상인들은 말했다.

"각자 가게에서 물을 끓여서 차를 마시기 때문에 차를 파는 곳은 없어요."

사람들의 말을 듣고 조금 실망하면서 나는 무트라 수크 속 골목을 걸어 산책하기로 했다. 수크는 여러 빛깔의 아름다운 램프, 공예품과 카펫, 향신료, 전통의상 등을 파는 가게로 가득했다. 그러나 이들 물품은 터키나 UAE, 인도,

● **상인들** 각자 마실 차를 미리 준비해 온다.

심지어 중국의 운남성 등에서 보는 것과 똑같은 공예품이고, 마치 여러 나라의 공예품을 모아서 판매하고 있는 분위기다.

나는 수크를 탐험하는 것보다 수크 앞에 펼쳐지는 오만만을 바라보는 것이 더 즐거웠다. 바다를 바라보면서 식사할 수 있는 세련된 레스토랑도 있어 관광객으로 보이는 사람들이 우아한 한때를 보내고 있었다. 나는 다시 해안을 천천히 산책하면서 사진을 찍거나 발밑에 떨어진 티백을 바라보거나 낚시꾼이 가지고 있는 양동이 속의 물고기를 들여다보면서 매우 즐거운 시간을 보냈다.

다음 날 아침, 나는 어제 방문했을 때와 같은 시각에 같은 커피숍에 갔다. 거기에는 어제와 마찬가지로 라시드와 그 지인들이 차를 마시고 있었다. "안녕하세요."라고 인사를 하자 그들은 미소로 나를 맞아주었다. 나는 그들에게

• 찻집의 야외 테이블

오만의 홍차 사정에 대해 조금 더 물어보기로 했다.

라시드는 커피숍에서 가까운 곳에 부인과 아이들과 함께 살고 있다고 한다. 집에는 거주하는 메이드가 있고, 가사는 그 메이드가 모두 해준다고 한다. 오만의 일반 가정의 아침은 눈을 뜨자마자 부엌에서 차를 우리는 일부터 시작된다. 차를 우리는 일은 기본적으로 여성이 담당하며, 라시드의 집처럼 메이드를 고용하는 집에서는 그녀가 차를 우린다. 냄비에 물을 끓여 그 안에 찻잎과 설탕을 넣고 불을 끄고 약 5분 놓아둔다. 어떨 때는 홍차에 우유를 넣기도 한다. 찻잎은 취향에 따라 티백을 사용하기도 하고, 잎차를 사용할 때도 있다. 완성된 홍차는 거름망으로 거른 뒤 스테인리스 보온병에 부어서 보관하며, 차를 마시고 싶을 때마다 수시로 음용한다. 집에서 차를 마실 때는 종이컵이 아니라 유리컵이나 도자기 티컵을 사용하는 것이 일반적이라고 한다.

오만에서는 여성이 외출할 기회가 매우 적기 때문에 그녀들이 집 밖에서 차를 마시는 일은 많지 않지만, 집 안에서는 수시로 차를 마신고 한다. 라시드와 지인들은 이 가게에 오기 전에 이미 집에서 차를 마셨다고 말했다. 그리고 그들은 모스크에 가서 아침 예배를 마치고 집으로 돌아가기 전에 모스크 근처에 있는 이 커피숍에 들러 한숨 돌리는 것이 일과라고 한다. 그들이 다니는 모스크는 이 커피숍에서 150m 정도 떨어진 곳에 있었다. "저쪽에 보이는 것이 우리가 다니는 모스크예요."라고 한 남성이 가리키는 방향을 보니 매우 큰 돔형 모스크의 지붕이 보였다. 이 커피숍처럼 모스크 근처에 있는 커피숍 대부분은 아침 4시부터 영업을 하기 때문에 예배를 마치고 오는 사람들이 이용하는 데 편리하다고 한다. 그리고 매일 예배가 끝나는 시간이 되면 어느 커피숍이든 많은 사람으로 붐빈다고 한다.

나는 오만 사람들이 집에서 차를 마실 때 사용하는 다기에 대해 알고 싶어져서 다기를 파는 곳이 어디에 있는지 라시드에게 물어보니 하이퍼마켓에서 많이 판다는 정보를 주었다. 나는 어제처럼 커피숍에서 차와 가벼운 아침 식사를 한 후 근처 하이퍼마켓으로 향했다.

오만에서는 슈퍼마켓이라고는 부르지 않고 '하이퍼마켓'이라고 부른다. 하이퍼마켓에 들어서자마자 바로 홍차 코너로 향했다. 매장이 드넓어서 홍차 코너까지의 거리가 매우 멀게 느껴졌는데, 거기에는 각종 수입차가 진열되어 있었다. 사막 기후에 속하며 대부분의 국토가 모래와 바위로 덮여 있는 오만에는 차밭이 없기 때문에 국내 소비용 찻잎은 모두 수입에 의존하고 있다. 영국 제품으로 잘 알려진 피지팁스PG Tips, 인도에서 자주 만날 수 있는 브룩본드Brook Bond의 레드 라벨, 그리고 인도의 주요 메이커인 타타의 가난데반Kanan Devan, 립톤Lipton 등이 눈에 띄지만, 가장 전면에 진열된 제품은 오만인에게 절대적인 인기를 얻고 있는 몸타즈 홍차다. 더스트Dust로 225g당 0.4리얄(약 1,320원)에 판매되고 있었다.

● 다양한 차 상품들

　나는 각종 차 제품을 구경한 후 주방용품 매장으로 향했다. 거기에는 라시
드의 말대로 금이나 은색으로 반짝이는 장식이 된 각종 보온병과 홍차용 유리
잔, 그리고 도자기 티컵이 많이 판매되고 있었다. 대부분이 중국제였는데, 화
려한 티 세트에 잠시 넋을 잃었다. 하지만 그냥 바라보기만 했을 뿐, 홍차 티
백 제품만 몇 개 구입한 후 하이퍼마켓을 뒤로했다.

　숙소 근처에 있는 어시장에 가보았다. 항구 안쪽에서는 오만만에서 돌아온
많은 어선이 대기하고 있고 어부들이 상인들에게 생선을 건네주고 있었다. 어
시장은 지붕이 있는 시설로, 높이 60cm 정도 높이의 시멘트 진열대 위에 생선
을 늘어놓고 같은 진열대 위에 상인들이 앉아 방문객에게 생선을 팔고 있었
다. 진열대에는 다양한 색과 크기의 생선들이 가득 진열되어 있었는데, 지금

까지 본 적이 없는 생선들이어서 매우 흥미로웠다.

생선을 구경하고 있는데 갑자기 생선들 사이에 냄비를 들고 앉아 있는 한 남자가 보였다. 그는 생선을 파는 상인이 아닌 것 같았다. 잠시 관찰해보니 시장 상인 한 명이 그의 앞에 나타나서 무언가를 주문했다. 그는 냄비에 든 음료를 한 손 안에 폭 들어갈 만한 아주 작은 잔에 부어 손님에게 건네주었다. 아주 옅은 갈색을 띠고 있는 그 음료가 무엇인지 나는 그 음료를 파는 남자에게 물어보았다. 그는 이렇게 대답했다.

"오마니 커피예요. 한 잔 마실래요?"

그는 이동식 커피 가게의 주인이었다. 나는 이 커피를 마셔보기로 했다. 색은 내가 알고 있는 커피와는 많이 달랐지만 향은 확실히 커피다. 게다가 카르다몬의 향이 강했다. 원샷을 할 수 있을 정도로 아주 작은 컵에 담긴 커피를 나는 천천히 조금씩 맛봤다. 마시는 동안 주인은 큰 플라스틱 통의 뚜껑을 열고, 안에 들어 있던 대추야자 하나를 나에게 주었다. 커피를 마시면서 달달한 대추야자를 먹으니 커피의 쓴맛과 야자의 단맛이 조화되어 설탕이 들어 있지 않은 오마니 커피를 마시는 데 딱 좋은 맛이 되었다.

종이컵을 사용하는 커피숍과 달리 도자기 잔을 사용하는 것이 매우 흥미로웠다. 커피의 양이 매우 적기 때문에 손님들은 커피를 몇 잔씩이나 리필하면서 마시고 있었다. 내 옆에서 커피를 마시던 노인이 이렇게 말해주었다.

"커피는 집에서도 마시고 시장에서도 일하면서 몇 잔씩 마셔요. 저는 하루에 30잔 정도 마셔요. 홍차도 마시지만 저는 오마니 커피를 아주 좋아해요."

커피를 오마니 커피라고 부른다면 홍차는 '오마니 티'라고 부르느냐고 물어보았다. 주변에 있던 사람들이 "커피는 오마니 커피라고 부르지만 오마니 티는 없어요."라고 가르쳐 주었다.

커피를 마신 후 어시장을 다시 구경하다가 홍차가 들어간 종이컵을 쟁반에 놓고 배달하는 사람을 만났다. 시장 상인의 주문을 받아서 가져가는 중이라고 한다. 커피는 시장에서 팔고 있는 사람이 있기 때문에, 자신은 주로 홍차와 생

• 이동식 카페

수 등 다른 음료를 팔고 있다고 나에게 설명한 후 그는 생선 진열대 쪽으로 뛰어갔다.

익숙하지만 낯선 차

무스카트 여행을 마친 뒤 다시 버스를 타고 2시간 거리에 있는 니즈와^{Nizwa}라는 도시로 향했다. 17세기에 건설된 니즈와 포트라고 불리는 요새로 유명한 니즈와는 한때 오만의 수도로 교역과 종교의 중심지로 번성했다. 나는 니즈와에 도착하자마자 요새 안에 있는 수크^{시장}를 산책했다. 매우 아름답게 꾸며진 시장이고, 화려한 색깔의 각종 채소와 과일, 고기와 생선이 판매되고 있었다. 현지인들이 유유히 쇼핑을 하고 있는 모습도 볼 수 있었다. 구불구불하고 좁은 골목에 사람들이 빽빽하던 무스카트의 수크와 달리, 니즈와의 수크는 시간이 천천히 여유롭게 흐르는 곳이다.

수크와 요새를 구경한 후 나는 요새의 높은 벽 바깥으로 나갔다. 거기에는 요새 안쪽과는 다른 분위기의 작은 시골 거리가 있었다. 목도 마르고 슬슬 홍차가 그리워진 나는 바로 커피숍을 찾았다. 커피숍은 매우 쉽게 찾을 수 있었는데, 눈앞에만도 커피숍이 몇 개씩이나 있고, 그 주위에는 작은 레스토랑도 몇 개 보였다.

나는 조금 오래돼 보이는 커피숍으로 들어갔다. 가게 안은 조금 어둡고 매우 조용했다. 구석에 남자 손님 둘이 앉아서 작은 목소리로 대화를 나누면서 차를 마시고 있었다. 카운터 건너편에는 머리에 천을 감고 안경을 쓴 가게 주인이 의자에 앉아 있었다. 나는 주인에게 0.1리얄을 지불하고 "몸타즈 주세요."라고 주문했다.

70대 정도로 보이는 가게 주인은 의자에서 천천히 일어나더니 내게 설탕을 넣느냐고 묻고는 종이컵에 몸타즈 티백과 설탕을 한 숟가락 넣고 뜨거운 물을 부어 건네주었다. 차를 마시면서 나는 니즈와의 커피숍에 대해 가게 주인에게 물어보았다.

이곳 커피숍은 하루에 약 200명의 손님이 이용하는데 그중 90% 이상의 손님이 홍차를 주문한다고 한다. 하루에도 수많은 사람이 이곳을 찾지만 테이크아웃으로 가져가는 손님이 많기 때문에 가게 안에 자리가 많은 커피숍은 없다고 알려주었다. 이 커피숍은 모스크 근처에 위치한 것이 아니지만 매일 다니는 단골손님도 많고, 특히 주변 레스토랑에서 식사를 한 후 들르는 사람도 많다고 한다.

홍차 외에 즉석 커피(0.15리얼, 약 520원), 미네랄 워터(500ml 0.1리얼), 주스 등의 음료도 판매하지만, 이런 음료는 하나도 팔리지 않는 날도 있다고 한다. 이 근처에는 커피숍이 많이 모여 있고 서로 같은 규모에 비슷한 분위기지만 다른 가게와의 경쟁은 전혀 없다고 한다.

● **몸타즈** 오만에서 가장 유명한 홍차 브랜드다

웃음을 띠면서 여유있고 정중하게 설명해주는 주인의 친절함에서 이 커피숍 그리고 이 마을 자체가 매우 천천히 흐르는 시간 속에 조용히 존재하고 있는 것처럼 느껴졌다.

무스카트에서 남쪽으로 1,050km 떨어진, 예멘과의 국경 근처에 있는 오만 제2의 도시 살라라^Salalah에도 가보았다. 여기에도 예외 없이 커피숍이 많았고, 많은 사람들이 차를 즐기고 있었다. 무스카트에서 본 것처럼 커피숍이라고 크게 쓰인 커다란 간판이 걸려 있는 가게도 있지만, 간판도 없고 가게 밖에 긴 의자만 몇 개 놓여 있는 매우 소박한 커피숍도 있다. 다양한 형태의 커피숍이 존재하지만 어느 가게든 오만 사람들에게 하는 역할은 모두 비슷하다.

내가 무스카트 레스토랑에 갔을 때의 일이다. 가게 주인에게 차의 음용 풍습에 대해 이야기를 듣고 있던 중 가게 주인이 내게 이렇게 말했다.

"차가 몸에 좋은 음료라는 것은 TV를 통해 최근에 알게 되었지만 구체적으로 어떤 효능이 있는지 전혀 모르겠다." 내가 오만에 머무르는 동안 "홍차를 올바르게 마시는 법을 알고 싶다.", "설탕이 없는 홍차는 너무 떫어서 입에 맞지 않기 때문에 설탕을 듬뿍 넣어버리는데 설탕의 과다 섭취는 몸에 나쁜 것이 아닌가?" 하는 등의 질문을 다른 사람들에게도 받았다. 대부분의 오만 사람들은 아직 차의 효능에 대한 지식을 얻기가 어렵다고 한다. 나는 오만 사람들이 아주 친근한 존재인 차에 대해 많이 알고 싶어 하고, 흥미를 갖기 시

● 길거리에서 차를 즐기는 오만 사람들

작한 단계에 있는 것 같다고 생각했다. 요즘 오만에서도 생활습관병이 큰 문제라고 한다. 차를 마시고 얻을 수 있는 장점에 대한 정보가 오만 사람들에게 많이 알려졌으면 좋겠다는 생각을 했다.

다음에 또 오만을 찾아갈 기회가 생긴다면 무스카트 숙소 근처 커피숍에 다시 가보고 싶다. 과연 라시드와 그의 지인들은 여전히 맨날 앉아 있던 그 자리에 그대로 있을까.

Iran

낯설고 아름다운 차문화

이란

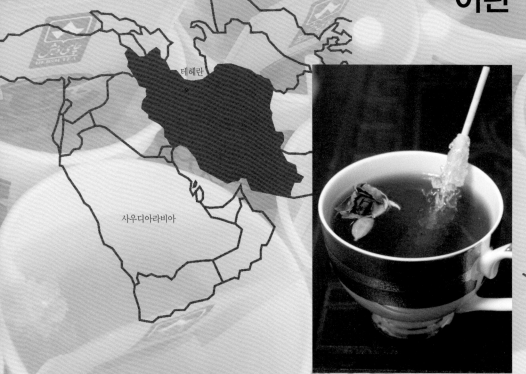

테헤란

사우디아라비아

이란

낯설고 아름다운 차문화

내가 묵을 아밀 씨^{Mr. Amil}의 집은 테헤란 시내 중심가에 있다고 했다. 공항에서 지하철을 타면 환승 없이 찾아갈 수 있는 동네고, 역에서 도보 1분 거리에 집이 있다고 했다. 그러나 그 1분 사이에 나는 완전히 길을 잃어버려 결국 역 주위를 30분 정도 헤매고 말았다. 다행히 매우 친절한 사람들의 도움을 받아, 마침내 아밀 씨의 집에 도착했다. 현관문을 열고 신발을 벗고 짊어진 큰 배낭을 내려놓자 갑자기 긴장이 풀리고 동시에 피로가 몰려왔다. 그 절묘한 타이밍에 맞춰 아밀의 부인이 "긴 여정에 많이 피곤했죠? 우선 차부터 드세요."라며 고급스러운 백색과 금색의 다기 세트를 이용해서 차를 우려주었다. 분명 손님 접대용 다기일 것이다. 이란에서 마시는 첫 홍차다. 그런데 이 한 잔의 홍차에서 나는 이란 차문화의 세례를 받게 되었다.

놀라운 설탕 사용법

컵 안의 홍차는 내가 평소에 마시는 것과 비슷해 보였다. 컵 옆에 있는 설탕 포트에는 각설탕이 있고, 그 옆에는 15cm 정도의 길쭉한 막대기에 노란색 빙설탕 같은 것이 그릇 위에 올려져 있었다. 이런 빙설탕은 처음 보는 것이었다. 도대체 이 설탕으로 어떻게 차를 마셔야 할까? 방법을 전혀 알 수 없어서 어

● **이란의 홍차** 간드라고 부르는 각설탕과 나버트를 녹여서 마신다.

떻게 마셔야 하는지 물어봤다. 그러자 그녀는 이렇게 대답했다.

"본인 취향대로 자유롭게 드세요."

분명 친절한 마음으로 이렇게 말해주었을 것이다. 그러나 이전에 빙설탕에 대해 들어본 적은 있지만, 먹는 방법을 전혀 모르는 나는 점점 혼란스러워졌다. 이것은 '나버트'라고 하고, 홍차 안에 넣고 저어 마시는 것이라고 한다. 각설탕은 '간드'라고 부르고, 한 번 차에 담그고 입안에 넣어 차를 마신다. 간드와 나버트는 취향에 따라 한 쪽만 사용하고, 둘을 동시에 사용하지는 않는다고 한다. 가르쳐 준 대로 나는 각설탕을 홍차에 살짝 담그고 나서, 입속에 하나 넣어보았다. 내가 평상시 한국에서 사용하는 각설탕과 생김새는 똑같지만, 매우 단단하다. 입안에 넣어도 곧바로 부서져 녹지 않기 때문에 입에 각설탕을 넣은 상태로 홍차를 계속 마실 수 있다. 나는 싱가포르에서 만난 카펫 가게의 이란인 모하메드의 모습을 떠올렸다. 그를 만났을 때 그의 입가에서도 각설탕이 살짝 보였던 것이다.

부인이 나에게 홍차를 한 잔 더 주어서 이번에는 나버트를 홍차 안에 넣고 빙글빙글 돌렸다. 나버트는 곧바로 녹지 않지만 휘젓고 마시는 동작을 반복하며 마셔보니 컵 속의 홍차가 없어질 무렵에는 나버트도 완전히 녹아서 막대기만 남았다. 이 두 잔의 차를 마시는 것만으로도 심장이 콩닥콩닥 뛰는 것 같았다.

"이란에 오길 잘했다!"

나는 간드를 왜 차에 살짝 담그고 입에 넣는 것인지 알고 싶었다. 그 이유를 아밀에게 물어보았다. 그는 이렇게 설명했다.

지금부터 150년 전 영국으로부터 간드의 제조 기술이 전해졌다. 그런데 설탕의 정제 과정에서 소나 양의 뼈를 구운 숯을 사용한다는 것이 국민에게 널리 알려졌고, 시아파의 성직자 물라는 간드를 금기품으로 지정하고 식용을 금지했다. 그러자 파탄에 직면한 간드 제조사는 물라에게 대가를 지불했고, 물라는 다시 이란 사람들이 간드 먹는 것을 허용했다. 그때 물라가 가르친 간드의 섭취 방법이 있었으니, 그것이 바로 간드를 홍차로 한 번 씻고 나서 먹는 것이었다. 이때부터 홍차로 간드 씻는 시늉을 하고 입에 넣게 되었다는 것이다. 믿거나 말거나지만, 많은 이란인이 이 이야기를 믿고 있다고 아밀이 말했다.

테헤란의 전통찻집 차이하네

아밀의 집 근처에 그가 항상 이용하는 홍차 판매점이 있다고 해서 바로 방문했다. 가게에 들어가자마자 덩치가 아주 큰 가게 주인이 나타나 일본어로 "곤니치와(안녕하세요)?"라고 나에게 말을 걸었다. 주인은 이전에 오사카에 거주한 경험이 있다면서, 이란에서 일본인을 만나서 매우 기쁘다고 환영해 주었다. 가게에는 이란산 차 제품 외에도 수입된 소포장 차 제품이나 티백 제품이 있었고, 바닥에는 대량 판매용의 벌크 포장된 홍차도 놓여 있었다. 찻잎 외에 차를 마실 때 함께 먹는 대추야자 등 말린 과일과 견과류도 팔고 있었다.

이 가게에서는 주로 이란의 라히장^{Lahijan}, 스리랑카, 인도에서 만든 홍차를 판매하고 있었다. 녹차와 백차도 소량 판매하고 있는데, 이것들은 전량 중국에서 수입하고 있다고 한다. 가장 인기 있는 차는 인도산 홍차로, 자국산 홍차보다 맛있기 때문이라고 한다. 소비자들은 홍차의 산지에 대한 저마다의 취향을 가진 경우가 많고, 보통은 이란산에 비해 비싸더라도 인도나 스리랑카 홍차를 좋아한다고 한다. 이 가게에서는 이란산 홍차가 1kg에 2만 토만(toman, 2016년 이전 화폐단위, 약 5,200원)이며, 같은 무게의 스리랑카산 홍차는 7만 토만(약 1만 8,200원), 인도산 홍차는 8만 토만(약 2만 800원)이었다. 이만큼의 가격 차이가 있는데도 고객들이 수입 홍차를 구입한다고 하니 이란의 차 회사들이 들으면 아주 슬퍼할 일이다.

나는 망설이지 않고 이란산 차를 구입했다. 그리고 주인에게 "이란의 차문화를 체험할 수 있는 곳을 추천해주세요."라고 부탁했다. 그러자 그는 바로 "이 가게 맞은편에 붉은 글씨가 쓰인 작은 간판이 걸려 있어요. 그 건물 2층으로 한 번 가보세요. 거기는 이 근처 사람들 사이에서 아주 유명한 찻집이에요."라고 가르쳐주었다.

그 찻집은 현지인들로 붐비는 '차이하네'라는 전통찻집이었다. 안에 들어가자 점원이 자리를 안내해 주었는데 가게 안쪽에 위치한 별실 같은 공간이었다. 공간 입구에는 안에 있는 사람이 밖에서 보이지 않게 커튼이 설치되어 있었다. 내가 안내를 받은 이 자리는 사실 패밀리석이라고 해서 여성 또는 여성 동반 커플이 이용하는 좌석이었다. 남성은 이 공간 밖에 있는 좌석을 이용하고 있었다. 종교상의 이유로 남성과 여성의 공간이 나뉘어 있는 것이다.

가게를 둘러보니 대부분의 손님은 홍차와 물담배를 즐기고 있다. 물담배 연기에서 나오는 매우 달콤한 과일향이 주변을 감싸고 있었다. 나는 다른 손님과 마찬가지로 홍차와 물담배를 주문했다. 영어가 통하지 않기 때문에 이런저런 몸짓으로 열심히 뜻을 전달해보았다. 잠시 후 내 테이블에 홍차가 든 티팟과 컵, 간드와 나버트, 그리고 다식으로 사탕 네 개가 제공되었다.

테이블 옆에는 사과향이 나는 높이 1m 정도의 물담배가 놓였다. 나는 아밀 집에서 배운 것처럼 설탕을 입에 넣고 천천히 차를 마시기 시작했다. 옆자리 에 앉아 있던 두 여자가 나에게 말을 걸었다.

"어디에서 왔어요?"

"이 가게는 어떻게 알았어요?"

"우리는 벌써 3시간이나 여기에 앉아서 수다를 떨고 있어요."

나도 그녀들과 함께 이야기를 나누면서 차이하네의 분위기를 피부로 느끼 고 있었다. 가게를 나오기 전에 가게 주인에게 잠깐 이야기를 들었다. 이 가게 에는 홍차 외에도 커피나 청량음료 등의 메뉴가 있지만, 손님 대부분은 홍차 를 주문한다고 한다. 내가 남성 전용석을 쳐다봤더니 차를 마시면서 신문이나 책을 읽고 있는 사람, 휴대폰을 보고 있는 사람, 친구끼리 이야기를 나누고 있 는 사람, 가게에 있는 TV를 가만히 시청하는 사람 등 다양한 방법으로 티타임 을 즐기고 있었다. 반면 여성이 있는 패밀리석 쪽은 손님은 많지 않지만 주로 즐겁게 수다를 떨고 있었다. 최근에는 도심을 중심으로 젊은 사람들을 위한 커피 전문점이나 세련된 디저트 카페도 인기가 있다지만, 지역에 뿌리내린 차 이하네는 젊은이부터 고령자까지 폭넓은 연령층의 사람들이 이용하는 장소이 고 옛날부터의 이란 음다 풍습이 계승되는 곳이라고 할 수 있다.

이스파한의 선물

테헤란 남부 약 340km에 위치한 이스파한은 한때 "세계의 절반이 여기에 있다."고 할 정도로 번영하던, 아름다운 모스크와 장려한 건축물이 많은 고도 古都이다. 그런 아름답고 역사적인 도시를 한눈에 보기 위해 나는 테헤란의 버 스 터미널에서 이스파한행 장거리 버스에 탑승했다. 테헤란에서 이스파한까 지는 6시간이 걸리기 때문에 내가 탄 버스는 중간에서 고속도로 휴게소에 들 렀다. 승객들은 차례로 버스에서 내려 휴게소 건물 안으로 들어갔다. 나도 그

들을 따라 건물 안으로 들어갔는데 그곳에서 본 것은 물이 끓어서 김이 펄펄 나는 거대한 사모바르와, 그 앞에 놓인 수많은 종이컵이었다. 종이컵에는 홍차 티백과 나버트가 1개씩 들어 있었다. 승객들은 카운터에서 돈을 지불하고 스스로 종이컵에 뜨거운 물을 부어 홍차를 만들고 있었다. 나도 그들이 하는 대로 홍차를 우려 마시면서 긴 여정의 피로를 풀었다.

이스파한의 호스트 패밀리 알리^{Mr. Ari}의 집에서는 아침에 일어나자마자 우선 가스레인지에 불을 붙이고 홍차를 만드는 일로 하루를 시작한다. 그의 부인은 가스레인지 위에 올려진 2단식 주전자를 사용해서 차이를 끓인다. 주전자 하

● **하루의 시작** 홍차를 우리는 것이 이란 여성들의 일과 시작이다.

단에는 물이 들어가 있고, 주전자 윗단에는 아주 진하게 우린 홍차가 들어 있다. 마실 때는 먼저 컵에 상단의 진하게 우린 홍차를 컵의 3분의 1 정도까지 붓고, 나머지 3분의 2는 아래 주전자에서 끓인 물을 붓는다. 이러한 2단식 포트는 이란의 일반 가정에 널리 보급되어 있다고 한다. 내가 길거리나 차이하네에서 봤던 큰 사모바르와 사용 방법은 동일하다.

  홍차 우리는 모습을 흥미롭게 쳐다보았더니, 알리가 이렇게 알려주었다.

  "이런 가정용 사모바르는 바자르에 가면 많이 볼 수 있어요. 이보다 고급스럽고 아름다운 모양이 새겨져 있는 사모바르는 이란 서부의 로레스탄^{Lorestan} 주에 있는 보루제르드^{borujerd}라는 도시에서 많이 제조되고 있어요. 하지만 이스파한의 바자르에서도 수제 사모바르를 제조하는 장인이 있어요. 내가 잘 아는 사람이니, 내일 한 번 방문해볼래요?"

  나는 예전부터 사모바르에 매우 관심이 많았기 때문에 러시아산 사모바르를 몇 개 가지고 있는데 이번에는 그 사모바르를 만드는 공정을 볼 수 있다니!

마음이 춤추는 가운데 알리한테 사모바르 공방의 주소와 전화번호가 적힌 메모를 받았다.

다음 날 나는 이맘광장 뒤편에 있는 바자르로 향했다. 이란의 다른 바자르와 마찬가지로 이스파한의 바자르는 사람들에게 생활필수품을 파는 수많은 아케이드와 작은 바자르가 있었다. 또 바자르 옆에는 관광객을 위한 기념품점과 모스크, 신학교, 공중목욕탕, 찻집 등이 있다. 이 모든 것이 모여 있는 바자르는 생활, 경제, 사회, 정치, 종교 등 모든 면에서 사람들의 요구를 충족시키고 있다. 나는 알리가 준 메모를 확인하면서 바자르의 이리저리 구부러진 복잡한 골목으로 들어갔다. 이윽고 활기찬 분위기의 골목길이 끝나고 사람들이 별로 다니지 않는 한적한 구역에 다다랐다. 주변 사람들에게 물어물어 마침내 도착한 사모바르 공방은 작은 잔디 광장 구석에 위치한 2층짜리 작업장이었다.

이미 내가 방문한다는 연락을 받아서인지 공방에서 작업하고 있던 사람들이 건물에서 나와 나를 환영해 주었다. 검은 기름으로 얼룩진 작업복을 입고, 역시 기름으로 끈적거리는 손을 내게 내미는 남성들의 모습에서 이란의 사모바르 문화를 가장 밑바닥에서 떠받치고 있는 사람들의 삶을 엿볼 수 있었다. 그들은 1년에 약 5,000개의 사모바르를 제조하고 있고, 만든 사모바르는 주로 이스파한의 바자르에서 판매된다고 한다. 사모바르는 몸통, 다리, 꼭지, 주전자, 주전자를 놓는 부분 등 여러 부품으로 나뉘어 있기 때문에 제조할 때 부품별로 제조한 후 마지막에 모든 부품을 조립하여 완성한다고 한다. 내가 방문했을 때는 사모바르 위에 올려놓는 찻주전자를 제조하는 중이었다.

공방 구석에는 금색으로 빛나는 찻주전자가 많이 쌓여 있었다. 이 주전자는 놋쇠로 만들어져 있고, 같은 소재로 다른 부분도 제조하는 것이다. 한 남자가 내 앞에 놋쇠 판을 한 장 가져왔다. 이제부터 이 판으로 찻주전자 만드는 과정을 보여준다고 한다. 나는 도자기로 주전자 만드는 모습은 여러 번 봤지만, 놋쇠 판으로 주전자 만드는 과정을 보는 것은 처음이었다.

5명의 남성이 각자 담당하는 기계 앞으로 이동했다. 첫 남자가 판을 둥글게

● 사모바르를 제작하는 공방

자른다. 다른 사람이 그것을 기계에 끼워 둥근 몸통 부분을 만들었다. 다음 남
자는 뚜껑을 만들었고, 그다음 남자는 몸통에 구멍을 뚫고, 마지막 남자는 주
둥이와 손잡이를 붙였다. 마지막으로 이 주전자 측면에 모양을 박으면 완성이
다. 모든 것이 수작업이지만 숙련된 장인들의 손으로 순식간에 아름다운 주전
자 하나가 완성되었다. 리더급의 에프산Ehsan 씨가 말했다.

"이것은 당신의 주전자입니다."

상상도 못하던 선물을 받고 감사한 마음을 금할 수 없었다. 나는 이 찻주전
자를 만들어 준 남자 5명을 모두 기억에 남기고 싶었기 때문에 이 주전자에 5
명의 이름을 써달라고 부탁했더니 "주전자는 평소에 당신이 사용했으면 좋겠
어요. 주전자 상자에 우리의 이름을 쓸게요."라면서 상자를 가져와 한 사람씩
자신의 이름을 영어와 페르시아어로 써주었다. 그들은 평소에 사용하라고 했

지만 너무나 아까워서 이 주전자는 지금 내가 수집한 사모바르 옆에 소중히 간직하고 있다. 세계에서 단 하나밖에 없는 이 주전자를 볼 때마다 공방에서 기름투성이가 되어 일하고 있던 5명의 남성들 얼굴이 뇌리에 떠오른다.

라슈트의 기묘한 음다법

나는 테헤란에서 버스로 5시간 거리에 있는 길란 주 라슈트^{Rasht}로 향했다. 카스피해 연안에 위치하고 있고, 내륙과 달리 비옥한 농촌지대이기도 하다. 예로부터 유럽과 러시아의 중요한 무역항으로 번성해 온 이 땅은 이란 최대의 차 산지 라히장의 입구가 되는 도시이다. 나는 이 도시를 아주 좋아했다. 왜냐 하면 좋은 시절의 옛 이란 모습이 거리에 넘치고 있기 때문이다. 라슈트의 재래시장은 밤 12시경까지 활기가 넘쳤다. 산처럼 쌓인 석류, 모과 등의 과일과 신선한 채소, 다채로운 해산물로 가득한 좁은 골목길을 걷고 있으면 곳곳에서 사람들이 나에게 말을 걸었다.

"헬로! 어디서 왔어요?"

"내 사진을 좀 찍어줘요."

걷는 것만으로도 행복해지는 이 재래시장 한 곳에 아주 작은 간판이 있었다. 거기에는 메뉴 같은 글이 많이 쓰여 있었지만 나는 전혀 읽을 수 없었다. 그러나 나는 간판 아래쪽에 티컵 그림이 그려져 있는 것을 놓치지 않았다. 차이하네일지도 모른다. 간판의 뒤쪽을 보니 거기에는 딱 봐도 긴 역사가 느껴지는 좁고 낡은 차이하네가 자리를 잡고 있었다.

그 차이하네는 가게 안에 8명이 앉으면 만석이기 때문에 가게 밖에도 테이블과 의자가 있었다. 가게 주인과 손님 모두 남성이고 연령층이 높은 편이었다. 혼자 조용히 홍차를 음미하고 있는 남자가 3명 정도 있었는데 나는 그들을 보고 내 눈을 의심했다. 그들이 유리잔 속 홍차를 찻잔 받침에 따른 뒤, 찻

● **라슈트의 음다법** 홍차를 마실 때 유리잔 그대로 마시지 않고 찻잔 받침에 차를 따라 마신다.

잔 받침에 입을 대고 홍차를 마시고 있었기 때문이다. 이쪽도 저쪽도, 다들 찻잔 받침으로 차를 마시고 있다. 나는 이 가게의 손님 중 한 명에게 왜 홍차를 유리잔 그대로 마시지 않는지 물었다. 그러자 그 남자는 "뜨거우니까요."라고 짧게 대답한 후, 다시 찻잔 받침을 사용해서 차를 마셨다.

카운터에 있는 찻잔 받침을 보니 일반적으로 사용하는 것보다 가장자리가 안쪽으로 많이 뒤집혀서 깊이와 두께가 있었다. 홍차를 부어도 쏟아지지 않을 외형이다. 또 손에 들고 있어도 열전도율이 낮고, 쉽게 홍차를 식힐 수 있다. 이 가게에서 사용하고 있는 찻잔 받침 한가운데에는 한 남성의 얼굴이 그려져 있었다. 누구인지 물어보니 점주가 "'나시르 앗딘 샤'라는 왕입니다. 왜 그의 초상화가 그려져 있는지는 모르지만요."라고 말했다. 나와 가게 주인의 대화를 듣고 있으면서도 다른 손님들은 표정을 바꾸지 않고 조용히 찻잔 받침으로 홍차를 마시고 있었다. 마치 '이런 식으로 마시는 것이 뭐가 이상한가?'라고 말하는 것처럼 말이다. 이후 여행 내내 내 시야에는 라슈트 남성들이 곳곳에서 차를 찻잔 받침에 마시는 모습이 눈에 들어왔다.

이란의 대표 차 산지 라히장

이란의 차 산지라고 하면 뭐니 뭐니 해도 라히장이다. 인구 약 3만 명의 작은 도시지만, 이곳의 인지도는 어떤 이란인에게 물어봐도 알고 있을 정도로 높다. 나는 라슈트에서 조그마한 마을버스를 타고 라히장으로 향했다. 창밖으로 보이는 카스피해의 푸른색과 엘부르즈 산맥 기슭에 조성된 다원의 아름다운 초록색 풍경은 내가 태어난 고향 시즈오카를 떠오르게 했다.

라히장에 도착한 후 처음으로 향한 곳은 차 박물관Iran's National Tea Museum이다. 박물관 건물은 약 70년 전에 건설되어 20여 년 전부터 박물관으로 사용되고 있다. 건물 입구에는 아마도 페르시아어로 차 박물관이라고 표시가 되어 있었을 것이다, 영어 표기가 없기 때문에 이 건물이 차 박물관인지 아닌지 외관만으로는 전혀 알 수가 없다.

안으로 들어가 보니 내부는 아주 어두웠다. 한 걸음씩 조심스레 들어가자 입구에 앉아 있던 직원이 불을 켰다. 다른 관람객은 아무도 없다. 입장료를 지불했더니 그 직원은 "당신이 오늘 첫 손님입니다."라고 말했다. 아주 조용한 건물 내부는 2층으로 구성되어 있고, 1층에는 옛 제다 도구와 다양한 형태의 사모바르가 전시되어 있었다. 규모도 크지 않아 박물관이라기보다는 전시관 같은 느낌이었다. 2층에 올라가니 비석이 하나 있었다. 이 비석에 이란의 차 역사가 새겨져 있다는데, 세월이 많이 지난 비석인 데다가 페르시아어로 쓰여 있어서 전혀 읽을 수가 없었다. 이 전시관 같은 박물관을 방문한 나의 만족도는 65% 정도였다.

박물관을 나와서 바로 근처에 있던 케이블카를 탔다. 케이블카에서는 라히장의 차밭을 한눈에 볼 수 있었다. 이란에 이렇게 광대한 차밭이 있었다니, 여

• 이란의 다원

기에 오기 전에는 전혀 상상하지 못했다. 나는 감동에 겨워 눈 앞에 펼쳐진 차밭을 오래오래 바라보았다.

나는 라히장 중심부에서 가까운 곳에 있는 제다공장으로 향했다. 길란 주에는 약 150개의 제다공장이 있으며, 그중 30개는 라히장에 위치하고 있다. 그중에서도 '로샨 바하르'라는 제다공장은 대규모에 속한다.

공장 부지에 들어서면 공장 건물 높이를 훨씬 뛰어넘는 초거대 사모바르가 우뚝 서 있다. 어떻게 지었는지 신기할 정도다. 일반 관광객이 부담 없이 공장 내에 출입할 수 있도록 개방하고 있는데, 부지 내에 레스토랑이나 카페, 산책로가 있어 편하게 관광할 수 있다. 차밭과 공장 부지 일각에서 웨딩 촬영을 하

• **제다공장** 라히장은 이란의 차 산지이다. 그곳 공장에 설치된 초대형 사모바르 모형이 인상적이다.

는 것도 가능하다고 한다. 이러한 형태로 차를 제조하면서 부수입을 얻는 제다업체는 이란에서는 아직 드물다고 한다.

　나는 응접실에서 사장 고람레자Gholamreza 씨로부터 홍차의 제조 시기나 차밭에 대한 설명을 들었다. 이 공장의 경우 계약 농가는 따로 없고, 공장 주변 농가에서 나오는 찻잎을 구매하여 차를 제조한다. 차 생산량은 매년 일정하지 않고, 농가들에서 수확되는 찻잎의 양에 따라 생산량이 결정된다고 한다. 생잎은 품질에 따라 2단계로 나뉘며, 가격은 5kg당 A급 15만 리얄(약 4,700원), B급 14만 리얄(약 4,400원)이며, 채엽 방법에 따른 가격 차이는 없다고 한다. 그 이유를 물어보니 제다공장 입장에서는 단순한 원료 구입에 불과하기 때문이라고 한다. 채엽은 5월부터 10월 사이에 하고, 1창2기로 따는 것이 좋다고 한다. 채엽 시 가위를 사용하는 경우가 많지만 손으로 따는 경우도 있고, 평지에 조성된 차밭에서는 소형 적채기를 사용하는 경우도 있다고 한다.

다음으로 공장의 내부를 견학했다. 공장으로 반입된 생잎은 5시간에서 12시간 동안 시들리기를 한다. 시들리기 시간은 그날의 기후에 따라 조절한다. 유념은 60~70kg 정도를 가압하면서 약 30분간 비빈다. 유념기는 자국산 기계를 사용하는데, 최신형 기계보다 연식이 오래된 낡은 기계가 오히려 고품질의 홍차를 생산할 수 있게 해준다고 한다. 찻잎을 비빈 후에는 발효가 진행되는데 직경 50cm, 높이 30cm 정도의 큰 플라스틱 소쿠리에 80% 정도의 찻잎을 넣고 발효실에 놔두는 방법으로 하고 있다. 소쿠리에 구멍이 있어 통기성이 있다는 이유로 발효 도중의 교반 작업은 없다. 이것이 라히장에 있는 많은 제다공장에서 사용되는 발효 방법이라고 하지만, 소쿠리 속 찻잎 온도를 균일하게 유지하기에는 다소 역부족으로 보였다. 건조 공정에서는 찻잎을 200도에서 20분간 건조한다. 이와 같이 제조된 홍차는 제품의 품질에 따라 구분된다. 완성된 홍차는 이란 국내에서 60%가 유통되고, 나머지 40%는 터키, 러시아, 독일, 이라크 등으로 수출된다고 한다. 이란에서 만든 차를 이라크에서 마시고 있다는 것은 의외였다. 그렇다면 이란과 이라크는 홍차로 연결되어 있다고 해도 좋은 것은 아닐까. 뉴스에서 보는 국가 관계가 내 속에 여러 선입견을 만든 것이 아닐까 하는 생각이 들었다.

특별한 날 마시는 차이드랑겟

차 산지인 길란 주에서는 결혼식이나 축제 등 특별한 날에 '차이드랑겟'이라고 불리는, 두 색으로 만들어진 차를 우려 마시며 축하를 주고받는 관습이 있다는 이야기를 듣고, 나는 이 차를 만들 수 있는 인물을 방문했다.

라히장에서 전통가옥 전시와 공예품을 제작하고 있는 레이라^{Leila} 씨의 작업장에는 짚을 짜서 만든 바구니나 아름다운 자수가 새겨진 목도리 등이 전시되어 있었다. 레이라 씨는 "차이드랑겟은 행복의 차입니다. 오늘은 당신이 이란에 있는 동안 행복이 많이 들어오기를 기원하는 마음을 담아 차를 우려드립니다."라고 하면서 천천히 차를 우리기 시작했다.

'2종류의 차'라는 의미의 차이드랑겟은 농도의 차이를 이용해서 한 잔의 홍차 안에 아래쪽에 투명한 설탕 층, 위쪽에 홍차 층을 만드는 차다. 레이라 씨는 한 잔의 차를 우리는 데 5분 정도의 시간을 들여 천천히 정성껏 차를 만들었다. 길거리 찻집이 단 10초 만에 차를 만드는 것과는 비교할 수 없는, 마치 시간이 멈춘 것 같은 정숙한 분위기에 휩싸였다.

레이라 씨는 내 앞에 차이드랑겟을 내주면서 이 차에 대해 가르쳐 주었다. 그는 먼저 "잔에 듬뿍 담은 설탕은 행복을 상징합니다."라고 말했다. 이것은 내가 이전에 인도네시아에서 체험한 중앙 자바의 음료 풍습 '테 포치^{Teh Poci}'와 비슷한 의미를 가지고 있다고 생각되었다. 이처럼 지리와 문화가 전혀 다른데도 차를 통해 행복을 전하는 방법이 비슷하다는 것이 참 신기했다. 레이라 씨가 "차가 식기 전에 드세요."라고 권한 후에야 나는 유리잔 속 홍차를 한 모금씩 마시기 시작했다. 두 모금 마실 때까지는 보통 홍차의 맛과 다르지 않았지만 그다음부터 갑자기 입안에 강한 단맛이 덮쳐왔다. 마치 물엿을 마시고 있는 것 같았다. 하지만 이것이 매우 깊은 의미를 가진 홍차라고 하니 한 방울도 남겨서는 안 된다는 사명감으로 모두 마셨다.

레이라 씨는 내가 차를 마시는 동안 이 지역의 풍습에 대해서도 설명해 주었다. 길란 주의 결혼식에서는 차이드랑겟을 만드는 사람이 식장에 초청된다. 신랑 신부는 그 사람에게 소액의 사례금을 준다. 결혼식이 끝난 후 가족이나 가까운 친척만 이 차이드랑겟을 한 잔씩 마신다고 한다.

이란은 전국적으로 차 마시는 풍습이 정착되어 있는데, 유독 갈란에만 이런 풍습이 있다는 것은 이 지역 사람들의 자기네 고장을 대표하는 차에 대한 자부심에서 비롯된 것이 아닐까 여겨진다.

이란의 독특한 식탁과 차문화

나는 라히장에서 카스피해를 따라 동쪽으로 100km 정도를 더 이동해서 마잔다란 주에 있는 토네카본^{Tonekabon}에 도착했다. 여기서는 호스트 패밀리 사마네^{Samaneh} 씨가 나를 기다리고 있었다. 그녀는 "당신이 차를 좋아한다고 들어서 우리 집에 꼭 초대하고 싶었어요."라고 말했다.

사마네 가족은 오렌지 농장을 운영하고 있고, 집 정원에는 산더미처럼 쌓인 오렌지가 출하를 기다리고 있었다. 그녀는 집에 도착하자마자 잠시 쉴 틈도 없이 내 손을 끌고 집 밖으로 나왔다.

"차밭에 갑시다!"

집 밖으로 나와 보니 사마네의 친구 몇 명이 자동차에서 우리를 기다리고 있었다. 이로써 나의 '토네카본 차밭 투어'가 시작되었다. 약 5시간 동안, 토네카본의 차밭은 전부 다 보았다고 장담할 수 있을 정도로 차밭이라는 차밭을 끝없이 돌아다녔다. 가끔 차밭 농로^{農路}를 따라 작은 차이하네를 보았지만 "시골 차이하네의 분위기도 보고 싶다."는 내 목소리는 비포장 농로를 거칠게 달리는 차의 소음과 요란한 음악 소리에 힘없이 묻혀버렸다. 격렬한 토네카본 차밭 투어 끝에 사마네 집으로 돌아오고 나니 목이 완전히 쉬어 있었다.

사마네는 가족이 10명이다. 식사를 할 때는 거실에 모인다. 홈스테이를 하는 동안 나는 그녀의 어머니가 주방에서 음식 준비하는 것을 도와드리면서 토네카본의 향토음식 만드는 법을 배웠다. 이곳은 테헤란 같은 내륙과 달리 카스피해 연안이어서 그런지 해산물을 자주 먹는다고 하며, 실제로 생선 요리가 식탁에 자주 올라왔다. 이 지방에서는 생선을 먹기 전에 오렌지즙을 짜서 뿌려 먹는다. 생선에 레몬을 짜는 건 자주 봤지만 오렌지를 짜는 것은 처음이었다. 하지만 의외로 깔끔한 맛이 났다.

어느 날 점심 식사를 준비하던 사마네의 어머니가 "오늘은 스파게티로 하

자."고 하셨다. 드디어 내가 잘할 수 있는 메뉴가 나왔다고 좋아했는데, 그녀가 만드는 스파게티는 내가 알고 있던 것과는 전혀 다른 것이었다. 이란인은 누룽지를 아주 좋아한다. 특히 귀한 손님이 왔을 때는 누룽지를 손님에게 먼저 덜어준다. 스파게티도 예외는 아니었다. 토마토소스 스파게티를 거의 다 완성한 어머니는 강불에서 프라이팬을 달구어 마치 한국에서 전을 굽는 것처럼 면을 몇 번씩 아주 강하게 눌었다. 주방에는 하얀 연기가 펄펄 피어오르고, 타닥타닥 큰 소리가 울렸다. 도대체 이 스파게티는 어떻게 되어 버리는 것일까?

완성된 토마토 스파게티는 국수의 3분의 1 정도가 단단하게 굳어 있었다. 생김새는 완전히 실패한 스파게티였다. 사마네가 스파게티의 굳어진 부분을 먼저 나에게 덜어주었다. 한 입 먹어보니 파삭파삭하는 소리가 났는데 의외로 고소하고 맛있었다. 이것이 토마토 스파게티라고 생각하지 않으면 이란의 훌륭한 접대용 음식이라고 할 수 있을 정도다.

이 여행에 동행한 딸은 귀국한 후에도 "엄마! 이란에서 먹던 스파게티 만들어줘."라고 말한다. 그때 먹었던 스파게티 누룽지가 아주 마음에 들었다고 한다. 하지만 나에게는 너무나 어려운 기술이다.

식사가 끝나고 사마네 가족과 함께 홍차를 마시면서 이란에 혹시 차에 관한 속담이 있는지 물어보았다. 사마네의 어머니는 "당연히 있지요." 하면서 몇 가지를 가르쳐 주었다.

먼저 이란에는 게으른 사람을 나무라는 속담으로 "여기는 카페하네간바르가 아니다."라는 말이 있다고 한다. 옛날에 차이하네를 '카페하네'라고 불렀는데, 테헤란에는 이 카페하네를 따서 이름을 지어 전국적으로 유명해진 '카페하네간바르'라는 가게가 있었다고 한다. 그러므로 이 속담은 '너는 지금 카페하네간바르에서 여유롭게 차를 마시는 중이 아니다.'라는 의미이고, 카페에서 차 마시듯 게으름을 피워서는 안 된다는 말이라고 한다.

또 홍차를 마실 때 진하게 우려낸 홍차를 뜨거운 물로 희석을 시키는데, 물을 너무 많이 부어서 홍차가 물처럼 연하게 되어버렸을 때 "경찰이 보고 있다."라고 한단다. 이 말은 뜨거운 물을 너무 부어서 홍차가 옅은 노란색이 되어 유리잔 반대편이 비쳐 보일 만큼 투명해진 상황을, 마치 악행을 저질러서 경찰에 들켰을 때 범인의 얼굴이 창백해지는 모습으로 표현한 것이라고 한다. 이런 재미있는 속담이나 언어유희가 구전되고 전파된다는 건 이들에게 홍차가 그만큼 익숙하고 특별한 음료이기 때문일 것이다.

싱가포르의 카펫 가게에서 이란인 모하메드를 만난 것이 계기가 되어 여기까지 오게 된 나는 토네카본 시골 마을에서 대가족과 함께 홍차를 마시면서, 싱가포르에서 마신 한 잔의 홍차와 각설탕이 나와 이란을 연결해준 것에 진심으로 감사했다.

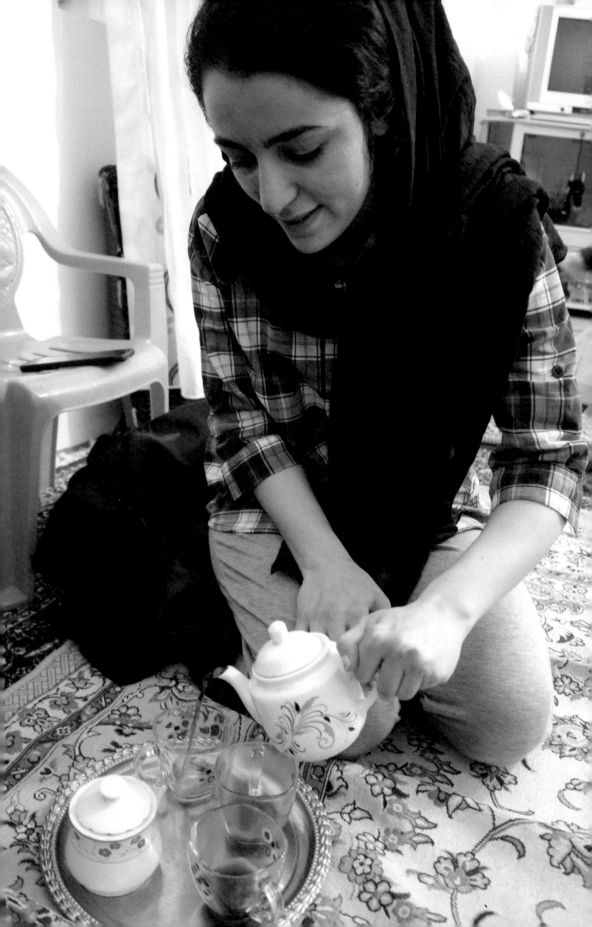

Türkiye

1인당 차 소비 1위국

튀르키예

앙카라

튀르키예
1인당 차 소비 1위국

내 튀르키예인 친구 하산 언더^{Hasan Önder}는 뜨거운 남자다. 나는 여러 나라를 다니면서 운 좋게도 많은 인연을 만났지만, 그중에서 자국의 차에 대해 이렇게까지 열정적인 사람은 만나지 못했다. 자신을 '튀르키예 홍차 대사'라고 부르는 것이 과장이 아닐 정도로 그는 튀르키예 차에 대한 정보를 알리기 위해 세계 각국을 바삐 돌아다니고 있다. 그뿐만이 아니다. 그는 야외 활동을 좋아하여 여름에는 등산, 한겨울에는 빙하 호수에서 수영하면서까지 튀르키예 홍차를 홍보한다. 내가 하산이 살고 있는 리제^{Rize}를 방문하겠다고 연락했을 때, 그는 무조건 환영한다면서 정말 기뻐해 주었다.

차이의 나라

튀르키예는 차를 좋아하는 사람들에게는 정말 흥미진진한 나라다. 튀르키예를 방문한 적이 있는 사람 중에 현지에서 차이를 마셔보지 않은 사람은 없을 것이다. 시내를 돌아다니면 차이가 들어간 유리잔을 들고 있는 사람을 여기저기서 볼 수 있고, 한숨을 돌리려고 카페에 들어가면 그 가게는 차이를 마시는 사람들로 붐비고 있다. 튀르키예에 있으면 언제 어디서나 차이다! 차를 따라 세계를 여행하는 나도 신날 수밖에 없다.

국민 1인당 차 소비량 세계 1위 국가는 중국도 아니고 인도도 아니고 바로 튀르키예다. 튀르키예에 가면 반드시 차이를 마실 기회가 찾아온다. 일본을 방문해서 일본 녹차를 우려 마실 기회를 얻는 사람보다 튀르키예를 방문하여 차이를 마시는 외국인이 훨씬 많다. 튀르키예에서는 어느 도시에 가더라도 이 나라의 차 산업과 문화가 잘 융합된 모습을 보게 된다.

나는 이스탄불에서 국내선을 타고 트라브존Trabzon으로 향했다. 거기에서 미니버스를 타고 동쪽으로 이동한다. 버스는 상당히 빠른 속도로 달린다. 트라브존에서 차 산지 리제까지 가는 동안, 나는 버스 창문을 통해 아름다운 흑해를 구경할 수 있었다. 계속 흔들리는 버스로 이동한 지 약 1시간 후, 마침내 리제에 도착했다. 내가 버스에서 내리자 하산이 기다리고 있었다. "리제에 오신 것을 환영합니다!"

리제는 바다와 산으로 둘러싸여 있으며 이스탄불에 비해 평온하고 조용한 도시다. 다른 나라 시골과 비슷하다. 차와 함께 오렌지나 키위 같은 과일 재배도 많이 하는 지역이다. 최근 튀르키예 내국인들의 여행 붐으로 인해 많은 관광객이 이러한 온난한 기후를 찾아 이곳에 오고 있다고 한다.

리제 마을을 돌아다니던 나는 갑자기 차 산지 리제의 자부심을 상징하는 건물을 목격했다. 높이 약 30m의 세계 최대 차이 잔을 발견한 것이다. 튀르키예 차이를 마실 때 빼놓을 수 없는 것이 바로 차이 잔이다. 그것을 모티프로 해서 이러한 건축물을 만들다니, 그 아이디어에 깜짝 놀랐다. 지금까지 세계 각국에서 차와 관련된 다양한 건축물을 본 적이 있지만 이만큼 인상 깊은 것은 처음이었다.

이 건물은 차 무역센터Tea Trade Center로, 튀르키예 차의 세계적인 위상을 높이고, 국내외에 이곳이 튀르키예 차 생산지라는 것을 널리 알리기 위해 지어졌다고 한다. 하산이 건물 내부를 안내해줬다. 내부에 들어가 보니 리제에서 제

● **차 무역센터** 찻잔을 모티프로 지어진 건축물이다.

조된 홍차 판매점을 비롯하여 레스토랑, 쇼핑몰, 영화관 등 다양한 즐길 거리가 있었다. 이 건물을 방문하는 것만으로도 리제를 마음껏 즐기고 있다는 느낌이 들었다. 하지만 리제 차 여행은 이제부터 시작이다.

차의 산지 리제

튀르키예 차밭 중 85%가 흑해 연안에 위치한 리제현에 있다. 여기서 찻잎은 5월 초순, 6월 중순, 7월의 세 번으로 나눠 따는 것이 일반적이다. 차 관련 산업은 리제현에서 가장 큰 수입원이다. 연간 강수량 2,230mm, 연평균 기온 18도, 연평균 최저 기온 11도, 1년 내내 기온 차가 적은 온난한 지역이다. 내가 리제를 방문한 것은 2월이었는데, 차밭이 아름답게 조성되어 있는 모습을 잘 확인할 수 있었다. 하산은 거리 중심부에서 차로 20분 정도 떨어진 차밭으로 나를 안내해 주었다.

"리제에는 차밭이 많은데 여기서 바라보는 차밭 전망이 매우 아름다워서 당신을 꼭 데리고 오고 싶었어요."

수많은 차나무가 동글동글 예쁘게 다듬어져 있다. 리제는 대부분의 차밭에시 가위를 사용해 차를 따고 있는데 일부 손으로 채엽하는 경우도 있다. 아름다운 차밭을 구경하다 보니, 마침 여성 몇 명이 차 가위를 사용해서 작업을 하고 있었다. 한 여자가 "한번 도전해 보시겠어요?"라며 나에게 차 가위를 빌려 주었다. 가위는 귀여운 체크무늬 주머니가 부착되어 있어서, 채엽한 차 싹이 이 주머니 안으로 들어가는 구조로 되어 있다. 가위는 매우 가벼워서 나도 그다지 어렵지 않게 사용할 수 있을 것 같다고 생각했지만, 실제로 사용해 보니 가위의 각도나 차나무를 자르는 부위를 정확하게 맞추기가 굉장히 어려웠다. 결국 내 차 가위는 딱딱거리는 슬픈 소리만 내고 주머니 안에는 아무것도 들어가지 않았다. 옆에서 보고 있던 하산도 내가 고생하는 모습을 웃으면서 바라보고 있었다.

"차밭에서 일하는 사람들은 모두 이 마을 사람들이에요?"라고 물어보니 하산은 아니라면서 이렇게 설명했다.

"리제에서 흑해를 따라 1시간 정도 가면 그루지야와의 국경이 있는데, 차 수확 시기에는 그루지아에서 많은 노동자들이 리제에 와서 더부살이하면서 차밭에서 일을 해요. 차를 따는 시기가 끝나면 다시 그루지야로 돌아가는 사람도 있고, 그대로 리제에 남아 키위나 양봉 등 다른 농작물로 수익을 얻는 사람도 있어요."

차밭을 자세히 보니 곳곳에 오렌지 나무가 심겨져 있었다. 오렌지 나무는 위치를 확인하기 위한 표지 역할을 하고 그늘도 제공한다. 물론 오렌지 수확으로 차 이외의 부수입을 얻기도 한다. 차밭에는 수동 케이블카가 설치되어 있는데 완만하게 이어진 차밭 위에 설치된 이 장치는 채엽한 생잎을 싣고 집

● **차이클의 차 광고** 튀르키예 최대의 차 브랜드이다.

하장까지 운반할 때 사용한다. 튀르키예 차밭은 개인이 소유하고 있고, 집하
장에 반입된 생잎을 각 제다업체가 구입하는 구조로 되어 있다. 차밭 옆의 농
로를 걸어보니 차밭 안에 벌통이 많이 놓여 있다. "이 차 농가에서는 양봉도
겸하고 있어요."라고 하산이 가르쳐 주었다.

그다음 내가 향한 곳은 튀르키예 차 기업 중에서도 최대 규모인 차이클
Caykur사가 운영하는 제다공장이다. 공장 안으로 들어가자마자 홍차의 달콤한
향기가 내 몸을 감쌌다. 여기에 있는 것만으로도 마치 차를 마시고 있는 것 같
은 기분이 든다.

공장에는 다양한 대형 제다 기계가 바쁘게 움직이고 있다. 그중에서도 포장
작업을 하고 있는 현장이 압권이었다. 현장에서는 몇 명의 남성 직원이 일하
고 있었는데, 마침 500g짜리 홍차 제품의 포장 작업을 하고 있었다. 이처럼
비교적 대형포장 제품의 작업을 보는 것은 나에게 드문 일이다. 이렇게 대용

량의 홍차 제품을 대량으로 생산하는데 모두 소비할 수 있을까 걱정이 될 정도다. 그러나 이 나라는 홍차 대국 튀르키예다. 1인당 차 소비량이 세계 1위라는 것을 잊지 말아야 한다.

현재 리제현에는 제다업체가 200개 정도 있는데, 그중 10개는 대규모 공장을 운영하고 있다. 특히 차이클은 튀르키예에서 유일한 국영기업으로 47곳에 제다공장을 운영하고 있으며, 국내 유통 점유율 50% 이상을 차지한다. 그다음으로 유통 점유율 약 20%인 도구스Dogus가 이어지고, 립톤은 10~15% 점유율에 머물고 있다. 리제에는 차이클이 운영하는 차 관련 시설이 다수 있는데, 그 모습은 마치 리제의 거리를 지키고 있는 요새 같다.

튀르키예식 차이 레시피

나는 리제 중심부 높은 언덕 위에 있는 차업시험장을 방문했다. 이 시험장은 일반인들에게도 널리 알려져 있다. 그 이유는 시험장 바로 앞에 있는 티하우스에 있었다. 시험장에 도착했을 때, 티하우스는 이미 많은 사람들로 붐비고 있었으며, 여기서는 리제 마을과 흑해의 아름다운 풍경을 한눈에 내려다볼 수 있다.

튀르키예에서는 언제 어디서나 차이를 마실 수 있지만, 사람에 따라 우리는 방법에 차이가 있을지도 모른다고 나는 생각했다. 튀르키예 차이는 어떤 방법으로 우리는 것이 바람직한가? 그 정답을 알기 위해 차업시험장에서 운영하는 이 티하우스에 물어보는 것이 좋은 방법일 수 있다. 내가 티하우스 주인에게 차이 우리는 방법을 가르쳐 달라고 부탁했더니 주인은 선뜻 응해주었다. 나는 주인 옆에 서서 차이 우리는 과정을 보게 되었다.

우선 티팟에 충분히 끓인 물 200cc와 홍차 10g을 넣고 약불로 15분간 끓인다. 충분히 추출한 홍차를 유리잔에 붓는데, 매우 진한 홍차를 취향에 따라 뜨거운 물로 희석한다. 튀르키예에서는 이처럼 홍차를 희석하는 과정이 있기 때

● **튀르키예식 차이 잔** 튀르키예의 국화인 튤립 모양으로 만든 작은 유리잔이다.

문에, 차이를 우릴 때 홍차를 넣고 끓이면서 침출시키는 포트와 희석용 물을 끓이는 포트 두 개가 필요하다. 이 두 개 포트가 한 세트인 2단식 티팟을 사용하는데, 이러한 티팟을 '차이단륵'이라고 부른다. 상단 티팟에서 홍차를 끓이고 하단에서 물을 끓인다. 차이를 음용할 때 사용하는 차이 잔은 일반적으로 튀르키예 국화인 튤립 모양으로 만들어진 유리잔을 많이 사용한다. 용량이 약 100ml 정도 되는 작은 잔으로, 뜨거운 홍차를 끝까지 뜨겁게 마실 수 있다는 이점이 있다고 한다. 주인은 나에게 천천히 설명을 하면서 정성스럽게 차이를 우려주었다.

나는 야외 벤치에 앉아 주인이 우려준 차이에 작은 각설탕을 2개 넣고, 눈가에 펼쳐진 경치를 바라보면서 차를 천천히 맛본 후, 시험장으로 이동했다.

시험장에서는 아이한^{Ayhan} 박사가 기다리고 있었다. 예전에 일본에서 차 제조기술을 배운 경험이 있는 그는 나를 매우 반갑게 맞이해 주었다. 우선 시험장 내부 시설을 견학하면서 설명을 들은 후, 사무실에서 차이를 마시며 이야기를 나누었다.

차업시험장의 주요 업무는 자국내 차 재배 농가에 기술지도를 하는 것이다. 최근에는 유기 재배로 전환하는 농가가 조금씩 증가하는 경향이 있는데, 이렇게 된 배경에는 국내 부유층을 중심으로 한 소비자가 유기농 농산물에 관심을 갖게 된 것도 있지만 튀르키예 차를 수출하기 위한 시도이기도 하다. "국내에서도 상당히 많은 양의 홍차가 소비되고 있지만, 앞으로는 수출량을 늘리려는 계획이 있군요."라고 했더니, 아이한 박사는 "하지만 유기농 홍차는 과제가 산적합니다."라고 하면서 한숨을 쉬었다.

튀르키예 홍차가 국제 시장을 타깃으로 하게 된 것은 최근의 일로, 유기농 재배 전환을 가속화하면 제다업체도 차 농가도 수익이 오를 것이라 기대하고 있다고 한다. 차 산지에서는 차업시험장 직원이 유기농 재배로 전환하기 위한 트레이닝 프로그램을 실시하는 등 기술지도가 적극적으로 이루어지고 있다고 한다. 시험장에서는 일본, 인도, 베트남 등의 답사를 통해 해외 차 산지와 활발한 교류를 하면서 해외 재배 기술 도입도 실시하고 있다. 아이한 박사는 최근에도 스리랑카의 제다 시설을 시찰하고 왔다고 말했다. 나는 "그렇게 얻은 기술을 어떤 방법으로 차 농가에 전달하고 있습니까?"라고 물었다. 시험장에서는 재배에 관한 Q&A나 유기농 재배 전환 과정을 기재한 책자를 농가에 배포하거나 유기농 재배의 이점을 홍보하는 세미나도 개최하고 있지만, 생산자의 유기농 재배에 대한 인식이 아직 낮은 것이 원인이 되어 좀처럼 진행되지 않는 상황이라고 한다. 시험장 직원은 차 재배 기술 향상을 위해 열심히 움직이고 있지만, 튀르키예 시골에서 가족경영으로 농업에 종사하는 차 생산자에게는 조금 부담이 되는 일이라고 할 수 있다.

내가 좀 전에 차밭에 다녀왔다고 말하면서 "이 마을 차밭에서는 주로 여성

이 작업을 하는 것 같더군요. 남성도 차밭에서 일합니까?"라고 물어보았다. 아이한 박사는 웃으며 이렇게 대답했다.

"남자란 게으름 피우는 버릇이 있는 법이죠. 특히 찻잎을 따는 작업에는 성격이 맞지 않을 것 같아요. 남자인 제가 이렇게 말하는 것도 이상하지만."

그날 나는 아이한 박사 및 하산과 함께 리제 번화가에 가서 함께 저녁을 먹었다. 거기서 케밥을 배부르게 먹은 후 두 사람이 "식사도 끝났으니 지금부터는 차이를 마시는 시간이에요."라며 골목 뒤에 있는 작은 찻집으로 안내를 해주었다.

가게 외관은 조금 소박했는데 창문 너머로 안을 들여다보니 많은 남성들이 차이 잔을 손에 든 채 담소를 나누고 있었다. 안으로 들어가자 손님들이 즐겁게 수다를 떠는 목소리로 활기찬 분위기였다. 하산이 말했다.

"이 찻집이야말로 '리제에 가면 리제의 법을 따르라!'예요. 이런 찻집을 차이에비라고 부르는데요, 이 가게는 리제에서도 아주 옛날부터 있던 유명한 찻집이고, 리제 사람들의 휴식 공간이에요."

차이에비에 있는 손님은 조용하고 느긋하게 차를 즐기는 것이 아니라, 즐겁게 대화를 즐기는 스타일인 것 같다. 아이한 박사와 하산도 그 자리에 있던 단골손님과 만나자마자 바로 즐겁게 이야기를 하기 시작했다. 가게 주인은 배달용 차이를 준비하거나, 밀려오는 손님에게 차이를 우려주는 일로 바쁘다. 작은 마을이라서 그런지 차이에비를 찾아오는 손님의 연령층은 높은 편이다. 하산이 자랑스럽게 말했다.

"리제에는 밤하늘의 별만큼 많은 차이에비가 있어요."

나는 과장이 아니라는 하산의 말을 의심했지만, 찻집을 나와 혼자 밤거리를 산책하면서 그 말이 진실이라는 것을 알게 되었다. 거리 곳곳에는 차이에비가 있고, 살짝 들여다보니 어느 차이에비든 손님들로 만석이었다.

대부분의 차이에비는 큰 유리창이 있어서 밖에서 안의 모습이 잘 보이지만,

• 찻집의 손님들

반대로 안에서도 밖의 모습을 잘 볼 수 있다. 비교적 큰 차이에비 앞에 멈춰 서서 가게 모습을 구경하고 있었더니, 안에서 가게 주인이 방긋 웃으면서 나를 손짓하여 불렀다. 동시에 가게에 있던 손님들도 웃으면서 나에게 손을 흔들었다. 가게에 앉아 있는 손님은 모두 남성이었다. 이 상황에서 외면을 하면 미안할 것 같아 용기를 내어 가게 안으로 들어갔다. 주인은 외국인인 내가 갑자기 이 가게를 방문했다는 것에 특별히 놀라지도 않고, 카운터 위에 줄지어 놓인 차이 잔 중 하나를 들고 차이를 부어준 다음 나에게 건네주었다. 나는 주인에게 감사를 전하고 차이를 마시기 시작했다. 그때 나는 이 차이에비에서 보고 있는 다양한 정보를 머릿속에 입력하는 데 정신이 없었다. 가게에 설치된 많은 원형 테이블 위에는 반짝거리는 코르덴 천이 걸려 있고, 그 주위에 네 명씩 앉아 차이를 마시면서 카드게임이나 오케이라고 불리는 튀르키예식 마작을 하고 있었는데 뒤에서 게임을 구경하는 남성들이 몇 명 있었다. 주인은

카운터에서 계속 차이를 끓이고 있는데 카운터에 준비된 차이 잔은 셀 수 없을 정도로 많았다.

　카운터 옆에는 홍차 찻잎이 가득 들어 있는 큰 플라스틱 대야가 있는데, 홍차를 우릴 때는 대야에 있는 홍차 찻잎을 맥주잔만큼 큰 유리잔으로 푹 떠서 티팟 안에 넣은 후 별도로 준비된 뜨거운 물을 붓는다. 거름망을 사용하지 않기 때문에 홍차를 잔에 부어주면 소량의 찻잎이 함께 잔 속으로 들어가 차이 속에서 춤을 추고 있다. 카운터에는 큰 용기에 담은 각설탕도 놓여 있는데 내가 매일 홍차를 마신다고 해도 도저히 소비할 수 없을 정도로 많은 각설탕이 거기 있었다. 가게는 금연이고 손님은 입이 심심할 때마다 담배를 피우는 대신 차이를 마신다. 커피를 마시는 사람은 아무도 없다. 내가 차이를 다 마신 후에도 손님은 누구 한 사람 자리에서 일어나지 않고 게임에 빠져서 흥분하고 있었다. 나는 마지막으로 주인에게 차이 값 0.25리라(TRY, 약 12.3원)를 지불했다. 가게를 나올 때 주인과 함께 많은 손님도 나를 향해 손을 흔들어서 조금 쑥스러웠지만, 차이에비에서 리제 사람들의 차 생활을 엿볼 수 있었던 것은 매우 행운이었다.

튀르키예의 눈 축제

다음 날 아침, 나는 일찌감치 리제에 있는 작은 시장에 갔다. 시장에서는 다양한 식재료를 비롯해 홍차도 많이 판매하고 있었다. 전국적으로 유통되는 일반적인 패키지 상품과 함께 전통 의상을 입은 차 아가씨가 차를 채엽하는 모습을 패키지에 인쇄한 관광객용 상품도 눈에 띈다. 또 현지인들에게는 홍차를 필요한 만큼 달아서 팔고 있었다. 시장에서는 차 씨앗을 판매하는 상인도 있었는데, 그 가게 앞에는 큰 봉지에 든 차 씨앗이 몇 개나 놓여 있었다. 그녀는 나에게 설명해주었다.

"리제 사람들은 빈 땅만 있으면 채소와 차 씨앗을 심어요. 집 마당 같은 곳에 심는 사람도 있어서 저희 가게를 찾아오는 손님들이 많아요."

이른 아침부터 리제를 산책하면서 작은 차이에비에도 몇 군데 들러 차이를 마셨다. 아침 차이에비는 저녁만큼 사람이 많지 않았지만, 나이가 많아 보이는 남성들이 차이를 마시면서 신문을 읽고, 샌드위치 등의 가벼운 아침 식사를 하고 있었는데, 아침부터 카드게임을 즐기는 사람도 있었다.

나는 생긴 지 50년 되었다는 차이에비에 들러보았다. 주인의 말에 따르면 이 가게는 아침 4시에 문을 열고 아침 예배를 마치고 모스크에서 돌아오는 사람들을 맞이한다. 손님 중 80%는 단골로, 젊은 손님은 50대, 오랫동안 다니는 단골손님은 90세가 넘는다고 한다. 테이블 하나에 몇 명의 손님이 둘러앉아 차이를 마시는데, 가장 먼저 테이블에 앉은 사람이 그 사람보다 늦게 테이블에 앉은 사람들의 차 값을 지불한다. 이러한 지불 방법은 주로 시골에서 자주 볼 수 있다고 한다.

내가 하산에게 이러한 차이에비에서의 경험을 말했더니, 그는 큰 눈을 더

크게 뜨고 놀라워했다.

"하루 만에 그렇게나 많은 차이에비에 다녀왔다고요?"

내가 리제에 와서 며칠이 지난 어느 날 아침, 하산으로부터 제안이 왔다.

"나와 함께 아이델에서 열리는 눈 축제에 가요. 오늘은 차 공부는 쉬는 날이에요."

나는 하산과 함께 리제에서 차를 타고 튀르키예의 알프스라 불리는 아이델로 향했다. 목적지에 가까워지면서 점차 설경이 보이고, 목적지에 도착했을 때는 사방이 눈으로 가득한 아름다운 은세계가 펼쳐져 있었다. 축제 행사장에는 눈썰매를 신나게 타는 사람들과 눈 속에 모여 전통춤을 추는 사람들이 있었다. 한쪽에서는 눈 위에서 바비큐를 즐기는 사람이 많아서 나는 그쪽으로

다가갔다. 눈 위에 그릴을 놓고 장작에 불을 붙이고 다진 고기에 향신료와 채소를 섞어 동그란 모양을 낸 쾨프테를 구워 샌드위치처럼 빵에 싸서 먹는 사람들이 많았다. 그중에는 20cm 정도로 길게 구워 먹는 사람도 있었는데 사람들은 여기서도 식사를 하면서 차이를 마셨다. 각자 집에서 가져온 휴대용 사모바르를 사용하여 차이를 우리고, 사모바르를 둘러싸고 앉아 모락모락 김이 나는 따뜻한 차이를 마시고 있었다. 이 휴대용 사모바르를 흥미롭게 보고 있었더니 한 가족이 "여기로 와서 함께 차이를 드세요."라고 나를 초대해 주었다.

그들은 매년 아이델 눈 축제에 와서 바비큐를 즐긴다고 한다. 그들이 먹는 것도 쾨프테로, 이것이 튀르키예 사람들에게 가장 인기가 있는 바비큐 음식이라고 가르쳐 주었다. 차이에 대해서도 이야기를 들었다.

"야외에서 바비큐를 하는 사람들은 이런 사모바르를 가지고 와요. 언제 어디서나 따뜻한 차이를 마실 수 있으니까요."

사모바르를 가져오면 짐이 많아지니 보온병에 차이를 담아서 가져오는 게

편하지 않으냐고 물었더니 "이곳에 있는 동안 계속 차이를 마시기 때문에 보온병으로 가져오면 양이 많이 부족해요."라고 웃으면서 대답해 주었다.

나는 이 눈 축제 행사장 옆에 있는 펜션에서 하룻밤을 보냈다. 눈으로 둘러싸인 나무 펜션은 방 안에 있어도 추위가 느껴졌다. 나는 하산의 숙소가 어디에 있는지 궁금해서 물었더니, 그는 눈 축제 행사장 구석에 설치한 1인용 텐트에 있었다.

"눈 속에서 잠을 잘 수 있다니 너무 행복한 일이에요. 여기는 의외로 따뜻해요."

역시 그는… 여간내기가 아니다.

바자르의 차이주

나는 리제 여행을 마치고 이스탄불로 귀환한 후, 시내 중심에 위치한 그랜드 바자르Grand Bazaar로 향했다. 세계 유수의 규모를 자랑하는 이 시장에는 약 4,400개의 가게가 모여 있다. 관광객이 찾는 기념품점은 물론이고 모스크, 카페, 은행도 있어 마치 작은 마을을 형성하고 있는 느낌이다. 튀르키예에는 지역마다 바자르라는 시장이 있어 현지인들의 살림을 지탱한다. 그리고 바자르를 구경하면 상인들의 차 생활을 엿볼 수 있다. 바자르에서는 '차이주'라고 불리는 차이 배달 상인을 자주 볼 수 있다. 그들은 손잡이가 달린 둥근 쟁반 위에 차이 잔을 놓고 좁은 골목 사이를 왕래하면서 배달한다. 그랜드 바자르에서는 약 100명의 차이주가 일하고 있다고 한다.

나는 바자르 안에 있는 가방 가게에 들렀다. "멜하바!"라고 나에게 말을 건넨 주인은 내가 가게 안에 진열된 가방을 보기 시작하자 "차이 한잔 드실래요?"라고 물었다. 내가 "네, 부탁합니다."라고 하자마자 주인은 가게 기둥에 붙어 있던 인터폰 버튼을 눌러 차이를 주문했다. 이 가게 주인은 평소 한 번에 2~3잔의 차이를 마시고, 하루에 차이를 15~20잔 마신다고 한다.

● **준비 끝** 이런 식으로 차이를 쟁반에 담아 배달한다. 이 사람들도 배달의 민족인 듯하다.

"커피도 좋아하지만 커피는 하루에 2~3잔밖에 마실 수 없어요. 하지만 차이는 하루 종일 마실 수 있죠."

특히 겨울이 되면 추위를 견디기 위해 차이를 마시는 양이 늘어난다고 한다. 주인이 인터폰으로 주문한 지 2분도 지나지 않았는데 차이주가 가게에 나타나 차이를 두고 갔다. 그런데 이상하게도 주인은 차이주에게 차이 값을 지불하지 않았다. 내가 차이 값은 어떻게 지불하는지 물었더니 주인은 인터폰 옆에 있던 작은 플라스틱 용기를 가져왔다. 용기 안에는 플라스틱 장난감 동전 같은 것이 많이 들어 있었다.

"이 토큰을 차이를 마신 후 차이 잔 반납할 때 잔받침에 놓아요."

매번 차이를 주문할 때마다 토큰을 놓는데, 가지고 있는 토큰이 모두 없어지면 그 토큰에 해당하는 요금을 차이하네라고 불리는 찻집에 지불하고, 또다시 100개 정도의 토큰을 새롭게 받는 구조라고 한다. 만약 토큰을 주는 것을 잊었다고 해도, 다음 주문 시에 반드시 그때 못 냈던 토큰을 함께 놓는다고 한다. 이러한 방법은 차이하네와 상인 사이에 깊은 신뢰 관계가 있기 때문에 가능하다.

나는 이 가게 인터폰과 연결되어 있는 차이하네에 가보고 싶었다. 주인은 가게 위치를 가르쳐주면서 "이 근처에는 많은 차이하네가 모여 있는데 옛날부터 계속 같은 자리에서 영업하고 있어요."라고 설명을 덧붙였다. 가르쳐 준 곳에 가보니 시장 일각에 차이하네가 연립해 있었다. 가방 가게 주인이 이용하는 차이하네는 쉽게 찾을 수 있었다. 가게 안을 들여다보니, 벽에 수많은 인터폰 수화기가 걸려 있고, 주인은 계속 울리는 인터폰 벨소리에 응하기에 바빴다. 입구가 1m, 깊이 3m 정도로 좁은 차이하네는 아침 7시부터 저녁 7시까지 문을 열고, 차이를 하루 평균 1,000잔, 커피를 하루 150잔 정도 판매한다고 한다. 이러한 차이하네가 그랜드 바자르 안에 수십 군데 있다니, 이 바자르에서 하루에 소비되는 차이의 양만도 어마어마할 것이다.

물론 이처럼 배달 전문 가게가 아니라 좌석에 앉아 티타임을 즐길 수 있는 차이하네도 튀르키예 곳곳에 있다. 세련된 인테리어로 장식된 차이하네와 야외에서 차이를 마시면서 경치를 즐길 수 있는 차이하네 등 특색 있는 차이하네에는 특히 유행에 민감한 젊은이들이 많이 모인다.

나는 튀르키예에 머무는 동안 다양한 도시에서 다양한 차이하네를 방문했다. 튤립형 유리잔에 각설탕을 2개 넣고, 숟가락으로 빙글빙글 섞어 마시는 달콤한 튀르키예 차이. 가게마다 홍차 맛이 진하고 연할 수도 있지만, 이렇게 조금씩 농도가 다른 차이 맛을 즐기면서 추운 겨울에 따뜻한 홍차를 수없이 마셨던 매우 만족스러운 차이 여행이었다.

세상에서 가장 오래된 차들

일본

서울

도쿄

일본

세상에서 가장 오래된 차들

나는 분명히 일본인인데 오랜 한국 생활로 한국 여행을 한 경험이 더 많다. 해외 차 산지도 자주 갔지만 무슨 이유에서인지 일본 여행 경험은 그다지 많지 않다.

시코쿠의 기석차와 차죽

내가 아직 찾아가 본 적이 없는 곳 중 하나가 시코쿠四國 섬이었다. 나의 고향인 시즈오카에서 거리가 먼 데다 특히 내 흥미가 끌리는 일이 없었기 때문이다. 시코쿠에서 만드는 차에 대해 아는 것이 있다면, 섬의 각 지역에서 독특한 제조 방법을 가진 번차番茶 문화가 남아 있다는 것, 그리고 사각형으로 작게 만든 차를 바둑판 위의 돌처럼 정연하게 널어 건조시키는 후발효차인 '기석차碁石茶' 일본어로 '고이시차'가 있다는 정도다.

일본에 잠깐 들렀던 어느 여름 날, 나는 오랜만에 도쿄 시내에서 쇼핑도 하고 맛집에서 일본 음식을 실컷 즐기고자 신주쿠에 머물기로 했다. 지인으로부터 전화 한 통을 받기 전까지는 말이다.

"지금 일본에 와있어요? 혹시 내일 시코쿠에 올 수 있어요? 기석차 생산 농가를 만날 수 있는데⋯⋯."

이 전화를 받은 지 몇 시간 후, 나는 시코쿠행 비행기를 타고 있었다.

기석차는 독특한 제조법을 가진 발효차 중 하나로, 이 차를 생산하는 곳은 시코쿠 고치현 나가오카군 오토요쵸 산간 마을이다. 과거 기석차는 이 지역의 주요 특산물 중 하나로 세토우치瀬戸内 지방을 중심으로 출하되었지만, 시대가 변하면서 생산 농가가 격감하고 현재는 이 제조법을 계속 지키고 있는 농가도 5곳에 불과하다. 기석차는 중국에서 일본으로 건너온 차의 기원을 밝히는 문제에 있어서 매우 중요한 차로 알려져 있다. 기석차 제조 시기는 6월 중순부터 8월 상순으로, 일본에서의 일반적인 녹차보다 늦은 시기에 만들어진다.

시코쿠 남쪽 끝에 위치한 고치공항에 도착한 나는 렌터카를 타고 북쪽으로 향했다. 공항이 있는 고치 시내를 빠져나오자마자 바로 산속으로 들어갔다. 구불구불한 산길을 1시간 정도 지나 약속 장소에 도착하니 기석차협동조합 직원인 가토 씨가 기다리고 있었다.

"여기서 농가까지 가는 길은 폭이 좁은 산길이라 승용차로 가기에는 위험합니다. 제 작은 트럭으로 갈아타세요."

산으로 올라가는 길, 트럭 창문으로 보이는 산길에는 많은 야생차가 자라고 있다. 출발한 지 15분 정도 지나자 기석차 제조공장에 도착했다. 트럭에서 내리자마자 기석차의 달콤한 향기가 코에 들어왔다.

작업장 입구는 통풍이 잘 되도록 개방되어 있고, 건물 안에서는 일곱 명의 사람들이 쩌낸 찻잎에서 수작업으로 나뭇가지를 골라내고 있다. 그들 옆에는 찻잎을 찔 때 사용하는 커다란 찜통이 놓여 있다. 이 찜통 안에는 약 100kg의 생엽이 들어간다고 한다.

기석차 원료로 쓰는 찻잎은 야생차다. 이 마을 산에서 자라는 야생차를 가지째 절단하는데, 찜통에서 2시간 정도 쩌내면 가지와 찻잎을 쉽게 분리할 수 있다. 제거된 나뭇가지는 차를 찔 때 땔감으로 사용하거나 차밭의 흙 위에 깔아서 차나무 뿌리를 추위로부터 보호하는 용도로 사용한다.

● **선별작업** 기석차 제조공장의 직원들이 쪄낸 찻잎에서 나뭇가지를 골라내고 있다.

가지가 제거된 찻잎은 멍석이 깔린 발효실로 옮겨 50cm 정도 높이로 쌓아서 약 1주일간 발효를 시킨다. 이것이 1차 발효다. 발효실에 들어가 보니 코를 찌르는 듯한 강한 냄새가 느껴졌다. 찻잎 색깔은 진한 노란색을 띠고 있다. 1차발효가 끝나면 2차 발효가 진행되는데, 찻잎을 큰 나무통에 넣고, 찻잎을 찔때 나오는 국물을 부어준 후, 마지막으로 찻잎 위에 누름돌을 얹는다. 나무통안에서 충분히 발효시킨 후, 통에서 꺼내 큰 부엌칼로 3~4cm 정사각형으로절단한다. 절단한 차를 실외에서 4~5일 정도 건조시키면 기석차의 완성이다.

나는 공장 옆에서 막 완성된 기석차를 시음했는데, 차 맛은 보이차와 매우

● **발효통** 차 발효에 사용하는 통이다.

비슷했다. 이전에 지인으로부터 받은 기석차를 마셔 본 적이 있지만, 역시 생산지에서 마시는 기석차는 한층 더 맛있게 느껴졌다. 이야기만 들었던 기석차를 갑작스럽게, 그것도 생산지에서 만날 기회가 생긴 것에 나는 정말 감격스러웠다.

기석차 제조 과정을 견학하는 것이 이번 시코쿠 방문의 목적이었기 때문에, 나는 다음 목적지가 없었다. 이대로 가가와현에서 우동 맛집에라도 가볼까 생각하고 있는데, 가토 씨가 이런 말을 했다.

"기석차는 이 마을 사람들이 자가 소비하는 것이 아닙니다. 옛날 이 마을에서 제조된 기석차는 세토내해瀨戶內海까지 보내고, 그곳 섬에 거주하는 사람들

•발효통 앞에 선 가토 씨

은 차죽^{茶粥}을 만들어 먹었었어요."

이 이야기를 듣고 난 후 나는 다음 목적지를 세토내해 섬으로 결정했다.

그러나 세토내해에는 섬이 700개 이상 존재한다. 도대체 어느 섬에 가면 기석차 차죽을 먹을 수 있을까? 게다가 가토 씨는 옛날이야기를 한 것인데 지금도 그 흔적이 남아 있을까? 급한 마음으로 조사를 해보니 인구 약 30명의 다카미섬^{高見島}이라는 작은 섬에서 기석차 차죽을 먹을 수 있는 민박이 있다는 것을 알게 되었다. 나는 시코쿠에서 작은 배를 타고 다카미섬으로 향했다.

민박 모리타^{森田}는 선착장에서 200m 정도 떨어진 곳에 있었다. 파도 소리만 들리는 아주 조용한 길을 천천히 걸어갔는데, 가는 길에는 낡은 민가가 처마를 나란히 하고 있고, 그 대부분이 폐가였다. 민박집은 언뜻 보면 평범한 민가다. 그렇지만 이 민박이야말로 기석차의 역사를 계승하고 있는 귀중한 장소다. 서민이 만들어낸 기석차의 역사는 이러한 작은 섬마을 사람들 생활 속에 숨어 있다. 입구에 들어서자 "어서 오세요. 여기까지 오시느라 고생 많으셨습니다."라면서 머리에 예쁜 무늬가 그려진 스카프를 두른 여주인 미치코^{美智子} 씨가 미소로 나를 맞이해 주었다. 내가 "기석차 죽을 먹고 싶어서 왔습니다."라고 말하자, 미치코 씨는 이렇게 말했다.

"옛날에는 기석차가 이 섬에 많이 들어왔고, 섬사람들은 죽을 끓여서 자주 먹었어요. 먼 길을 오셨으니 기석차 죽을 해드리고 싶은데, 요즘 기석차가 아주 귀하고 구하기가 어려워진 데다가 만드는 농가도 줄어서 값이 비싼 차가 되어 버렸어요. 유감스럽지만 지금 기석차가 없어요. 기석차 대신 결명자차로 죽을 만들어드리면 어떨까요?"

미치코 씨는 본래 도쿠시마현 출신으로 이 섬에 시집와서 시어머니에게 처음 기석차 죽 만드는 법을 배웠다고 한다. 이후 50년 가까이 매일 아침 기석차로 죽을 만들었는데 요즘은 그것이 어려워졌다고 말하면서 안타깝다는 표정을 지었다. 나는 기석차 생산 농가에서 구한 차를 가방에서 꺼냈다.

"이것으로 만들 수 있을까요?"

순간 미치코 씨 표정이 밝아졌다.

"어머나! 이렇게 귀한 차를 가져오다니……. 그럼 내일 아침 식사는 기석차 죽으로 합시다!"

미치코 씨 남편인 도요미^{豊美} 씨가 우리가 하는 이야기를 옆에서 계속 듣고 있었다. 도요미 씨는 몇 년 전부터 건강이 좋지 않아 자리보전을 하고 있지만 대화는 아주 천천히 할 수 있었다. 기석차 죽 이야기를 들은 도요미 씨는 불편한 몸으로 천천히 상반신을 일으켜 작은 목소리로 말했다.

"내가 젊었을 때는 하루에 세 번이나 기석차 죽을 먹었어요. 이 섬은 쌀농사

•기석차 죽 끓이기

를 지을 수 없어서 보리로 차죽을 만들어 먹었어요. 이 섬뿐만 아니라 주위에 있는 작은 섬에 사는 사람들도 모두 기석차 죽을 먹었어요. 그런데 지금은 무인도가 된 섬이 많아졌어요. 섬에 사는 남자는 모두 어부였기 때문에 배를 타고 섬을 나가기 전에 반드시 기석차 죽을 먹었어요. 그렇지 않으면 힘을 낼 수가 없으니까요."

나는 기석차 죽을 만드는 과정을 보고 싶다고 했더니 미치코 씨는 흔쾌히 허락해 주었다.

"나도 당신 덕분에 오랜만에 기석차 죽을 만들 수 있어서, 가슴이 설레요!"

이튿날 아침, 내가 주방에 들어가자 미치코 씨는 죽과 함께 먹는 반찬을 준비하고 있었다. 가스레인지 위에는 아마도 수십 년 동안 사용한 것으로 보이

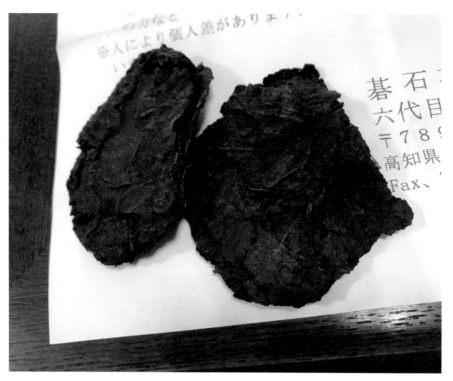

• **기석차** 죽의 핵심 재료가 될 차이다.

는 아주 낡은 솥이 있었다.

"자, 지금부터 만들어 봅시다."

미치코 씨는 내게 조리법을 천천히 설명하면서 요리를 진행해 갔다. 먼저 냄비 속에 물을 2L 정도 붓고, 면포 주머니 속에 기석차를 한 조각 넣은 뒤 물 속에 넣었다. 차는 물이 차가울 때부터 넣고 끓인다고 한다. 면포 주머니는 옛 날부터 계속 차죽용으로 사용하고 있는 것이라고 했는데, 면포는 찻물의 진한 갈색으로 물들어 있었다. 크게 썬 고구마를 껍질째 넣고 씻은 쌀과 잡곡을 넣 는다. 충분히 차가 끓여지면, 차 주머니는 밖으로 꺼낸다. 여기서 15분 정도 중불로 끓이는데, 밥알이 깨지지 않도록, 밥알 모양이 예쁘게 남을 정도로 끓 이는 것이 딱 좋다고 가르쳐 주었다. 주방에 기석차 향기가 퍼졌는데, 그 향은 기석차 제조공장의 발효실에서 나던 향기와 비슷했다.

● 기석차 죽

　이렇게 완성된 기석차 죽을 눈앞에 두고 나는 잠시 감동에 젖었다. 기석차 원료가 되는 차밭을 보게 된 것부터 제조공장 견학, 기석차 생산자와의 만남, 그리고 배를 타고 이 작은 섬에서 기석차 죽을 대하기까지……. 나의 기석차 여행이 하나로 이어진 순간이었다.

　한 입 먹어 보았다. 기석차를 마실 때보다 더욱 깊고 감칠맛이 났다. 차의 맛과 함께 구수한 향기가 느껴졌다. 기석차의 약간 떫은맛과 고구마의 단맛이 어우러져 매우 부드러운 맛이 났다.

　"단무지나 시오콘부(염장 다시마), 채소 절임 등 취향에 맞게 함께 먹어봐요."

　나는 밑반찬을 조금씩 얹어 먹어 보았다. 소박하지만 끊임없이 계속 먹을 수 있는 매우 맛있는 죽이다. 미치코 씨가 만든 기석차 죽을 먹은 나는 마치 옛날 이 섬에서 많은 어부가 기석차 죽을 먹던 시대로 타임 슬립이라도 한 듯한 착각에 빠질 정도였다. 아주 신기한 느낌을 준 죽이었다.

요괴들과의 하룻밤

미치코 씨 부부에게 인사를 드리고 나는 배를 타고 다시 시코쿠섬으로 돌아왔다. 선착장 근처에서 들른 관광 안내소에서 나는 직원에게 우연히 도쿠시마현에서는 차 농가가 민박을 운영하고 있다는 이야기를 들었다. 거기에 가면 뭔가 재미있는 이야기를 들을 수 있겠다고 생각한 나는 안내소에서 소개를 받고 토쿠시마현 미요시시 야마시로쵸三好市山城町에 있는 차 농가인 히라타平田 씨 집에서 민박을 하기로 했다. 히라타 씨에게 전화를 걸고 오늘 밤 묵고 싶다고 했더니 그는 이렇게 대답했다.

"당연히 대환영이에요. 하지만 우리 집까지 오는 길에 여러 가지 재미있는 것을 발견할 겁니다. 운전 조심해서 오세요."

그 말을 들은 나는 무슨 말인지 조금 이해가 안 갔지만, 히라타 씨 집이 점점 가까워지면서 그 말의 뜻을 알게 되었다.

요괴다. 수많은 요괴가 내 시야에 들어온다. 큰 것은 높이 2.5m 정도 되는 것 같다. 눈이 마주쳤다가는 급브레이크를 밟아 버릴 것만 같은 무서운 얼굴의 요괴가 차창 너머에서 나를 가만히 쳐다보고 있었다. 수많은 요괴의 마중은 내가 히라타 씨 집에 도착할 때까지 계속되었다. 드디어 목적지에 다다라서 나는 정신줄을 놓고 말았다.

"어서 오세요."

히라타 씨 부부는 미소로 나를 맞이해 주었다. "산길을 운전하느라 고생이 많으셨어요."라고 했지만, 나는 다른 뜻으로 정말 고생했다고 생각했다.

히라타 씨는 2층에 방을 준비해 주었다. 산속 높은 곳에 있는 히라타 씨 집 창문에서 주변을 둘러싼 차밭을 한눈에 볼 수 있었다. 화창한 시골 풍경이었다.

● 요괴촌과 요괴차

저녁 식사는 히라타 씨 집 앞마당에서 재배하고 있는 농산물과, 부인이 수제로 만들었다는 곤약을 식탁에 차려줬다. 저녁을 먹으면서 나는 이 지역에 대해 히라타 씨로부터 다양한 이야기를 들을 수 있었다. 원래 마을에 전해지던 제다 방법은 산에서 자라는 야생차를 따서 찌거나 삶아서 살청을 한 후, 멍석 위에서 비비고, 실외에서 말리고 또 비비기를 반복해서 만드는 번차番茶였다고 한다. 깊은 산간인 이 지역은 1930년대에 수입원이 많지 않아, 그 타개책으로 마을에 차밭을 조성하고, 마을 초등학교를 개축해 제다공장을 만들었다고 한다.

그러나 이것만으로는 충분치 않다고 위기감을 느낀 히라타 씨와 마을 남자들이 생각한 것이 이 마을을 요괴촌으로 만드는 것이었다고 한다. 마을 사람들은 옛날부터 이 마을에 전해지던 요괴 이야기를 바탕으로 실제로 돌이나 나무로 그 모습을 상상하면서 제작하여, 마을 곳곳에 세웠다는 것이다. 덕분에 전국에서 요괴 마니아들이 이 마을을 찾아오게 되면서 녹차도 구입하게 되었으니 일석이조라고 한다. 히라타 씨가 만든 녹차를 마시면서 듣는 마을의 차 역사 이야기도 충분히 재미있었지만, 그 이야기 못지않게 요괴 이야기도 들을 만했다. 나와 히라타 씨는 그가 집에 보관하고 있는 마을 역사에 관한 자료를 함께 보거나, 요괴 이야기로 꽃을 피우며 새벽 1시경까지 이야기를 나눴다. 이런 경험도 차 여행의 묘미다.

다음 날 아침, 나는 마을에 있는 특산품 매점에 갔다. 이곳에는 마을에서 수확한 다양한 농산물을 많이 팔고 있었다. 여기서 나는 차 줄기 부분만을 모아 만든 줄기차棒茶를 찾았는데, 놀라운 것은 그 포장이었다. 이름하여 요괴촌에서 만든 '요괴차'다. 현재 전 세계 차 업체들이 다양한 마케팅 전략을 펼치면서 소비자들을 유혹할 차 제품 개발에 여념이 없지만, 이 제품처럼 구매욕을 떨어뜨리는 패키지는 세계 어디를 찾아봐도 없을 것이다. 나는 기념으로 1봉 구입해 버렸지만….

아루세의 야부차

나는 첫 시코쿠 방문에서 이렇게 재미있는 차 여행을 할 수 있으리라고는 상상하지 못했다. 이 지역에 조금 더 머물고 싶다고 생각한 나는 더 높은 곳에 있는 아루세有瀬라는 마을에 갔다. 이 마을 사람들도 제다업으로 수익을 얻고 있으며, 관광객 대상으로 녹차 만들기 체험을 할 수 있는 숙박시설도 있다. 내가 그 시설에 전화를 했더니 "오늘은 예약 손님이 많아서 보건실만 비어 있는데 괜찮습니까?"라는 대답이 돌아왔다. 무슨 뜻인지 이해하지 못했지만 이 마을에는 다른 숙박시설이 없기 때문에 일단 방문하겠다고 대답했다.

내가 숙소에 도착했을 무렵, 해가 떨어지고 하늘에는 아름다운 달이 보였다. 주소를 보면서 찾아가 도착한 곳은 폐교가 된 초등학교였다. 그리고 오늘 밤 나의 침실은 보건실이다. 내가 이곳의 운영자인 히라마츠平松 씨에게 이 마을의 차에 대해 알고 싶다는 이야기를 했더니, "저도 한국의 차 이야기를 듣고 싶어요. 괜찮으면 급식실에 가서 이야기를 나눕시다."라고 나를 초대해줬다. 한밤의 폐교, 급식실은 불을 켰는데도 조금 어둡고, 산의 차가운 공기가 문틈으로 들어왔다. 창문 밖에는 하얀 안개가 자욱하게 껴 있고 수상한 그림자를 비추고 있었다.

이 마을에서는 옛날부터 사람들이 야생차를 이용해 차를 만들어 왔다고 한다. 현재 제다 농가가 20곳인데, 제다공장도 3개나 된다. 작은 마을이어서 큰 공장 하나면 충분할 것 같지만, 수확 시기에는 일시에 많은 농가에서 찻잎을 따오기 때문에 불가피하게 3개의 공장으로 작업을 분산하고 있다고 한다.

이 마을의 차밭은 대부분 가파른 경사면에 위치하고 있다. 평지처럼 비료를 주면 그 성분이 경사면 아래쪽으로 흘러내려서 그 효과가 나타나지 않기 때문에 무농약으로 차를 재배하고 있다고 한다. 또 요즘 마을의 인구가 줄고 고령화가 진행되면서 노인들이 차밭 관리를 포기하고, 결국 방치된 차밭도 해마다

늘고 있다고 한다. 이러한 차밭이 많아지면 멧돼지나 원숭이 은신처가 되고, 야생동물이 민가까지 와서 인간에게 피해를 주게 되므로 방치된 차밭도 가능한 한 관리하도록 신경을 쓰고 있다고 한다.

깊은 산 속에서 차를 만드는 것만으로 생계를 꾸리는 것이 어렵지 않으냐고 물었더니, 마을 남자들은 녹차를 만드는 시기 외에는 근교의 도시에 가서 목수 등으로 부업을 하고 있다고 한다.

이 마을에 제다 기계가 도입되기 전까지는 채취한 찻잎을 그대로 불에 구운 다음, 손으로 가볍게 비비고 나서 주전자에 넣고 펄펄 끓여 마시는 '야부차'라는 차를 만들어 평소에 물처럼 마셨다고 한다. 이처럼 찻잎을 구워서 우려 마시는 방법은 전에 중국의 운남에서 본 적이 있었다. 그때는 이런 원시적인 차음용법이 신기하면서도 한편으로는 매우 드물 것이라고 생각했었다. 그런데 그와 거의 비슷한 음용법이 내가 태어난 일본에도 여전히 계승되고 있다는 점이 참으로 놀라웠다.

히라마츠 씨가 나에게 "한국에도 이 마을의 야부차 같은 재미있는 차가 있나요?"라고 물었다. 나는 주로 전라남도에서 제조되던 떡차 이야기를 했다. 내가 야부차의 이야기를 들으면서 흥미진진했던 것처럼, 히라마츠 씨도 눈을 반짝거리면서 "한국에는 그런 차가 있군요. 한번 마셔보고 싶어요!"라면서 내 이야기를 흥미롭게 들어주었다. 한국으로 돌아와 나는 히라마츠 씨에게 전라남도 장흥에서 제조된 청태전을 선물했다.

히라마츠 씨와의 즐거운 이야기가 끝나고, 방으로 돌아온 것은 밤 11시가 지났을 무렵이었다. 다른 투숙객은 벌써 잠들어 있는 시간이라 나는 살살 걸어서 보건실 문을 조용히 열었다. 그러자 옆 방이었던 3학년 2반 교실에서 "엄마! 밖에서 귀신 소리가 들렸어! 무서워!"라는 말과 함께 아이 울음소리가 들렸다. 아무래도 내 탓인 것 같다. 눈치를 보며 나는 보건실 침대에 누워 잠이 들었다.

　다음 날 아침, 식사를 끝내고 신세를 진 시설 직원분들에게 감사를 전하려고 급식실에 갔더니, 마침 직원들이 티 타임 중이었다. 집에서 들고 온 반찬을 테이블에 늘어놓고, 차를 마시면서 먹고 있었다. 자신들이 직접 만든 녹차를 마시면서 담소를 나누는 마을 사람들의 행복한 웃음소리를 듣는 것만으로도 정말 마음이 따뜻해졌다. 일본차는 대부분 대규모 기계화로 제조되고 있지만, 이런 마을 풍경이 앞으로도 계속 이어졌으면 좋겠다고 생각했다.

Egypt

피라미드와 홍차의 나라

이집트

카이로

이집트

피라미드와 홍차의 나라

드넓은 사막 위에 우뚝 솟은 삼각형 건축물. 차 여행을 하고 있지만 이집트까지 왔으니 우선 피라미드를 한번 구경해야겠다고 생각한 나는 카이로에 도착하자마자 바로 피라미드가 있는 기자로 향했다. 가장 큰 쿠프왕의 피라미드는 높이가 무려 146m, 밑변 가로세로가 약 230m 씩이다. 40층짜리 빌딩 높이에 해당하는 만큼, 멀리서 봐도 그 압도적인 위용을 느낄 수 있다. 피라미드 입구에 도착한 나는 이것이 교과서에 나오는 피라미드구나, 감탄하면서 기념사진을 몇 장 찍었다. 주변에서는 많은 관광객이 낙타를 타고 피라미드 주위를 산책하고 있었다. "엄마! 나도 낙타 타고 싶어요." 딸들이 졸라대기 시작했다.

피라미드와 낙타와 홍차

모처럼 여기까지 왔으니 당연히 우리도 낙타를 타야 한다. 화려한 털실로 만들어진 장식품을 온몸에 휘감은 아주 화려한 낙타 20마리 정도가 모래 위에 앉아 관광객이 오기를 기다리고 있었다. 나는 그중 한 마리를 선택했다. 그러자 몇 미터 떨어진 곳에서 낙타 주인이 이쪽으로 천천히 걸어왔다. 그는 흰색 법랑 머그잔을 한 손에 들고 있었고, 그 안에는 민트와 홍차가 들어 있었다.

낙타 등에 올라가 보니 상당히 높고 전망이 좋다. 낙타를 타면서 피라미드

• 샤이를 즐기는 기자의 낙타몰이꾼들

주위를 보니 머리에 스카프를 감은 5~6명의 남자들이 모여 있는 모습이 몇 군데 보였다. 그들이 앉아 있는 곳에는 불씨가 보이고, 작은 주전자가 올려져 있었다.

"저건 이집트의 홍차, 샤이다!"

나는 낙타에서 내리면 홍차를 마시고 있는 사람들에게 가보고 싶다고 낙타 주인에게 부탁했다. 낙타 주인은 그런 것에 왜 관심이 있는지 모르겠다는 표정으로 나를 남자들이 차를 마시는 곳으로 안내해 주었다. 그들이 사용하고 있던 머그잔은 꽤 오랫동안 사용하고 있어서 그런지 곳곳이 찌그러지고 겉면이 벗겨져 있었다. 그들은 민트가 들어간 홍차를 천천히 마시면서 나에게 이렇게 투덜거렸다.

● 이집트의 찻집 풍경

"요즘 갑자기 관광객 발길이 끊어져서 정말 곤란해요. 오늘도 여기서 샤이를 몇 잔이나 마셨는지 도저히 셀 수가 없네."

이때가 2020년 초로, 코로나 19로 인해 전 세계가 공포에 빠지기 시작하던 무렵이다. 이후 코로나 유행이 진정되기까지, 분명 낙타 주인들에 의해 이집트 홍차의 소비량도 많이 늘어났을 것이다.

천 년 이상의 세월에 걸쳐 이집트 사람들의 생활터전이던 구시가舊市街 이슬라믹 카이로에는 사람들이 거주하는 주택뿐만이 아니라 재래시장이나 모스크 같은 오래된 건축물이 많다. 이곳에 현존하는 성문 중 하나인 즈웨라 문에 올라가서 거리를 내려다보면 여러 모스크의 탑과 좁은 골목이 이어지는 경치가 눈 앞에 펼쳐진다. 자동차가 지나갈 수 없는 골목에서는 빵집 상인이 '생명의 빵'이라는 의미의 이집트 주식 '아에시'를 당나귀 짐수레에 산처럼 높이 싣고 짤가닥짤가닥 소리를 내면서 지나간다. 그 뒤에서 사람들의 파도를 밀어젖히 듯 돌진해오는 한 남자가 보였다. 머리 위로 쟁반을 높이 올려 든 자세로 달려가고 있었는데 쟁반에는 샤이가 담긴 유리잔이 올려져 있었다.

이곳에는 내가 일부러 찾아다니지 않아도 될 정도로 수많은 찻집이 있다. 이집트 사람들은 옛날식 찻집을 '마끄하qmaqhā'라고 부른다. 마끄하는 시내 곳곳에 있고 이용하는 손님은 주로 남성이다. 낮부터 수다를 떨면서 물담배 연기를 피운다. 해가 떨어지고 나면 마끄하에는 더욱 활기가 넘친다. 가게 안팎에는 수많은 남자들로 가득 차는데 그들은 샤이를 마시면서 담소를 나누거나 카드 게임을 즐긴다. 곳곳에서 하얀 물담배 연기가 끊임없이 피어오르는데 그 풍경은 마치 공장지대를 보는 것 같다.

마끄하에서 제공하는 주메뉴는 커피 아흐와ahwah와 홍차 샤이shai다. 홍차 주문 시 티백이 아니라 잎차를 원하는 경우 '샤이 코샤리shai Kushari'라고 주문하면 CTC 홍차 찻잎으로 우려낸 차가 제공된다. 유리잔 안에 홍차 찻잎을 한 숟가락 넣고 뜨거운 물을 부어준다.

티백 차는 '샤이 파트라shai fatla'라고 하는데 파트라는 '실'이라는 의미이다. 티백 텍에 실이 달려 있는 것에서 붙인 이름일 것이다. 그리고 이집트 사람들이 가장 좋아하는 민트 홍차는 '샤이 나나shai nana'라고 한다. 나나는 '민트'라는 뜻이다. 나는 카이로 시내 마끄하에서 셀 수 없을 정도로 많은 샤이 나나를 마셨다. 민트는 미리 유리잔에 들어가 있거나 작은 접시에 별도로 나오기도 한다. 사용하는 민트의 양은 유리잔이 넘칠 정도로 많다. 샤이 코샤리로 마실 때 홍차 찻잎을 거름망 없이 그대로 유리잔 속에 투입하기 때문에 마실 때 입안에 찻잎이 들어가는 경우도 있다. 내가 숟가락으로 찻잎과 민트를 피해가면서 마시느라 애를 쓰고 있었더니 가게 주인이 "이렇게 해서 마시면 돼요."라며 유리

잔 속에 숟가락을 넣고 빙글빙글 몇 번 돌려 원심력으로 찻잎이 바닥 가운데에 모이게 하고 나서 마신다고 가르쳐 주었다. 가르쳐 준 대로 차를 마셔도 역시 조그마한 찻잎이 조금씩 입안에 들어와 버리긴 하지만 여러 번 반복하면 찻잎을 조금 삼키는 것도 그다지 신경이 쓰이지 않게 된다.

이집트에서 샤이 코샤리를 마시면서 생각했다. 나는 평소에 차를 마시기 전에 찻잎을 준비하고, 티팟과 설탕을 준비한 다음 거름망, 잔받침, 숟가락 등을 준비하는, 정말 복잡한 과정을 거쳐서 차를 마신다. 이집트에서 샤이 코샤리를 마시다 보니 이런 준비를 하는 것이 정말 귀찮은 일이라고 생각되었다. 이런 복잡한 준비 과정이 많은 사람이 차 마시는 것을 방해하는 한 요인이 되고 있을 것이다. 사람들이 차가 조금 더 마시기 쉬운 음료라는 생각을 하게 되면 한국에서도 차를 마시는 사람이 지금보다 늘어날지도 모른다.

초고속 드라이브 스루

이집트에는 내 친구 미에코Mieko가 살고 있다. 그녀는 일본인으로 남편 사정으로 카이로에 거주하고 있다. 내가 카이로에 간다고 하자 그녀는 자신의 집 근처에 아주 재미있는 찻집이 있다면서 꼭 소개하고 싶다고 했다. 어느 날 아침, 나와 미에코는 그녀의 집 근처 넓은 도로 옆에 서 있었다. 교통량이 아주 많아 걸어 다니는 것도 위험하다고 느낄 정도다.

"이곳이 틀림없는데……."라는 그녀의 말이 끝나자마자 "왔다!"라며 미에코가 한 대의 용달차를 가리켰다. 용달차는 우리 옆에 천천히 다가와 멈췄다. 운전석에서 한 남자가 내려와 차 트렁크를 열었다. 트렁크를 본 순간 나는 내 눈을 의심했다. 겉에서 보면 일반 용달차와 다름이 없지만, 트렁크를 열자마자 훌륭한 이동식 카페가 나타난 것이다. 평소에 찻집에서 볼 수 있는 커피 기계나 티 세트가 정연하게 늘어서 있어, 트렁크만 보면 일반적인 카페 카운터와

● **이동식 카페** 3초면 차 한 잔이 만들어지고 전달된다.

똑같다. 미에코가 말했다.

"이곳에서 이 신기한 용달차를 매일 보고 궁금했는데, 나 혼자 가는 것이 왠지 쑥스러웠어요. 오늘 사치코가 함께 와줘서 처음으로 오게 됐어요."

나는 이동식 카페 주인과 잠깐 이야기를 나눌 수 있었다. 이처럼 차 트렁크에서 운영하는 카페를 '싸으야아라 카화'라고 부르며, 싸으야아라는 '자동차'라는 의미라고 한다. 싸으야아라 카화는 별도의 영업허가를 받을 필요가 없다. 영업시간은 아침 8시부터 밤 8시까지로, 주 고객은 통행인이나 매일 출근 때 지나가는 운전자라고 한다. 손님이 운전자인 경우, 용달차 바로 옆에 차를 세우고, 손님이 차에서 내리지 않고 음료를 주문하고 받을 수 있는, 말하자면 드라이브 스루와 같은 구조다. 메뉴는 커피와 홍차로, 민트티 한 잔의 가격은 5 이집트파운드(EGP, 약 214원)다.

카페 주인 이야기를 들으면서 나는 그가 만든 민트티를 마시고 있었는데, 그런 와중에도 수많은 고객이 끊임없이 방문한다. 걸어오는 손님보다 자가용

• **찻집의 용도** 손님들이 차를 마시며 게임을 즐기고 있다.

으로 오는 손님이 더 많다. 단골손님인지 다가오는 자동차만 보고 주인이 무엇을 주문할 것인지 물어보지도 않고 음료를 준비하는 일도 여러 번 있었다. 주인은 말없이 음료를 준비하고, 말없이 요금을 받고, 말없이 음료를 건네준다. 손님의 자동차는 불과 3초 정도 정차한 후 바로 용달차 옆을 떠난다. 이곳이 분명 세계 최고속 드라이브 스루 카페일 것이다. 나는 미에코 덕분에 또 하나의 재미있는 카페를 만날 수 있었다.

룩소르 가는 길

카이로에서 룩소르까지는 야간열차를 탔다. 열차 안에서 제공된 식사도 맛있고 마치 비행기를 타고 있는 느낌이 날 정도로 충실한 서비스에 놀랐다.

열차 안에서 승무원에게 샤이를 주문했다. 샤이를 마시지 않으면 하루가 끝나지 않는다. 해가 떨어지고 차창 밖은 새까맣기만 했지만, 열차 안에서 마시는 샤이는 각별히 맛있었다.

　룩소르에서는 카이로와 달리 가게를 차리지 않은 채 찻집을 운영하는 상인을 자주 보았다. 그들의 공통점은 끝없이 쾌활하다는 것이다. 나는 길거리 찻집 중에서도 왠지 사람이 좋아 보일 것 같은 환한 얼굴을 한 남자 주인에게 가서 샤이를 마시기로 했다. 주인에게 5파운드를 지불하니, 주인은 솜씨 좋게 샤이를 만들어 주었다. 유리잔 속에 뜨거운 물을 조금 붓고 잔을 예열한 뒤 그 물을 땅에 버렸다. 그다음 유리잔에 설탕과 찻잎을 넣고 뜨거운 물을 부었다. 샤이 코샤리다. 길바닥에는 모래가 춤을 추고, 건물은 흙과 같은 사막의 크림색을 하고 있지만, 여기서 끓인 홍차의 색이 건물 색깔과 대조적으로 아름다운 빨간 색을 띠고 있어 더욱 눈부셨다. 주인과는 말이 통하지 않았지만, 그의 표정에서 무언가를 열심히 전해주려는 열망을 읽을 수 있어 정말 고맙고 기뻤다.

　룩소르 시내에는 샤이와 물담배를 즐길 수 있는 정식 마끄하도 많았지만, 길거리에서 간단하게 샤이를 제공하는 찻집 주인을 만날 때마다 나는 그곳에서 샤이를 마셨다. 룩소르는 한때 고대 이집트의 수도로 번성했으며 현재는 세계문화유산으로 지정된 도시다. 왕가의 계곡에 있는 투탕카멘의 무덤, 아름다운 석양에 빛나는 웅대한 신전군[#]인 카르낙 신전과 룩소르 신전, 나일강 크루즈까지 볼거리가 가득한 인기 관광지다. 나도 이러한 유적지를 견학했는데, 길거리에서 찻집 주인을 만날 때마다 몇 번이나 걸음을 멈추고 티타임을 즐긴 탓에 유적지를 견학할 시간이 줄어버릴 정도였다.

베두인족의 무서운 홍차

쓰다! 무심코 얼굴을 찡그릴 정도로 쓰다. 내가 지금 마시고 있는 이 음료는 틀림없이 홍차인데, 어떻게 하면 이런 맛이 되는지 이해가 안 간다. 한 입 마셨을 때부터 엄청난 무게감이 느껴졌고, 삼켜보니 목 위쪽부터 아래쪽까지 까끌까끌한 홍차가 어렵게 내려가는 것이 느껴진다. 만약 내가 지인 집에서 이런 맛의 홍차를 대접받았다면, 미안하지만 끝까지 마실 자신이 없다. 그런 강력한 맛을 가진 홍차를 나는 지금 억지로 웃음을 띠면서 홀짝홀짝 삼키고 있다.

이곳은 카이로에서 차로 약 5시간 정도 떨어진 바하리야 오아시스에서 또다시 1시간 정도 걸려야 도착할 수 있는 사막 한가운데이다.

이곳의 베두인족은 사막 투어 가이드 등으로 생계를 유지하고 있다지만 코로나 19 사태로 외국인 관광객이 격감한 탓에 파리를 날리고 있었다. 내가 드라이버에게 "이 지역 사람들이 평소에 마시는 차에 대해 알고 싶어요."라고 요청했더니 지역 베두인 사람들이 이용하는 마끄하를 안내해 준 것이다. 흙벽에 야자나무 잎으로 천장을 덮어놓았을 뿐인, 뭔가 미덥지 못한 구조로 세워진 이 건물 내부는 매우 썰렁하고, 바닥에는 담요를 닮은 양탄자가 깔려 있다. 그 주위에 7명의 남성이 앉아 홍차를 마시면서 물담배를 즐기고 있다. 그들이 내게 "우리와 함께 샤이 한 잔 드세요."라고 초대를 해줘서 나는 사양하지 않고 홍차를 한 잔 받게 된 것이다.

그러고 나서 그 문제의 홍차를 마시게 되었는데, "샤이 맛이 어때요?"라는 그들의 질문에 나는 겨우 "건강에 아주 좋은 차인 것 같아요."라고 대답했다. 이 샤이에는 뭔가 다른 것이 들어 있다고 생각한 나는 티팟 뚜껑을 열고 안을 들여다보았다. 거기에는 민트가 아닌 무언가의 잎이 들어 있었다. 쓴맛의 정체는 아무래도 이 잎인 것 같다. 나는 마끄하 주인에게 이 잎에 대해 물었다. 그러자 주인은 나를 뒷마당으로 데리고 가서 발밑을 가리켰다.

"이것이 우리가 마시는 샤이에 넣는 약초에요. 저는 가끔 물을 주지만, 기본적으로 이런 사막에서 몇 개월이나 비가 오지 않아도 시들지 않는 강인한 풀이에요."

나는 이 식물의 이름을 물어보았지만 주인은 "이름은 몰라요. 어렸을 때부터 어머니가 몸에 좋은 풀이라고 말했거든요."라고 대답해줄 뿐이었다. 마끄하에서 샤이를 마시던 사람들에게도 물어보았지만 결국 끝까지 이 식물의 이름을 알 수 없었다. 하여간 내가 알게 된 것은 이 잎이 들어간 차는 극단적으로 쓰다는 것이었다.

나는 베두인족인 메가헤드^{Megahed} 씨의 안내로 사막에 텐트를 치고 하룻밤을 보내게 되었다. 사막의 밤은 정말 춥다. 수평선에서 태양이 사라지자 주변은 어두워지고 갑자기 추워졌다. 메가헤드 씨는 모닥불을 쬐고, 닭고기나 채소 조림 음식을 만들어 주었다. 정말 맛있는 베두인식 음식을 먹고 나는 마음도 몸도 따뜻해졌다.

식사가 끝나자 긴 티타임이 시작되었다. 메가헤드 씨는 모닥불을 사용해 이 지방의 베두윈 사람들이 마시는 홍차를 만들어 주었다.

먼저 티팟에 물과 홍차 찻잎을 넣고 불에 올리고 20분 정도 끓이는데 끓이는 시간은 그때그때 다르다. 때로는 수다를 떨면서 1시간 이상 끓일 때도 있다고 한다. 홍차를 마시기 전에 머그잔에 설탕을 넣는다. 1시간이나 끓인 홍차는 설탕을 많이 넣어도 아주 강력한 쓴맛이 나서 마시기가 힘들 거라고 생

각되지만, 만약 생 민트를 넣고 싶다면 민트 잎을 티팟에 넣기 전에 손바닥에 얹어 박수를 치듯이 두드린다. 이렇게 하면 민트 향기를 더 강하게 느낄 수 있기 때문이다. 민트를 티팟에 넣은 후 1분 정도 끓이고 바로 불에서 내려 차를 머그잔에 붓는다. 민트가 없을 때는 레몬 꽃을 넣기도 한다. 맛은 떫지만 레몬의 상쾌한 향을 즐길 수 있다고 한다. 그들은 이 홍차를 '베두윈 티'라고 부른다는데, 가끔 농담으로 베두윈 위스키라고 부르기도 한단다. "나는 베두윈 위스키가 마시고 싶다."거나 "이 베두윈 위스키를 마셔보라."는 말을 자주 듣는다고 한다.

베두윈족 남성들은 한가할 때 이렇게 사막에서 불을 피우고, 불가에 둘러앉아 샤이를 만들어 몇 시간이나 수다를 떤다고 한다. 평소에는 하루에 6~7잔마시는데, 샤이를 마실 때는 빵이나 다식을 먹지 않고 오직 샤이만 마신다. 이런 이야기를 메가헤드 씨한테 듣는 동안 모닥불 위의 티팟 안에서는 찻잎 우러난 물이 계속 끓어오르고 있었다. 나는 "당신이 평소 마시는 샤이 맛과 똑같이 만들어주세요."라고 부탁했다. 그는 내가 원한 대로, 한 잔 마시면 잠들 수 없을 정도로 아주 진한 베두윈 티를 만들어 주었다. 하지만 이상하게도 그 쓴맛의 샤이를 마신 후 내 머리 위를 정신없이 날아다니는 무수한 유성을 바라보면서 어느 사이 나는 잠이 들고 말았다.

나는 다시 카이로로 돌아왔다. 카이로에서는 또다시 샤이 마시는 일에 열중했다. 마끄하 고객들은 여전히 모두 남성이었지만, 몇 곳을 찾아다니는 동안마끄하 분위기에도 점점 익숙해졌다. 그나저나 아침 일찍부터 밤 12시를 넘어서도 정말 많은 홍차가 카이로의 거리 도처에서 소비되고 있구나 하고 감탄했다. 이집트에는 차밭이 없기 때문에 사람들이 마시는 홍차는 수입에 의존하고있다. 현재 동아프리카에서 생산된 홍차 중 24%가 이집트에 수입되고 있다. 파키스탄에 이어 두 번째로 많은 수입량이다. 내가 이집트를 방문하기 전에는이집트라고 하면 피라미드만 떠올렸을 뿐 이렇게 많은 홍차가 소비되고 있다

고는 전혀 상상할 수 없었다. 나는 현지에 가서 자신의 눈으로 직접 확인하는 것이 얼마나 중요한지를 이집트에서도 새삼 실감했다. 앞으로는 "이집트 하면 피라미드와 샤이"라고 말할 수 있을 정도로 이집트인들의 샤이 문화가 해외에도 널리 알려졌으면 좋겠다.

Kenya

세계 3위의 차 생산국

케냐

세계 3위의 차 생산국

나디아^{Nadia}의 집은 이른 아침부터 움직이기 시작한다. 그녀의 집에서 자고 있던 나는 창밖이 밝아지기 시작하면 벌떡 일어나서 아직 침대에서 잠자고 있는 딸들을 일으킨다. 나디아의 집은 나이로비 교외에 있는 드넓은 초원 한가운데 저 혼자 달랑 위치하고 있다. 가까운 도로에서 집까지 연결되는 길이 없다. 도로에서 그녀의 집까지 가기 위해서는 초원 속에 있는 큰 돌이나 나무를 표지 삼아 풀숲을 10분 정도 걸어야 한다. 날이 어두워지면 길을 잃을 수 있기 때문에 해가 지기 전까지 그녀의 집에 도착해야 한다. 희미하게 빛을 발하는 전등 하나는 거실에만 매달려 있고, 밖이 어두워지면 잠자는 것 외에는 할 일이 없기 때문에 나는 그녀의 집에 머무는 동안 아침 일찍 일어나는, 매우 건강한 생활을 하고 있었다.

아프리카 차의 최대 산지

아침에 일어나면 나디아의 열두 살 딸이 아침 식사 준비를 한다. 나와 딸들도 그녀를 도왔다. 아침에는 식빵 위에 달걀프라이를 얹어 먹는 일이 많았는데 식사 중에는 반드시 밀크티를 함께 마셨다. 나디아의 집에는 넓은 앞마당이 있고 한쪽 구석에는 큰 레몬그라스가 자라고 있다. 그녀의 집에서는 밀크티를 만들

● **밀크티 만들기** 특이하게도 레몬그라스 잎을 첨가한다.

때 이 레몬그라스 잎을 함께 넣고 끓였다. 딸들은 이 레몬그라스를 따는 것이 즐겁다면서, 밀크티를 만들 때가 되면 마당에 나와 이파리에 손을 다치지 않도록 조심하면서 레몬그라스를 따서 부엌에 가져가는 것이 일과였다.

부엌에는 작은 이동식 가스버너가 하나 있고, 그 위에 냄비를 두고 재료를 넣는다. 물과 우유를 각각 1.5L 정도 붓고 레몬그라스 잎과 홍차를 넣고 끓인다. 완전히 끓기 직전에 불을 끄고 거름망을 이용해서 냄비 속의 밀크티를 머그잔에 따라준다. 설탕은 마시기 직전에 취향에 맞춰서 넣는다. 레몬그라스가 들어간 밀크티를 마셔본 것은 처음이지만 홍차의 단맛과 함께 레몬그라스의 상쾌함이 더해져 뒷맛도 깔끔하게 느껴졌다.

차 여행을 하면서 절대 빼놓을 수 없는 나라가 케냐였다. 세계 차 생산량 가운데 아프리카 대륙이 차지하는 비율이 약 11.7%이며, 아프리카의 나라들 중

에서도 케냐는 중국, 인도 다음으로 많은 차를 생산하는 세계 3위의 차 생산
국이다. 케냐를 비롯한 아프리카 국가에서 차는 나라 경제를 지탱하는 아주
중요한 환금작물이며, 우리가 마시는 한 잔의 아프리카산 홍차에는 아프리카
차 생산국 사람들의 삶이 깃들어 있다고 해도 과언이 아니다.

내가 케냐를 방문한 것은 이번이 처음이 아니지만, 이번에는 딸들에게도 드
넓은 차밭과 다양한 동물들을 보여주고 싶었다. 딸들은 평소 집에서 달콤한
밀크티를 마시기 때문에 케냐에서 밀크티를 마시는 것을 여행 전부터 기대하
고 있었다.

짜이의 나라

나이로비 체류 중에는 다양한 장소와 시간에 홍차를 마실 기회가 있었다. 케
냐에서는 차를 '짜이'라고 부르는데, 시내 어디에 가도 사람들 곁에는 반드시
짜이가 있다. 사람들이 마시는 것은 홍차에 설탕만 넣는 스트레이트 티보다 밀
크티가 훨씬 많고, 밀크티에 설탕을 많이 넣어 아주 달게 해서 마신다. 어느 날
나는 나이로비 시내에 있는 기콤바마켓^{Gikomba Market}에 갔다. 이 시장은 비교적
생활 수준이 낮은 사람들이 이용하는 곳이다. 시장 골목에는 채소나 육류 등
의 식재료 외에 헌 옷이나 헌 신발 등을 노점이나 리어카 짐칸에 쌓아놓고 판
매하고 있다. 시장 한쪽에서는 공사를 하고 있고, 많은 노동자가 현장에서 일
하는 모습이 보였다. 그 공사장 바로 옆, 큰길을 따라 비닐시트로 만든 지붕과
목재로 만들어진 포장마차가 있다. 그곳으로 가보니 거기에는 공사장에서 일
하던 사람들로 가득했다. 그들은 '기데리'라는 콩요리를 먹고 있었고, 꽤 낡은
플라스틱 물통에 들어간 물을 자유롭게 마시고 있었다. 그들은 새하얀 치아를
보여주면서 미소를 띠고 나에게 말을 걸어 왔다.

"이 가게는 싸고 맛있어요. 주인 아주머니가 직접 굽는 차파티도 일품이에
요."

● **짜이** 식사의 필수 메뉴다.

　그들은 마치 점심을 먹는 중이라고 했다. 이른 아침부터 저녁까지 현장에서 일하는데, 하루에 여러 번 이 노점에서 식사를 하거나 짜이를 마신다고 한다.

　이 가게의 짜이 가격은 밀크티가 20실링(KSH, 약 180원), 스트레이트 티가 10실링(약 90원)이고 대부분의 손님은 밀크티를 마신다고 한다. 식사를 마친 사람들은 차례로 밀크티를 주문했다. 가게 주인은 짜이가 들어간 큰 보온병과 머그잔을 테이블로 가져와 손님 앞에서 짜이를 머그잔에 부었다. 이 가게에서는 아침에 문을 열기 전과 점심 후 두 번에 나눠서 밀크티를 우려 보온병에 담아둔다고 한다. 나는 손님들이 앉아 있는 긴 나무벤치 구석에 앉아서 그 자리에 있던 손님들과 함께 짜이를 마셨다.

　짜이는 이미 설탕이 들어가 있어 달콤했다. 짜이를 만들 때 우유 양은 적고, 대신 물이 많이 들어간 것으로 보였다. 우유의 감칠맛이 약했지만 뒷맛이 깔끔한 밀크티였다. 손님들은 내게 이렇게 말했다.

● **길거리 찻집** 나이로비 시내 곳곳에서 만날 수 있다.

"이 지역은 슬럼가라서 전체적으로 가난한 사람들이 많아요. 그들은 보통 우유가 들어가 있지 않은 스트레이트 티를 마시는데, 우리는 우유가 들어간 짜이를 마시죠."

그러면서 약간 자랑스러운 표정을 지었다. 이미 밀크티를 다 마시고 나서 가게 옆에서 놀던 우리 딸들을 보고 있던 한 남자는 내게 이렇게 말했다.

"어린이에게 밀크티를 많이 마시게 하면 영양 섭취에 도움이 돼요."

케냐차의 대명사 KTDA

나이로비 시내에는 대형마트가 몇 군데 있다. 치안 문제 때문에 마트 입구에는 경비원이 서 있어서 삼엄한 분위기가 감돈다. 하지만 안으로 들어가니 규모가 대단했다. 동아프리카 최대 도시 나이로비답게 한국 대형마트에 뒤지지 않을 정도로 상품이 다양하다. 그중에서도 홍차 진열대는 정말 보기 좋다. 매장 한쪽에 상당한 넓이의 매대를 완전히 홍차 제품이 가득 채우고 있어, 케냐 사람들의 일상에 홍차가 얼마나 잘 정착하고 있는지 보여준다.

이 큰 진열대의 대부분을 차지하고 있는 홍차는 케냐산으로, 그중 대부분이 자국 시장 점유율 60% 이상을 차지하는 KTDA^{Kenya Tea Development Agency Holdings} 브랜드의 제품들이다. 대중적으로 사용되는 밀크티용 대용량 홍차 제품뿐만 아니라 다양한 종류의 허브티는 물론, 아침에 일어나자마자 혹은 잠자기 전에 마시기에 적절한 허브티나 디톡스용으로 마시는 기능성을 갖춘 차 제품도 다양하게 판매하고 있다. 그런데 이처럼 다양한 제품을 생산하여 케냐 차 산업을 지탱하고 있는 KTDA사에 방문한다는 꿈 같은 일이 나에게 정말로 실현되었다.

약속한 날, 나는 고층 빌딩으로 둘러싸인 오피스 거리에 위치한 KTDA 본사 앞에 서 있었다. 약간 긴장하면서 건물 입구로 들어갔다. "루시^{Lucy} 씨와 약속

이 있어 왔습니다."라고 안내직원에게 말하자 그녀는 "안내해드리겠습니다. 이쪽으로 따라오십시오."라며 나를 어딘가로 데리고 갔다. 1층, 2층, 3층, 4층……경사가 심한 계단을 올라가느라 나는 루시 씨의 방이 도대체 몇 층에 있는지물어볼 여유도 없었다. 케냐에는 아직까지 엘리베이터가 설치된 건물이 매우적다는 것을 알고 있었지만, 이 계단은 정말로 올라가기 힘들었다. 6층을 지나7층에 도착하고 "이쪽입니다."라는 말을 들었을 때 나는 이미 방전 상태였다.

출입문을 열자 "환영합니다! 당신이 오길 계속 기다리고 있었어요."라고 하면서 루시 씨가 깜짝 환한 미소로 나를 맞이해 주었다. 그녀는 KTDA사의 마케팅 책임자로, 책상 주위에는 KTDA에서 제조한 다종다양한 차 제품 패키지가 진열되어 있는데, 나이로비 시내 마트에서 본 적이 없는 제품도 많았다. KTDA사의 제품 패키지는 우선 정련된 디자인에 포장기술도 아주 뛰어나다. 내가 이 회사의 제품 디자인에 매우 관심이 많다고 하자 그녀는 본사 소속의전속 디자이너가 제작하고 있다고 설명해 주었다.

그녀의 사무실에서 나는 우선 케냐의 차 음용 실태와 국민의 기호에 대한설명을 들었다. KTDA에서는 최근 홍차를 우유로 끓여 설탕을 넣는 기존의 밀크티 음용법이 설탕을 과다 섭취할 우려가 있기 때문에, 설탕을 넣지 않고 차의 기능성을 강조한 건강 지향의 차 제품 개발에 주력하고 있다고 한다. 케냐에서 설탕이 많이 들어갈 수밖에 없는 밀크티 음용이 보편적으로 이루어지게된 이유는 크게 두 가지다. 우선 음료수 확보가 어려운 지역에서 가축의 젖을활용할 수 있었다는 점이다. 또 식량 부족으로 인한 에너지 보충에 좋은 수단이 된다. 이런 이유로 밀크티 음용이 일반화되었으며, 지금은 그런 사정이 많이 해소되었음에도 여전히 밀크티 음용이 일반적이고, 그 결과 설탕의 과다섭취라는 문제가 대두되고 있는 것이다.

최근에는 녹차가 건강에 좋다는 것이 점점 알려져서 케냐산 녹차 제조의 필요성도 느끼고 있다고 한다. KTDA에서도 기존 CTC 홍차 상품과 별도로, 원료를 수입해서 포장한 녹차 티백 제품과 각종 허브티의 개발을 완료했다고 한다. KTDA는 또 다양한 소포장 상품을 개발하거나 여러 종류의 상품을 하나로 묶은 선물 세트도 판매 중이라고 한다.

루시 씨의 이야기를 들어보니 예전에는 단순히 저렴하고 품질이 낮은 홍차가 대세였지만, 최근에는 새로운 콘셉트를 내걸고 차 상품의 판로 개척을 하기 시작했다는 것이 느껴졌다. 루시 씨는 힘주어 말했다.

"케냐 차 산업 발전을 위해 우리는 지속적인 신제품 개발이 불가피합니다. 그러기 위해서 해외 차 산업 동향에 대해서 적극적으로 탐구할 필요가 있습니다."

현재 케냐차는 벌크포장 상태로 해외에 수출되며, 이를 수입한 국가에서 재포장을 하여 판매하는 경우가 많다. 세계 3위의 차 생산국이자 수출도 많이 하는 나라가 케냐이다. 이처럼 전 세계적으로 유통량이 적지 않음에도 불구하고 좀처럼 케냐 차 제품이 눈에 띄지 않는다는 점이 안타까워 나는 루시 씨에게 이렇게 말했다.

"앞으로 한국에서도 KTDA사의 차 제품을 많이 볼 수 있게 되면 좋겠네요."

그녀는 매우 기쁜 표정으로 고개를 끄덕였다. 그러면서 이렇게 덧붙였다.

"외국인들에게도 널리 사랑받는 제품을 만들 수 있도록 이 회사를 더욱 발전시키고 싶습니다."

케냐의 다원과 차업시험장

얼마 뒤 나는 나이로비에서 약 260km의 거리에 있는, 케냐의 차 산지 중에서도 가장 유명한 빅토리아호 동안지역 케리초^{Kericho}로 향했다. 이곳은 주변의 소틱^{Sotik}, 키시^{Kisii}, 카카메가^{Kakamega}, 난디힐스^{Nandi Hills}와 더불어 거대한 차 산지를 구성하고 있는 지역이다. 이 외에도 엘곤산 국립공원 주변, 체랑가니 산지, 나이로비 북부지역 아바디아 국립공원 동부, 케냐산^山 국립공원 동부, 니

암베네 고지 주변에서 차를 재배하고 있다.

현재 케리초에는 동아프리카를 대표하는 차 전문 정부 연구기관으로 차업 시험장TRI, Tea Research Institute이 운영되고 있다. 이 기관은 케냐뿐만 아니라 아프리카 대륙 전체 차 산업의 거점이며, 차나무 재배기술이나 제조기술을 비롯해서 차에 관한 모든 분야의 연구결과를 동아프리카 차 생산 국가들에 전파하는 역할을 맡고 있다.

드넓게 펼쳐진 초록색 카펫 같은 케리초 차밭. 마을 중심을 뚫고 지나는 큰 도로변 곳곳에는 홍차 직매장이 있다. 대로에서 차업시험장까지 이어지는 비포장도로는 광대한 차밭 한가운데를 가로지르는데, 비포장도로는 자동차 바퀴가 빠져버리는 것은 아닐까 하는 걱정이 될 정도로 울퉁불퉁했다. 우리가 애를 먹고 있는 와중에 얇은 샌들을 신은 열 살 정도로 보이는 아이들 몇 명이 손을 흔들면서 "헬로!", "하와유?" 하면서 우리 자동차를 쫓아왔다.

차밭에서는 많은 노동자들이 찻잎을 수확하고 있었다. 남성도 있고 여성도 있다. 그들은 가위를 사용하고 있었는데, 차밭 주변에는 차 가위와 가위에 붙어 있는 플라스틱 받침대가 부딪치는 다탁다탁 소리가 연신 울리고 있었다. 수확 작업을 하던 한 사람에게 이야기를 들어봤다. 그들이 사용하고 있는 차 가위는 차밭 주인한테 받은 것이라고 한다. 가위는 인도에서 수입한 것으로, 차밭에서 수확한 생잎이 들어가는 플라스틱 받침대를 장착해서 사용한다. 그들은 등에 큰 차 바구니를 메고 있었다. 차 바구니는 식물 껍질이나 덩굴로 짜서 만드는 경우가 많은데 이러한 바구니는 매우 무겁고 차 생잎을 넣으면 더욱 무게가 늘어 차밭에서 일하는 사람들에게 큰 부담을 주기 때문에 최근에는 나일론 소재로 만든 경량화된 바구니를 사용하는 차밭이 많아졌다고 한다.

차업시험장 부지 앞에는 시험장에서 관리하는 차밭이 있어 차나무 품종마다 구역을 구분해서 심어 놓았다. 차나무 옆에 품종 이름이 적힌 팻말이 세워

져 있다. 품종이 각각 다른 차나무가 앞에서 뒤쪽으로 길게 재배되고 있는데 품종마다 잎 색깔이나 크기가 다르기 때문에 차밭이 아름다운 줄무늬를 이루고 있다.

시험장에서는 사이먼Simon 박사가 맞이해 주었다. 나는 최근의 케냐 차 재배에 대한 설명을 들었다. 이 시험장에서 개발된 품종은 약 50종이라고 한다. 재배 농가 또는 차 기업에서 묘목 구입 요청이 들어오면, 시험장이 소유하는 묘목 중 좋은 품종을 적절히 선택해 판매하고 있다. 차밭에서는 새싹을 1창2기로 따고 있는데, 찻잎을 따는 노동자의 임금은 생엽 1kg당 8실링(약 72.4원)이다.

케리초에 도착한 후 여러 차밭을 구경했는데, 그때 한 차밭에서 여러 품종의 차나무가 구분되지 않고 섞여 심겨져 있는 모습을 보았다. 그 이유를 물어보니 사이먼 박사는 이렇게 대답했다.

"두 가지 이유가 있습니다. 첫 번째 이유는 만약 병충해를 당했을 때 차밭 전체에 퍼지는 피해를 최소화하기 위해서입니다. 또 하나의 이유는 생엽 무게로 임금이 결정되기 때문에 노동자들이 차싹의 무게가 무거운 품종을 모아 심은 구역이 있으면 그 구역을 집중해서 따기 때문입니다."

다음으로 사이먼 박사에게 시험장 안내를 받았다. 부지에는 연구 분야별로 나뉜 연구동이 몇 동 있는데, 그중 한 연구실에서는 보라색 새싹으로 제조한 차를 용기에 담는 작업을 하고 있었다. 그 방에 있던 직원이 설명해 주었다.

"최근 케냐에서는 찻잎이 보라색을 띠는 퍼플티 재배를 시작했는데요, 잎의 특이성을 마케팅에 연결하는 데 어려움을 겪고 있습니다. 현재 이 퍼플티의 판로를 모색하고 있는 상황입니다. 이 시험장 앞에 있는 부지에도 퍼플티 차밭이 있는 걸 보셨죠? CTC 홍차 이외의 차 제품을 개발하는 것이 앞으로 케냐 차 산업에 있어서 매우 중요한 과제입니다."

　시험장 견학을 마치고 나서 회의실로 들어갔는데 삼손 소장님^{Dr. Samson}을 비롯한 4명의 연구원이 자리에 앉아 있었다.

　"시험장에 오신 것을 환영합니다."

　나는 먼저 연구소 방문을 허락해주신 것에 감사를 전했다. 소장님은 시험장에서 제조한 퍼플티를 내줬다. 흰색 머그잔 속의 퍼플티는 차나무에서 자란 보라색 찻싹의 색과 달리 연한 갈색을 띠고 있고, 탕색만 보면 우롱차 색깔과 비슷했다. 한입 마셔 보니 입속에 약간 쓴맛이 남았다. 퍼플티 찻잎에는 안토시아닌이라는 항산화 물질이 풍부하게 함유되어 있다. 별도로 준비된 레몬즙을 1방울씩 넣자 마치 마법에 걸린 것처럼 연한 갈색이었던 차의 탕색이 점점 변해가고, 마지막에는 매우 아름다운 핑크색으로 바뀌었다. 정말 아름다운 색깔이다. 마셔 보니 레몬즙의 상쾌한 신맛이 더해져서 색이 바뀌기 전보다 목

넘김이 더 부드럽고 뒷맛도 깔끔하게 느껴졌다. 연구원들은 이 퍼플티를 꼭 해외 사람들에게도 널리 소개하고 싶다면서 열망을 감추지 않았다. 실제로도 레몬즙을 첨가할 때마다 찻잎으로 제조한 음료라고는 생각하지 못할 정도의 아름다운 핑크빛 탕색은 내가 평소 마시는 일반적인 차에서는 느낄 수 없는 매우 즐거운 기분을 느끼게 해주었다.

케냐의 제다공장

케냐 최대의 차 기업인 KTDA는 제다공장 69개를 보유하고 있는데 그중 16개 공장이 케리초에 위치하고 있다. 나는 KTDA가 관리하는 제다공장 중 하나인 모물Momul 제다공장을 견학하게 되었다.

공장에 도착하기 직전, 갑자기 격렬한 스콜이 쏟아졌다. 대지를 흔드는 낮은 소음과 함께 앞이 보이지 않을 정도로 세차게 내리는 비는 차나무에게는 은혜의 선물이다. 아프리카 대륙은 비가 거의 내리지 않는 건조 기후라는 이미지가 강하지만, 케리초는 1년 내내 푸른 초목이 우거진 동네다. 내가 내린 차에서 공장 입구까지는 불과 10m 정도에 불과했지만, 그 잠깐 사이에 온몸이 흠뻑 젖고 말았다. 나를 맞이해 준 공장장은 웃으면서 말했다.

"타이밍이 제일 안 좋은 순간에 도착하셨네요. 비는 곧 멈출 겁니다."

이 공장은 해발 1,819m에 위치하고 있으며, 다원 노동자를 포함해서 약 9,000명의 직원이 일하고 있는 대규모 제다공장이다. 연간 차 생산량은 6,000톤, 직원은 모두 케냐인이고, 주변 국가에서 건너온 노동자는 없다. 이 공장의 생엽은 여러 차밭에서 모인 것이 아니라 공장이 소유한 대규모 차밭 한 곳에서만 반입된다고 한다. 찻잎을 딸 때는 가위를 사용하는데 일부 차밭에서는 일본제 2인용 채다기계가 사용된다고 한다. 설명을 들으면서 직원이 내주는 차를 마셨는데 매우 풍부하고 향기로운 홍차였다.

공장 안으로 들어서자 많은 직원들이 일하고 있는 모습이 보였다. 이 공장에서는 직원 70명이 8시간 2교대로 35명씩 근무하고 있으며, 월급은 2만 5,000실링(약 22만 5,800원)이라고 한다. 공장 뒤편에는 생엽 반입구가 있는데, 이른 아침 딴 생엽을 낮 12시 전후에 공장에 반입하기 시작한다. 반입 후 즉시 위조실로 옮겨진다. 위조실에 들어가보니 이미 생엽 반입이 끝나고 시들리기를 하는 중이라는 설명을 들었다. 위조실에는 시들려진 찻잎에서 나는 달콤한 냄새가 방 가득 퍼져 있었다. 위조 중인 생엽을 살펴보니 색깔이나 잎 모양이 다양했는데, 초록색 생엽 속에 보라색을 띤 생엽이 다수 섞여 있다. 이 잎이 앞에서 설명을 들었던 퍼플티 새싹이다.

위조실의 열원으로는 유칼립투스^{Eucalyptus} 나무를 사용하고 있으며, 하루 목재 사용량은 약 120톤이라고 한다. 어마어마한 양의 유칼립투스 나무가 필요하기 때문에 공장 주변에 열원용 유칼립투스 나무를 따로 재배하고 있다.

위조과정이 끝난 생엽은 CTC 기계를 통과하면서 분쇄되고, 그 후 약 90분간 발효시킨다. 이 공장에서는 인도제 박스형 발효기를 사용하고 있고, 1차 발효 50분, 2차 발효 40분의 두 단계로 나눠 발효를 시키고 있다.

이어 건조 과정을 거치며, 건조가 끝난 홍차는 BP1, PF1, PD, D1, F, Dust의 6종류로 분류된다. 이 공장에서 제조된 홍차 중 60%는 영국으로, 나머지는 이란, 파키스탄, 미국 등으로 수출되고 있고, 내수용은 5%라고 공장장이 설명했다.

"케냐 홍차의 가장 큰 해외시장은 파키스탄이지만, 이 공장에서 생산된 홍차는 주로 영국으로 수출하고 있습니다. 공장마다 수출처가 조금씩 다릅니다."

완성된 홍차는 케냐 제2의 도시 몸바사^{Mombasa}로 옮긴 후 경매를 통해 해외로 수출된다. 몸바사 경매장은 세계 최대의 CTC 홍차 경매 센터다. 공장 견학이 끝날 무렵에는 조금 전에 내렸던 호우가 그치고 거짓말처럼 푸르고 아름다운 하늘이 펼쳐져 있었다. 공장을 둘러싸고 조성된 드넓은 차밭은 찻잎 표면

에 남은 빗방울이 햇빛에 반사되어 반짝반짝 빛나고 있고, 차나무 옆에서 당나귀와 소들이 유유히 잡초를 먹고 있다. 끝없이 넓은 차밭과 그 옆에 나란히 지어진 노동자 숙소의 백색 벽과 붉은 지붕이 아주 대조적이다. 고층 빌딩이 즐비한 나이로비와 달리 한적한 풍경이 이어지는 케리초 마을에 나는 매료되었다.

마사이족이 건넨 홍차 한 잔

한국으로 돌아가기 전 나는 딸들을 데리고 마사이마라 국립보호구에 갔다. 딸들은 동물을 아주 좋아한다. 그녀들이 해외로 가는 목적 중 하나는 한국에서는 보기 어려운 다양한 동물을 만나는 것이다. 국립보호구 안의 끝없이 펼쳐진 초원에서는 코끼리나 기린 무리, 얼룩말, 물소, 누, 가젤 등 다양한 동물들이 자유롭게 돌아다니는데, 딸들은 대흥분하면서 눈을 크게 뜨고 동물들을 관찰했다.

국립보호구 안에는 마사이족이 거주하는 마을이 있어서 우리는 그 마을을 방문하게 되었다. 마을에는 진흙과 소똥을 섞어 만든 집이 몇 채 모여 있고, 집 옆에 세워진 나무 울타리 안에는 몇 마리 염소가 있었다. 우리는 그중 한 집에 들어갔다. 집주인은 태어난 후 계속 이 마을에서 살고 있다고 한다. 집 안에는 전등이 없기 때문에 낮에도 어두웠다. 주인이 "여기가 침실입니다, 여기가 부엌입니다."라고 설명을 해도 나에게는 전혀 구분이 되지 않았다. 딸이 어두운 집 안을 너무 무서워해서 나는 그녀의 손을 잡고 천천히 실내를 돌아다녔다. 어둠 속에서 집 구경이 끝날 무렵, 주인이 우리에게 이렇게 말했다.

"짜이 한잔 드실래요?"

마사이족 전통 가옥에서 차를 마시는 일이 처음이었기 때문에 나는 망설이지 않고 "예스!"라고 대답했다. 주인은 부엌 구석에 있던 나뭇가지를 가져와 불을 붙이고 그 위에 주전자를 올려 물을 끓였다. 모닥불을 불빛이 집 안을 밝게 비추었다. 물이 끓은 후 비닐봉지 안에 들어 있던 홍차 찻잎을 한 줌 주전자 속에 넣고 잠깐 끓인 후 머그잔에 붓고 나에게 건네주었다.

마사이족의 경우 여전히 초원에서 이런 전통 가옥에 거주하는 사람도 있지만, 도시에 나와 일반 회사에서 일하는 사람도 많다. 그런데 이런 시골에서 생활하는 마사이족 사람들에게도 홍차의 음용 풍습이 정착되어 있다는 것이 매우 흥미로웠기 때문에 나는 주인에게 평소의 차 생활에 대해 물어보았다. 이 마을에 거주하는 사람들은 평소 홍차를 하루에 두세 번 우려서 음용하고 있다고 한다. 내가 "홍차 찻잎을 어디서 어떻게 구하시나요?"라고 묻자 주인은 하얀 치아를 드러내 보이고 웃으면서 대답했다.

"마트에서 쉽게 살 수 있어요."

마트? 이런 시골 마을에 마트가 있다는 것에도 놀랐지만, 이어지는 주인의 말에 나는 더 놀랐다.

"사무실에서 돌아오는 길에 마트가 있는데 나이로비 같은 도시와 똑같은 물건을 팔아요."

사무실? 이 마을 남성들은 양복을 입고 오토바이로 근처 동네까지 통근하며 일을 하고 있다고 한다. 케냐에서는 근대화, 도시화가 진행되면서 마사이족의 생활양식도 급속히 변해가고 있다. 평소 TV에 나오는 그들의 모습만 보고, 나도 마사이족에 대한 선입견을 갖고 있었음을 뒤늦게 깨달았다.

그러나 비록 그들의 생활방식이 변했다고 해도 홍차 음용 문화는 계속 변함이 없었으면 좋겠다. 몇 년 후 내가 다시 이 마을을 방문했을 때, 집 안에 전기가 들어와서 밝아지고, 그들이 전기 포트를 사용하게 되었다고 해도.

● 마사이족의 홍차 타임

Ethiopia

커피 왕국의 홍차 이야기

에티오피아

에티오피아

커피 왕국의 홍차 이야기

"한눈팔지 말고 따라오세요!"

아프리카 최대 시장이라고 불리는 메르카토^{Mercato} 시장. 사방에 풀풀 날리는 먼지가 눈에 들어가 눈물이 절로 나온다. 비포장도로에서 피어오르는 모래 먼지 속, 짐칸에 많은 염소를 실은 대형 트럭이 새까만 그을음을 내뿜으면서 내 옆을 지나간다. 나는 빠른 걸음으로 걸어가는 가이드 빌크^{Mr. Biruk} 씨의 뒤를 쫓아가는 데 전력을 다하고 있었다. 주위를 바라볼 여유는 전혀 없지만, 살짝 주변을 돌아보니 한 손에 시너를 들고 있는 소년들이 배회하고 있다. 순간 무섭기도 하고, 여유도 없고, 그저 앞으로 전진하기에만 집중하게 된다.

세계에서 가장 위험한 시장

메르카토 시장은 이탈리아 통치 시대에 명명된 시장으로, 에티오피아의 다양한 물품과 식품이 매매되고 있다. 나는 이 거대한 시장에 에티오피아 홍차를 우리는 도구와 찻잎을 구하려고 방문했다. 평소에는 혼자 시장에 가서, 우연히 만나는 사람들과 교류를 하면서 시장 구석구석을 돌아다니지만, 이곳에서 그랬다가는 영원히 한국에 돌아갈 수 없을지도 모른다. 그만큼 치안이 매우 안 좋다. 그래서 안전상의 이유로 현지 가이드에게 동행을 요청했던 것이다. 아디스아바바 방문 전, 나는 빌크 씨에게 무엇을 구입하고 싶은지 리스트를 보내면서 설명을 해놓았다. 빌크 씨는 어디에 내 목적지가 있는지 사전에 확인해 주었고, 최단 시간으로 이동해서 원하는 것을 구할 수 있도록 해주었다.

시장에 들어가서 가장 먼저 찾은 곳은 찻잎 매장이었다. 식품을 판매하는 구역 중에서도 건어물이 모여 있는 곳에 찻잎을 판매하는 조그마한 가게가 있었다. 나무판으로 세워진 차 판매점 주위에는 커피나 향신료, 향료 등을 파는 상점이 보였다. 차 판매점에서는 소포장 홍차 상품 외에 그냥 비닐에 담긴 홍차도 판매하고 있었다. 찻잎 매장에 앉아 있던 무뚝뚝한 여자 주인은 나를 거들떠보지도 않고 발밑에 놓인 흑백 TV에 빠져 있었다. 여기서 판매하는 홍차는 아디스아바바에서 서쪽으로 470km 정도 떨어진 우쉬우쉬Wushwush라는 동네에서 제조된 것으로, 500g에 30비르(ETB, 약 716원), 소포장 상품은 100g에 8.25비르(약 197원)였다. 나는 여기서 500g 홍차를 하나 구입했다.

그다음에는 다른 가게로 가서 에티오피아에서 일반적으로 이용하는 홍차용 유리잔과 커피잔 등을 몇 가지 구입했다. 그리고 그것으로 나의 황급한 쇼핑이 막을 내렸다. 조금 더 시장 분위기를 느껴보고 다른 상점도 구경하고 싶었지만, 목숨을 담보로 할 수는 없었다. 마침 시장 입구 길거리에 찻집이 있어서 이곳에서 조금 쉬어가기로 했다.

찻집에는 몇 명의 손님이 모래 먼지 날리는 땅에 늘어놓은 플라스틱 의자에 앉아 5비르(약 120원)짜리 커피를 마시고 있었다. 가게 주인은 풍채가 좋은 여성이었다. 남자 손님이 앉아 있던 의자를 억지로 빼앗아 나에게 앉으라고 권하고, 외국인인 나를 쳐다보는 통행인이나 구걸을 하는 사람들을 큰 소리를 내면서 쫓아내 준, 매우 용감한 여성이었다.

에티오피아라고 하면 커피가 먼저 떠오른다. 이곳은 아라비카 커피의 발상지이며, 커피라는 용어 자체가 에티오피아 남부서민족주에 있는 카파라는 지

명, 혹은 고대 왕국의 이름에서 유래한 것이다. 카파, 시다모, 할랄 등이 에티오피아의 커피 주산지이며, 커피는 에티오피아 경제를 뒷받침하는 주요 수출품 중 하나이다.

커피와 홍차가 만날 때

모처럼 에티오피아까지 왔으니 커피는 꼭 마셔야겠다는 생각이 들었는데, 커피도 마시고 싶고 홍차도 마시고 싶었다. 그런 욕심을 가진 나에게 딱 맞는 음료가 에티오피아에 존재한다. 바로 '샤이 분나 스프리스$^{shai\ buna\ spris}$'다. 내가 에티오피아에 온 가장 큰 목적은 이 샤이 분나 스프리스를 마음껏 즐기기 위해서다. '샤이'는 '차', '분나'는 '커피', '스프리스'는 '섞다'를 의미하는 단어로, 이름 그대로 커피와 홍차를 섞어 만든 음료가 샤이 분나 스프리스다.

나는 의자에 앉아서 망설임 없이 5비르(약 120원) 하는 샤이 분나 스프리스를 주문했다. 이 찻집에서는 커피를 넣지 않은 홍차는 3비르(약 71.6원)에 판매하고 있다고 한다. 주인은 홍차 찻잎을 거름망 속에 두 숟가락 넣고, 그 위에 뜨거운 물을 붓더니, 마치 드립 커피처럼 유리잔에 따라주었다. 티팟은 사용하지 않는다. 샤이 분나 스프리스를 만들 때는 유리잔에 홍차를 붓기 전에 먼저 설탕을 듬뿍 넣고 홍차와 잘 섞는다. 이렇게 비중이 무거워지는 원리를 이용해서 홍차와 커피를 유리잔 속에서 분리시킨다. 홍차를 부어준 후 마지막으로 커피를 2cm 정도 서서히 부으면 완성이다.

나는 불안정한 땅바닥에 놓인 플라스틱 의자에 앉아 샤이 분나 스프리스를 마시면서 무서운 시장을 돌아다니면서 긴장했던 마음이 조금씩 풀리기는 했지만, 시장 입구에 위치한 이 길거리 찻집에는 손님이 끊임없이 방문하기 때문에 전혀 진정되지는 않았다. 그래서 결국 주인과 이야기를 나누면서 홍차를 즐길 수 있는 가게로 이동하기로 했다. 시장 밖에서 대기하고 있던 빌크 씨의 차에 탄 뒤 거울을 보니 마치 토네이도 속이라도 걸어온 것처럼 머리도 엉망

● 시장통 찻집에서

이고 얼굴에는 끈적끈적하고 새까만 매연이 잔뜩 묻어 있었다. 그러나 악명 높은 메르카토 시장에서 소매치기를 당하지도 않고 무사히 돌아올 수 있었던 것은 바로 빌크 씨 덕분이었다. 이처럼 메르카토 시장의 강렬한 세례를 받은 나는 가슴을 쓸어내리면서 다음 목적지로 향했다.

아디스아바바 시내 중심지를 다니면 곳곳에서 조그만 길거리 커피숍을 찾을 수 있다. "최근에는 외국인들이 선호하는 깔끔한 커피 전문점도 몇 곳 있지만, 서민들 사이에 뿌리내리고 있는 것은 바로 노상에 있는 커피숍이에요."라고 빌크 씨가 설명해주었다. 에티오피아에서는 길거리에 있는 커피숍을 '누

● **길거리 찻집** "찻집 맞아요. 들어오세요!"

분나 타투^{Nu Buna Tetu}라고 부른다. '누'는 '온다', '분나'는 '커피', '타투'는 '즐긴다'는 의미로, "이곳에 와서 커피를 즐기세요."라는 의미다. 커피의 나라 에티오피아답게 누 분나 타투를 방문하는 손님의 90%는 커피를 주문한다고 한다. 그리고 나머지 10%는 홍차를 마신다. 나와 빌크 씨는 조용히 앉아 주인에게 이야기를 들을 수 있는 가게를 찾기 위해 시내 중심지에서 조금 떨어진 외곽 방향으로 차를 달렸다.

얼마 지나지 않아 대로변에 누 분나 타투 수십 개가 모여 있는 곳이 나타났다. 모두 나무 뼈대에 비닐 시트를 씌우고 처마를 늘인 모습이다. 우리는 차를 멈추고 그중 한 곳으로 들어갔다. 가게 이름은 아탈레레치라는 여주인의 이름을 따서 아탈레레치 분나^{Atalelech Buna}라 지었다고 한다. 이 가게처럼 누 분나 타투의 가게 이름은 가게 주인의 이름을 붙이는 경우가 많다고 한다. 아타레레치 씨는 연세가 많았는데, 얼굴 피부에 윤기가 흐르고 있었지만 허리가 꽤 구부러져 있어 가게에 있는 조그만 플라스틱 의자에 온종일 앉아 있기에는 몹시 힘들 것으로 보였다.

나는 샤이 분나 스프리스를 주문했다. 아탈레레치 씨는 천천히 일어나 숯불 옆에서 먼저 유향^{乳香}을 피우기 시작했다. 가게 주변에 유향의 달콤한 향기가 퍼졌다. 에티오피아에서는 주문받은 메뉴와 상관없이 커피를 내리기 전에 유향을 피운다고 한다. 아탈레레치 씨가 숯불에 바람을 불어넣자 주전자 속의 물이 끓기 시작했다. 물이 끓는 동안 홍차 찻잎을 거름망에 두 숟가락 넣고 유리잔에 설탕을 두 숟가락 넣었다. 물이 끓으면 거름망 위에서 뜨거운 물을 붓고 유리잔에 홍차를 붓는데, 이때 홍차의 양은 유리잔의 3분의 2 정도이다. 그러고 나서 별도로 끓고 있던 커피를 서서히 붓는다. 이때 천천히 조심스럽게 붓지 않으면 커피와 홍차가 예쁘게 2층으로 분리되지 않고 섞여버린다. 커피는 '자바나'라는 초벌구이 커피포트를 사용해서 영업시간 내내 끓이는데 이 커피포트는 바닥 면이 둥글어서 땅바닥에 그대로 놔둘 수가 없다. 반드시 포트를 고정시키는 원형 받침대가 필요하다. 참으로 사용하기 불편한 형태지만 자바나는 에티오피아를 상징하는 주방 도구이자 어느 커피숍에 가도 예외 없이 사용하고 있는 것으로, 나는 메르카토 시장에서 이 자바나도 구입했다.

샤이 분나 스프리스를 만든 아탈레레치 씨는 홍차와 커피가 섞이지 않도록 천천히 잔받침에 받쳐 들고 나에게 내밀었다.

샤이 분나 스프리스의 맛은 더없이 달다. 유리잔 안에는 커피보다 홍차가 더 많이 들어가 있지만 온종일 아주 진하게 끓인 커피의 맛이 강렬해서 한 입 마실 때마다 강한 커피 향이 코를 자극한다. 맛은 홍차와 커피가 잘 섞여서 부드러우면서 약간 신맛도 느껴진다.

아탈레레치 씨의 가게는 가로 2m, 세로 1.5m 정도의 작은 공간이지만 이러한 간이식 커피숍은 정부가 장소를 마련해서 커피숍을 하고 싶은 사람들에게 빌려주고 있다고 한다. 아탈레레치 씨는 6개월 전부터 이곳에서 가게를 운영하고 있으며, 정부에서 보증금 5,000비르(약 12만 원)를 빌리고 매월 분할로 상환하고 있다고 한다.

내가 아탈레레치 씨 가게에 갔던 것은 오후 3시경이었는데, 보통은 점심 시간 직후에 손님이 제일 많다. 이곳에 오는 손님들 가운데 많은 수가 빵과 홍차 또는 커피로 간단하게 점심을 해결하는데, 음료를 포함해 점심값으로 8~10비르(약 190~238원) 정도 내는 것이 일반적이다.

● **샤이 분나 스프리스** 커피와 홍차를 동시에 즐길 수 있는 차로, 홍차와 커피가 섞이지 않게 2층으로 분리되도록 만드는 것이 특징이다.

누 분나 타투는 오랫동안 앉아서 수다를 즐기는 가게가 아니기 때문에 손님이 가게에 머무는 시간은 길어야 15분 정도다. 하루 매출은 50~60비르(약 1,194~1,432원)지만, 점심시간 이외에도 한두 명씩 손님이 오기 때문에 계속 가게를 열고 있다. 그러고 보니 아탈레레치 씨도 그렇고 이 가게와 처마를 이어가는 누 분나 타투를 들여다보면 모두 가게 주인이 여성이다. 그 이유를 물어봤더니 남편이 직업을 가지지 않은 경우가 있어서 여성이 가계를 돕기 위해 가게를 운영하고 있다고 한다. 에티오피아에서는 물품을 판매하는 직업에 종사하는 사람은 대부분이 여성이며, 남성이 물건을 판매하는 것 자체가 남자로서 자존심을 상하는 일이라 여긴다고 한다.

홍차 가격은 손님의 생활 수준에 따라 차이가 있으며 일반적으로 홍차와 설탕만으로 만든 샤이의 경우 한 잔에 5비르(약 120원)지만, 빈민층이 거주하는 구역에 있는 가게에서 제공하는 샤이는 2~3비르(약 47.7~71.6원)이다. 5비르의 샤이를 마시는 사람들은 2비르의 샤이를 제공하는 가게를 이용하지 않고, 반대로 빈민층 사람들은 5비르의 샤이를 내는 가게에 찾아가지 않는다. 이와 같이 샤이 가격이 지역 생활 수준 격차를 파악하는 하나의 지표가 되어 있는 것이다.

나는 에티오피아 체류 중 수많은 샤이 분나 스프리스를 마셔봤지만, 그중에서 우연히 이용하게 된 톱텐호텔 레스토랑에서 주문했던 샤이 분나 스프리스가 홍차와 커피가 가장 깨끗하게 분리되어 있어 인상적이었다. 호텔에서 운영하는 수준 높은 커피숍의 경우 커피 머신을 사용하기 때문에 노상에 있는 누 분나 타투에서 우릴 때와 비교해도 만족스러운 비주얼을 가진 샤이 분나 스프리스를 만날 수 있지만, 한 잔의 샤이를 마시면서 가게 주인이나 다른 손님과 대화도 나누면서 시간을 보내는 것을 좋아하는 나에게는 모래 먼지가 춤추는 길거리에서 마시는 샤이가 더 맛있게 느껴졌다.

커피 세리머니 카리오몬

에티오피아에는 홍차를 우리거나 마실 때 정해진 규칙이 없는 반면, 정식으로 커피를 내릴 때는 '카리오몬'이라고 불리는 의식이 있다. 카리오몬이라는 명칭에는 '커피와 함께'라는 의미가 있는데, 나도 이 커피 세리머니를 체험해 보기로 했다. 이 의식은 평상시는 물론이고 지역 축제 등 에티오피아 국민들의 생활 속에 깊이 뿌리를 내리고 있다.

빌크 씨는 가정집 마당에서 카리오몬을 보여주는 집으로 나를 데려가 주었다. 대문을 열고 마당으로 들어간 순간, 풀어놓은 염소 열 마리와 닭 다섯 마리가 눈앞을 지나갔다. 한 여성이 카리오몬을 준비하는 동안 집주인이 나와 집 안을 안내해줬다. 헛간처럼 생긴 소박한 건물에 들어가 보니 대형 플라스

틱 용기가 3개 놓여 있고, 건물 안 어딘가에서 맡아 본 적이 있는 냄새가 났다. 그 향은 바로 한국의 막걸리 양조장에서 맡아본 향과 비슷했다. 주인이 용기 뚜껑을 열자 강렬한 발효향이 나서 나는 곧바로 뒤로 몸을 젖혔다. 주인은 "이것은 인제라 반죽을 발효시키는 통입니다."라고 웃으면서 설명했다. 인제라는 에티오피아인의 주식으로, 테프라고 불리는 곡물가루로 만들어 3일간 발효시킨 반죽을 얇게 크레페처럼 구워서 먹는다. 나는 이전에 케냐 나이로비와 도쿄에 있는 에티오피아 음식점에서 이 인제라를 맛본 적이 있었다. 세계의 어느 나라 음식도 가리지 않고 잘 먹는 나지만 이 인제라의 독특한 냄새와 신맛은 도무지 익숙해지지 않아 끝까지 먹을 수가 없었다. 주인은 내가 인제라에 관심이 있다고 생각했는지, 오늘 아침 구웠다는 수제 인제라를 나에게 가져왔다. 나는 마음을 비웠다. 그래서인가. 응? 의외로 괜찮다. 지금까지 내가 먹은 것보다 훨씬 먹기 편한 향과 맛이었다.

내가 인제라를 먹고 있던 그 시간, 마당에서는 유향을 피우기 시작했다. 이 타이밍에 간식으로 팝콘이 나왔다. 팝콘은 소금 간을 하지 않은 깔끔한 맛이었다. 커피콩을 깨끗이 씻은 후 철판 위에서 정성스럽게 볶는다. 그러자 커피의 향기로운 향기가 주변에 퍼졌다. 어느 정도 볶아 커피콩 색깔이 갈색으로 바뀌면 철판에서 내려 절구에 넣고 철제 봉으로 두드려 가루를 낸다. 보통 콩을 가루 낸다고 하면 절구를 사용하거나 믹서를 사용하는 경우가 많지만, 쇠봉을 이용해서 미세하게 빻아주는 것은 상당한 힘이 필요하다. 나도 한 번 해보았지만 철제 봉 자체가 너무 무겁고 커피콩에 이 봉이 전혀 부딪치지 않았다. 커피콩을 가루로 빻은 후 물과 커피 가루를 자바나에 넣고 숯불 위에서 끓여, 겉물을 조그마한 도자기 커피잔에 부으면 완성이다. 이 커피 맛은 한없이 진하고, 마치 커피 덩어리를 물에 녹인 것 같은 느낌이었는데, 평소 커피를 마실 때처럼 겉물을 마시는 것이 아니라 먼저 커피 향을 맡은 다음 조금씩 입속에 넣고 혀 위에서 맛을 음미하는 것이 이 커피를 즐기는 방법이라고 한다. 커피잔 크기가 매우 작아서 양이 부족하지 않을까 싶었지만 매우 농후한 풍미의 이 에티오피아 커피는 작은 잔으로도 충분히 즐길 수 있었다.

커피를 마시는 동안 나의 차 여행은 잠시 휴식이었다. 가끔 이처럼 다른 음료를 마셔보는 것도 또 다른 각도에서 차문화를 이해하는 데 도움이 되지 않을까 생각하면서 나는 그 진하고 진한 에티오피아 커피를 남김없이 마셨다.

Morocco

모래와 민트티의 나라

모로코

라사블랑카

모로코

모래와 민트티의 나라

　모로코라고 하면 뭐니 뭐니 해도 민트티다. 한국에서 민트티를 만날 수 있는 곳으로는 모로코 식당이나 외국인이 자주 이용하는 할랄 인정 식당 정도가 있다. 최근에는 티백으로 나온 민트티도 유통되지만, 많은 사람이 부담 없이 음용하기에는 아직 거리가 멀다.

　나는 이제까지 이슬람권 국가들을 방문할 때마다 은색 포트에 들어있는 민트티를 즐길 수 있는 식당이 아주 많다는 것을 알게 되었다. 사람들은 그것이 당연하다고 생각하고 있는 것처럼 보였지만 나에게는 신기한 일이었다. 이들 나라에는 왜 민트티를 마실 수 있는 곳이 그렇게나 많을까? 그들이 마시는 것은 분명 모로코식 민트티인데, 왜 모로코 아닌 다른 나라 사람들도 이처럼 자주 그 차를 마시는 것일까? 나는 해외에서 민트티를 마실 때마다 '여기는 모로코가 아닌데…' 하면서 뭔가 납득이 가지 않았다. 여러 번 마셔 본 적이 있는데도 나는 민트티에 대해 아는 것이 아무것도 없었다. 차나무에서 딴 찻잎으로 만들어지는 녹차나 발효차를 접할 기회는 많았지만, 허브티에는 큰 관심이 없었기 때문인지 나와는 조금 거리가 있는 음료라고 느끼고 있었다.

중국인보다 차 많이 마시는 사람들

어느 날, 집에서 차를 마시고 있는데 딸아이가 "엄마! 나, 모래놀이하고 싶어요."라고 했다. 최근 서울에서는 아이들이 놀 수 있는 모래밭이 설치된 놀이터를 찾아보기가 어렵다. 어딘가 모래밭이 있는 곳을 찾아보자고 생각하던 내게 갑자기 명안이 번쩍 떠올랐다.

"모래놀이를 한다면 제대로 놀 수 있는 장소에 데려가야겠다. 좋아, 모로코에 가자!"

나는 민트티를 마시고 딸은 사하라 사막에서 마음껏 놀면 된다. 나는 바로 출발 준비를 시작했다.

모로코 출발 전, 도대체 모로코에서는 얼마나 차가 소비되고 있는지 찾아보았다. 모로코의 차 소비량은 세계 13위, 내가 지금까지 방문한 나라 중 현지인들이 평소에 차를 많이 음용하고 있다고 느낀 케냐나 대만, 말레이시아보다

● **민트티** 이것이 모로코 스타일이다.

훨씬 많은 차가 소비되고 있다는 것을 알게 되었다. 정말 의외의 결과다. 놀랍게도 국민 1인당 차 소비량이 2.09kg으로 세계 4위, 이는 중국보다 많다. 이렇게나 많은 차가 소비되고 있는데 내게는 민트티의 인상이 너무 강해서 차 주요 소비국으로서 주목하지 못했던 것이다.

모로코는 세계적으로도 유수의 차 수입국이다. 모로코에 수입된 차는 대부분 재포장을 거쳐 제3국으로 수출되고 있으며, 일부가 국내 소비용으로 유통된다. 수출하려는 나라 사람들의 기호에 따라 허브를 혼합하는 경우도 많다. 특히 유럽인들이 선호하는 플레이버티^{Flavor Tea}(가향차) 생산이 활발하게 이루어지고 있다. 마라케시^{Marrakech}에 본사를 두고 있는 차 제조회사 SITI에서는 1,800명의 직원이 하루에 약 270만 개의 티백을 제조하고 있으며, 티백 상품, 잎차를 담은 캔 등 다양한 제품을 유럽, 중동을 중심으로 세계 55개국에 수출하고 있다.

강렬하고 달콤한 모로코 민트티

나는 먼저 모로코를 대표하는 현대 도시 카사블랑카^{Casablanca} 시내로 향했다. 버스 창문 너머로 보이는 풍경은 모로코를 방문하기 전에 머물던 스페인과 별 차이가 없다. 여기는 분명히 아프리카 대륙인데, 일반적인 아프리카 대륙의 이미지와 달리 완전히 유럽에 있는 것 같은 느낌이다.

버스에서 내린 나는 우선 민트티를 마실 수 있는 카페를 찾았다. 카페는 아주 쉽게 찾을 수 있었고, 어느 카페든 가게 안의 좌석과 함께 야외에도 의자와 테이블을 설치하고 있었다. 어느 카페에 들어가볼까? 큰길에 접하고 있는 카페가 몇 개 보이는데, 이상하게도 카페 앞에 놓여 있는 야외석 의자가 모두 도로 쪽을 향해 놓여 있다. 손님들 역시 예외 없이 도로 쪽을 향한 채 지나가는 자동차나 통행인을 가만히 구경하면서 앉아 있다. 나는 카페 내부를 보고 싶었는데, 야외석에 앉아 그러기는 쉽지 않아 보였다.

● **모로코의 카페** 야외석 의자가 모두 도로 쪽을 향해 놓여있다는 점이 특이하다.

　일단 손님이 많아 보이는 카페를 선택해서 입구로 다가갔다. 안에는 대여섯 명의 남자 손님들이 밖을 바라보며 민트티를 마시고 있었는데, 내가 카페에 들어서니 일제히 나를 쳐다보았다. 입구 바로 옆의 의자에 앉아 있던 남성과 눈이 마주쳤는데 그는 나를 보고 살짝 웃었다. 다행히 무서운 분위기의 카페가 아닌 것 같다.

　안으로 들어가자 양복에 넥타이를 매고 자수가 들어간 모자를 쓴 주인이 나를 맞이해주었다. 나이는 많지만 단정한 복장에 허리를 꼿꼿이 펴고 걸어다니는 모습이 유럽의 고급 레스토랑 웨이터 못지않았다. 아직 모로코에 도착한 지 얼마 안 된 나는 먼저 온 다른 손님들과 함께 야외석에 같이 앉을 용기가 없었다. 일단 실내 좌석에 앉아 카페 모습을 관찰하기로 했다. 나는 포트에 들어간 민트티를 주문했는데, 가격은 7디르함(MAD, 약 920원)이었다. 함

● 찻집 주인과 모로코 민트티

께 있던 딸의 것도 주문을 해야 하는데 우선 내가 주문한 민트티가 딸의 입맛에 맞는지 알아보기로 했다.

잠시 후 주인이 쟁반 위에 민트티를 담은 은색 티팟과 잔받침 위에 올려진 유리컵을 가져왔다. 잔받침 위에는 평소 내가 보던 것보다 2배 이상 큰 각설탕 2개가 올려져 있었다. 주인은 티팟에 들어간 민트티를 유리잔에 부었다. 30cm 정도 높이에서 민트티를 유리잔에 부으니 졸졸졸 기분 좋은 소리가 나고, 유리잔 안에는 크고 작은 거품이 생겼다.

주인이 테이블에 두고 간 티팟을 열어보니 생 민트 잎이 듬뿍 들어 있다. 숟가락으로 민트 잎을 구석으로 밀고 자세히 보니 티팟 바닥에 찻잎이 보였다.

'이것은 틀림없이 녹차다. 모로코 민트티는 민트만 사용하는 것이 아니라 녹차와 함께 우리는 것이구나!'

이 방법으로 민트티를 음용한다면 민트티를 많이 음용할수록 자동으로 차 소비량도 많아진다. 나는 잔뜩 기대하며 한 입 마셔보았다. '뭐야, 이거!' 무심코 토해버릴 정도로 강렬한 쓴맛이다. 내가 마셔본 적이 있는 민트티가 아니다. 놀란 마음에 잠시 한동안 멍하게 있다가, 잔받침 위에 있는 각설탕을 넣지 않았다는 것을 깨달았다. '이 작은 유리잔에 이렇게 큰 각설탕을 넣는다고?' 조심스레 각설탕을 유리잔에 넣고 잘 저어 마셔보니 마침내 내가 알던 달콤하고 상쾌한 민트티 맛이 났다. 설탕 맛이 강하고 달콤해서 딸에게도 주었다. 지금까지 녹차나 홍차를 많이 마셔본 딸이지만, 다섯 살 꼬마가 민트 특유의 맛과 향기를 좋아하기는 어려웠다. 딸아이는 그때 이후 민트티를 절대로 마시지 않는다.

민트티 만들기

숙소에 도착하자 주인이 응접실에 있는 소파로 먼저 안내했다.

"먼 길 오시느라 고생 많으셨습니다. 방에 들어가기 전에 먼저 차를 마시면서 한숨 쉬세요."

주인은 차를 우리러 주방에 들어갔는데, 잠시 후 그가 가져온 것은 역시나 민트티였다. 높은 위치에서 티팟을 들고 민트티를 쟁반 위에 놓인 유리잔 속에 부었다. 주인은 말했다.

"지금 생민트가 다 떨어져서 오늘은 건조 민트로 만들었습니다."

유리잔 안을 들여다보니 찻물 속에 미세한 민트잎이 춤추고 있었다. 나는 함께 나온 각설탕을 넣은 후 조금씩 마시기 시작했다. 숙소에 오기 전에 생민트를 사용한 민트티를 마셨기 때문인지, 건조 민트로 만든 민트티의 향기는 은은하면서도 다소 싱겁게 느껴졌다.

이튿날 아침, 나는 아침식사를 마친 후 주인에게 민트티 만드는 방법을 가르쳐달라고 부탁했다. 주인은 "어제처럼 건조 민트밖에 없지만, 그래도 괜찮다면 보여드릴게요."라며 허락해주었다.

먼저 은빛 티팟 속에 녹차를 3숟가락 넣는다. 주인은 작은 상자에 들어있는 우리기 전의 녹차를 나에게 보여주었다. 중국에서 흔히 볼 수 있는 건파우더 Gunpowder라고 불리는 덖음차로, 중국에서는 평수주차平水珠茶라고 부르는 차다. 영어 별명 건파우더는 '화약'이라는 의미로, 둥글고 작은 화약처럼 생긴 것이 이 녹차의 특징이다. 녹차는 마트에 가면 쉽게 구할 수 있다고 한다.

녹차가 들어간 티팟에 뜨거운 물을 부어 가스레인지에 올리는데, 녹차가 들어간 티팟은 마치 마그마처럼 펄펄 끓는다. 일반적으로 녹차를 우릴 때는 미지근한 물을 사용하는데, 녹차를 불에 올리고 완전히 끓이는 모습을 보는 것이 처음이라 정말 놀랐다.

2분 정도 끓여 녹차가 잘 우러난 뒤 티팟을 가스레인지에서 내리고, 티팟 안에 민트잎과 각설탕 2개를 넣는다. 주인은 민트티를 티팟에서 유리잔으로 부은 다음, 티팟 뚜껑을 열고 유리잔에 든 민트티를 다시 티팟으로 돌려 부었다. 이 동작을 3번 정도 반복한다. 이렇게 하면 티팟 안의 모든 재료가 잘 섞인다고 한다.

나는 주인에게 "평소 하루에 몇 번 민트티를 마셔요?"라고 물어보았다.

"모로코에는 '구떼'라는 티 타임이 있어요. 요즘에는 도시에서 일하는 사람들도 많아지고 구떼 시간을 갖지 않는 사람들도 많아졌지만 점심을 먹은 후 오후 4시가 지나면 민트티를 마시면서 '그리바'라는 쿠키나 바그리르를 먹기도 합니다."

구떼라고 하니 프랑스의 티타임인 '구떼Goûter'가 떠올랐다. 모로코는 1907년에 프랑스의 군사적 침공을 받아 이후 식민지가 되었다. 분명 모로코의 구떼는 프랑스 식민지 시대의 흔적일 것이다.

"오늘 조식으로 드린 팬케이크가 바로 바그리르입니다. 바그리르는 아침식사 때도 흔히 먹지만, 구떼 시간에도 꿀을 바르거나 설탕을 뿌려 민트티와 함께 먹는 경우가 많아요."

주인은 방금 만든 민트티를 응접실 소파 앞으로 가져와서 나에게 내주었다.

"외출하시기 전에 드시고 가세요."

민트티를 마신 후, 나는 숙소 주인이 가르쳐 준 대형마트에 가서 차 판매 현황을 알아보기로 했다. 큰 쇼핑센터 안에 있는 마트는 가족 단위로 보이는 사람들로 붐비고 있었다. 차 진열장은 바로 찾을 수 있었다. 엄청나게 다양한 종류의 차 상품이 진열되어 있는데 대부분이 녹차. 중국 녹차를 수입한 뒤 모로코에서 포장한 상품이 많았다. 그중에서도 모로코 최대 규모를 자랑한다는 술탄SULTAN사의 패키지가 눈에 띄었다. 숙소 주인이 이용하던 평수주차平水珠茶 외에 중국의 진미차珍眉茶라고 인쇄된 녹차도 많이 팔리고 있었다. 가격은 저렴한 편으로 250g에 7디르함(약 920원)이 보통이고, 비싼 것은 250g에 20디르함(약 2,630원)이었다. 소량이지만 해외 브랜드의 허브티 티백 상품도 볼 수 있었는데, 20개들이 티백 한 상자가 30~50디르함(약 3,940~6,570원)이었다. 1인당 녹차 소비량이 많아 일반 가정에서도 상당한 양의 녹차가 소비되고 있을 거라고 생각되지만 대용량 녹차 제품이 보이지 않는 것이 의외였다.

마라케시의 민트티 포장마차

카사블랑카에서는 모로코 최대 모스크인 하산 2세 모스크를 견학하고, 유엔 광장 북쪽에 위치한 전통시장 메디나를 걸으며 현지 사람들이 이용하는 채소가게나 과일가게, 해산물가게 등을 구경했다. 메디나에는 생민트만 전문으로 파는 상인도 몇 명 있었는데, 손님들은 양손으로 들어야 할 정도의 많은 민트 묶음을 구입해 가곤 했다.

나는 기차를 타고 카사블랑카에서 3시간 거리에 있는 마라케시로 갔다. 모로코 중앙부에 위치한 마라케시는 모로코를 방문하는 외국인이 반드시 방문하는 인기 관광 도시다. 구舊시가는 동서 2km, 남북 3km의 성벽으로 둘러싸여 있어 한때는 북아프리카 최대 이슬람 교역 도시로서 학문, 정치, 경제의 중심으로 번영을 자랑했다.

구시가 중심에 있는 자마 엘프나 광장에 가보았다. 셀 수 없을 정도로 많은 상점들이 있고, 수많은 관광객으로 붐비고 있다. 광장 앞에는 마차가 달리고 있고, 주변에는 길거리 연예인들이 다양한 퍼포먼스를 보여주면서 관광객들을 즐겁게 한다. 포장마차에서는 다양한 모로코 음식을 팔고 있는데, 외국인도 알아보기 쉽게 사진이나 영어로 표기된 메뉴가 붙어 있었다. 딸이 좋아하는 오렌지 주스 포장마차도 많았다. 가게 주인은 주문이 들어올 때마다 오렌지를 짜내 주스를 만들고 있었다. 나는 포장마차에서 구입한 오렌지 주스를 맛있게 마시고 있는 딸의 손을 잡고 광장을 산책하다가 눈에 띄게 존재감이 느껴지는 가게를 발견했다. 민트티 포장마차였다.

가게 앞에는 수많은 유리잔이 진열되어 있는데 그 속에는 넘칠 듯 잔뜩 넣은 생민트와, 큰 지우개 2배 정도 크기의 거대한 각설탕이 3개씩 담겨 있었다. 이 포장마차에서 사용하고 있는 유리잔은 400ml 정도가 들어가는 크기로, 만들어 놓은 민트티를 전부 마실 수 있을지 걱정이 될 정도였지만, 우선 나는 이 민트티를 한 잔 주문하기로 했다. 흰 조리복에 초록색 앞치마를 입은 주인은

● **차 파는 포장마차** 엄청나게 많은 민트가 준비되어 있다.

끝없이 밀려오는 주문에 쫓기고 있었지만, 내가 민트티를 만드는 주인의 모습을 바라보고 있었더니 그는 손짓해서 나를 가까이 불러 조리대 옆에서 볼 수 있게 해주었다.

가스레인지에는 15리터 정도 용량의 특대 사이즈 주전자 3개의 올려져 있는데, 그 안에서는 당연히 모두 녹차가 끓고 있었다. 주문이 들어오면 미리 준비한 민트와 설탕이 들어간 유리잔에 끓인 녹차를 붓는다. 오랜 시간 강불로 끓인 녹차는 진한 갈색을 띠고 있다. 미리 민트와 설탕을 세팅해둔 유리잔에 녹차를 붓고 완성될 때까지 걸리는 시간은 단 3~4초다. 이 포장마차의 주방에서는 주인을 포함해 3명이 일하고 있었는데 1명은 끓인 녹차를 유리잔에 붓는 작업, 1명은 손님이 마시고 난 유리잔을 씻는 작업, 마지막 1명은 씻은 유리잔에 생민트와 각설탕을 넣고 준비하는 작업을 하는 것으로 각각 역할 분담을 하고 있었다.

그들이 민트티를 만드는 모습은 마치 민트티 공장에 있는 기계를 보는 느낌이다. 주인은 내가 주문한 민트티를 건네주었는데 카페에서 마시는 민트티 3잔 정도는 될 듯 양이 어마어마하다. 신선한 민트의 향기가 강하면서도 민트양이 많고 각설탕의 단맛도 강해서 포만감이 있었다. 활기 넘치는 포장마차 분위기 속에서 무겁고 무거운 유리잔 속의 민트티를 배부르게 마시고 나니 만족스러웠다.

마지막 민트티 한 잔

며칠에 걸쳐 마라케시 시내를 산책한 후, 나는 모로코의 첫 이슬람왕조의 도시인 페즈Fes로 향했다. 페즈는 9세기에 만들어진 모로코의 고도古都로, 구시가 분위기는 마라케시와 비슷하다. 오래된 저택을 개조한 숙박 시설도 많아서 나 역시 그런 모로코 전통집에 한 번 머물고 싶었다. 구시가에 있는 메디나는 마치 미로처럼 샛길이 복잡하게 얽혀 있었고, 지도를 봐도 길을 헤매서 숙소를 찾는 데 꽤나 애를 먹었다.

마침내 도착한 숙소의 문을 열려고 했는데 낡은 건물의 대문이 너무 튼튼하고 무거워서 좀처럼 열리지 않았다. 겨우 열린 대문 안으로 들어가 방에 짐을 내려놓자마자 나는 밖으로 나와 메디나에 있는 가게를 탐색하기 시작했다. 길에 늘어선 상점들을 구경하면서 아무 생각 없이 샛길로 들어가봤더니, 마치 "기다리고 있었어요!"라며 나를 맞이해주는 것 같은, 인테리어가 아주 멋진 티샵이 나타났다.

이 티샵에서는 마라케시에서 만난 포장마차와 마찬가지로 티팟을 사용하지 않고 큰 유리잔에 민트티를 내주고 있었는데, 가게 앞에서는 민트티와 빵을 들고 나르는 남자 직원이 바쁘게 왔다갔다 하고 있었다. 마라케시에서 마신

● **오렌지 꽃이 들어간 민트티** 민트와 꽃이 선명한 색의 대비를 이룬다.

민트티와 별 차이가 없겠지 생각하면서 직원이 가지고 있던 민트티를 들여다보니, 유리잔 안에 무엇인가 하얀 물체가 보였다. 그게 뭘까 궁금해져 나는 티샵 안으로 들어가서 민트티 한 잔을 주문했다.

주인은 재빠르게 차를 우리기 시작했는데, 이 가게에서는 민트티 한 잔 정도 용량의 물이 들어가는, 손잡이 달린 금속 포트를 사용해서 차를 우렸다. 나는 이런 포트를 터키와 이집트 카페에서도 본 적이 있었다. 커피를 끓일 때 사용하는 이브릭^{Ibrik}이다. 이 가게에서는 커피도 팔아서 커피를 만들 때도 역시 이 도구를 사용했다.

주인은 이브릭 속에 사모바르로 끓인 뜨거운 물을 부어준 다음 녹차를 2순가락 넣었다. 그리고 가스레인지에 올려 강불로 1분 정도 펄펄 끓인다. 끓여내는 동안 유리잔에는 생민트가 넘칠 정도로, 줄기를 구부려가면서 넣는다. 이때 주인이 옆에 있던 접시 안의 흰 꽃봉오리 4개를 유리잔에 추가로 넣었다. 나는 곧바로 주인에게 그 꽃 이름을 물어보았다. 주인은 "오렌지 꽃"이라고 짧게 대답했다.

충분히 끓인 녹차는 거름망을 사용하여 유리잔에 붓는다. 가득 들어가 있던 민트가 녹차의 열로 순식간에 부드러워진다. 여기에 각설탕을 하나 넣으면 완성이다.

나는 야외 테이블에 앉아 오렌지 꽃이 들어간 민트티를 마셨다. 강한 민트 향이 코를 찔렀다. 오렌지 꽃 향기도 맡고 싶었는데 민트 향이 너무 강한 탓에 전혀 느낄 수 없었다. 그러나 민트티 속에서 일렁이는 순백의 오렌지 꽃은 민트의 선명한 초록색 사이에서 보석처럼 아름답게 빛나면서 시각적으로 뛰어난 존재감을 드러냈다. 평소와는 다른 티타임을 즐기게 해주고 싶다는 주인장의 배려가 느껴지는 민트티다. 내가 모로코에서 마신 민트티 중에서 가장 인상 깊은 한 잔이었다.

모로코에 있는 동안 매일 식사도 맛있게 잘 먹고, 말도 잘 들어준 딸을 위해 약속했던 대로 사하라 사막 모래놀이를 선물했다. 어디를 바라봐도 모래밖에 보이지 않는 광대한 사하라 사막 한가운데서, 온몸이 모래투성이가 되어 정신없이 모래놀이를 하는 딸아이를 보면서 마시는 민트티 또한 각별한 맛이었다.

Uganda

저 많은 찻잎은 다 어디로 갈까?

우간다

캄팔라

우간다

저 많은 찻잎은 다 어디로 갈까?

오늘 아침에도 작은딸의 '우엥!' 하는 울음소리가 숙소에 울려 퍼진다. 서둘러 뒷마당으로 나가보니 울고 있는 딸아이의 머리 위쪽 나무에서 열 마리 정도나 되는 원숭이들이 딸한테서 빼앗은 빵을 서로 먹으려고 싸움을 벌이고 있다.

이곳은 우간다 차 산지인 포트포털^{Fort Portal}, 사방이 아름다운 차밭으로 둘러싸인 숙소다. 아침이라 차나무 위에 낮게 안개가 끼고 환상적인 모습이 연출된다. 그러나 아침 식사가 끝난 무렵이면 안개는 완전히 없어지고 찻잎에는 아침이슬이 몇 방울 남아 있을 뿐이다.

우간다의 차 산업

포트포털은 여름과 겨울이 짧고 습도가 높은 지역이다. 온도는 연중 15~27도 정도로 매우 쾌적하다. 이 지역은 잘 정비된 넓은 포장도로가 캄팔라까지 이어져 있어 생산한 차를 케냐의 몽바사까지 수송하는 데 좋은 조건이다. 포트포털에서 제조된 수출용 홍차는 육로로 몽바사까지 운반되며 경매를 통해 해외로 수출된다. 포트포털에서 육로의 중계지인 캄팔라까지는 5시간에서 8시간 정도 걸리는데, 그 길은 마치 사파리를 하고 있는 것 같았다. 개코원숭이가 도로의 한구석에 앉아 자동차가 지나가는 것을 방해하거나 얼룩말 무리가

도로를 느긋하게 건너간다. 이 길을 지나고 나면 한동안 동물원에 갈 필요가 없을 정도다.

우간다의 차 재배 면적은 3만 8,000헥타르^{ha}로 연간 생산되는 차는 5만 6,000톤이다. 이는 아프리카 대륙에서 케냐에 이어 두 번째로 많은 양이다. 제조되는 차의 종류는 CTC 홍차가 대부분이다. 자국에서 제조된 차의 95%는 수출용이고 나머지 5%가 내수용이다. 수출된 우간다의 차는 수입국에서 타국 산 차와 혼합하여 제품화되기 때문에 생산량이 많아도 평소 우간다 차를 보기는 어려운 것이 특징이다.

나는 이 지역에서도 대규모 제다공장 중 하나인 이가라(Igara) 제다공장을 방문했다. 이 공장에 찻잎을 공급하는 차밭은 평균 해발 1,768m에 위치하고 있다. 연간 생산량은 3,700만kg으로, 총 7개의 계약 농원에는 직원 7,000명이 종사하고 있다. 공장 내에는 225명이 근무하고 있는데, 종업원의 임금은 일당 5,800실링^{USh}(약 2,070원)이다. 이 공장은 생엽 750kg에서 1,000kg 정도가 들어가는 위조조萎凋槽를 86레인 보유하고 있으며, 반입된 생엽은 35도 이하에서 약 12~16시간 시들리기를 한다. 다음으로 8인치, 10인치 롤러가 있는 인도제 로터베인으로 찻잎을 분쇄한 후 발효 과정으로 옮긴다. 발효는 우선 인도제 발효기를 사용해 34~35도 정도에서 약 1시간 45분 발효시키고, 나머지 시간은 발효기에서 꺼내어 뭉친 찻잎을 풀어주면서 발효 상태를 미세하게 조정한다. 발효기에서 꺼낸 찻잎 온도는 28도 정도지만 여기서 서서히 온도를 낮추어 가면서 발효 속도를 떨어뜨려, 최종적으로는 21~22도에서 발효가 완료된다. 건조는 20~30분 동안 진행하여 찻잎 수분량을 69%에서 3%로 낮춘다. 건조기 온도는 140~150도 정도부터 서서히 온도를 낮추고, 마지막은 80~90도 정도로 한다.

완성된 홍차는 등급별로 프리미엄 등급(1등급)과 세컨드 등급(2등급)으로 나눈다. 1등급은 BP1, PF1, PD, D1의 4종류, 2등급은 BP, F, PF2, D, D2,

BMF의 6종이다. 이들은 대량포장인 벌크로 포장하는데, 1등급은 알루미늄으로 포장하고 2등급은 비닐로 포장한다.

공장 주위에는 광대한 차밭이 펼쳐져 있다. 곳곳에는 식물 줄기를 짜서 만든 큰 차 바구니를 든 남녀 10여 명이 묵묵히 차를 따고 있다. 차밭 주인이 내게 설명을 해주었다.

"실은 차를 따는 사람들은 우간다인이 아니라 르완다에서 건너온 노동자입니다."

포트포털에서 차를 따는 노동자는 우간다인이 약 65%, 르완다인이 약 35%라고 한다. 르완다는 우간다보다 생활 수준이 더 낮기 때문에 르완다인들은 힘든 작업도 마다하지 않는 편이라고 한다.

차밭에서는 1년 내내 수확이 가능하며, 약 2주 간격으로 찻잎을 따고 있다. 손으로 따는 경우가 전체의 80%, 가위를 사용하는 경우가 20% 정도라고 한다. 평지에 광대한 차밭이 펼쳐져 있지만, 적채 기계는 아직 도입되지 않았다. 기계를 사용하지 않는 이유는 노동자의 임금이 낮고 숫자도 충분하기 때문이다. 대규모 제다공장이 소유한 차밭의 경우 차 가위는 차밭 주인이 노동자에게 제공한다고 한다. 손으로 따는 경우 1인당 하루 40~50kg을 수확할 수 있고, 차 가위의 경우 70~80kg의 생엽을 수확할 수 있다고 한다.

수확한 생엽은 차밭 근처에 있는 집적장에 옮긴다. 그 자리에서 찻잎 무게를 달고, 노동자는 생엽 양에 따라 일당을 받는데, 하루 평균 6,000~8,000실링(약 2,140~2,860원)을 받을 수 있다고 한다.

우간다 초등학교의 마자니 타임

이 공장뿐만 아니라 우간다의 대규모 차밭은 보통 에스테이트[estate] 식으로, 차밭 안에 학교나 병원, 교회, 차밭 종사자의 주거지 등 생활에 필요한 시설이

모두 갖추어져 있다. 공장 안내를 해준 데이비드^{David} 씨가 나에게 제안했다.

"이 에스테이트 안에 차밭 종사자 아이들이 다니는 초등학교가 있는데 한 번 방문해 볼래요?"

나는 설레는 마음으로 좋다고 대답했다. 지금까지 다양한 나라의 차밭 에스테이트에 방문했지만, 실제로 그들의 초등학교에 가보는 것은 처음이었다. 그리고 무엇보다 딸들에게 우간다 초등학교의 모습을 보여줄 수 있는 귀한 기회가 주어진 것이었다.

차를 타고 모래바람을 일으키며 차밭의 비포장도로를 잠시 달려가니 'KYAMUHUNGA CENTRAL DAY & BOARDING PRIMARY SCHOOL'이라는 간판이 걸린 대문이 보인다. 안으로 들어가자 교실 곳곳에서 아이들의 밝은 목소리가 들려왔다. 교장선생님이 한 교실로 안내를 해주었다. 그 교실은 우연치 않게 큰딸과 같은 학년 아이들이 공부하는 방이었다. 한국의 초등학교와는 달리 아이들은 나무로 만들어진 긴 책상과 긴 의자에 서로 엉덩이를 붙이고 앉아 있었다. 그 모습이 너무 낯설어서인지 큰딸은 우리보다 몇 걸음 떨어져서 교실로 들어왔다. 아이들은 한 손에 플라스틱 컵을 들고 있었다. 교장선생님이 설명을 해주셨다.

"이 초등학교에서는 쉬는 시간에 티타임이 있습니다. 물론 여기서 마시는 홍차는 아이들의 부모가 만든 차입니다. 아이들은 정해진 시간이 되면 자신의 컵으로 홍차를 마셔요."

낯선 외국인이 교실에 들어왔기 때문인지 아이들은 조금 긴장한 표정으로 홍차를 조금씩 마시고 있었다. 몇 명의 소년이 자신이 홍차를 마시던 컵을 가리키며 "마자니, 마자니"라고 말했다. 교장선생님에게 어떤 의미인지 물었더니 '마자니^{majani}'는 우간다에서 차를 가리키는 말이라고 한다. 자신이 마시는 것이 홍차라고 가르쳐주고 있었던 것이다. 아이들이 마시는 차는 설탕이나 우유가 들어가지 않은 홍차였다. 초등학생인 딸은 놀란 표정으로 이렇게 말했다.

"초등학교에 티타임이 있고 친구들과 함께 홍차를 마신다니, 정말 부러워.

•**마자니 타임** 이가라 제다 공장에서 운영하는 초등학교에서 쉬는 시간에 갖는 티타임을 말한다.

우리 초등학교에서는 매일 물통 속 물만 마시니까 정말 질린다."

티타임이 끝나자 아이들이 교실 밖으로 나가서 놀기 시작했다. 어느새 내 딸들도 같이 어울려 즐겁게 놀고 있었다. 말이 전혀 통하지 않지만 아이들은 바로 사이좋게 놀 수 있다. 정말 신기하다.

교실을 견학한 후 교장선생님에게 아이들의 생활 환경에 대한 설명을 들었다. 학부모들은 보통 이른 아침부터 저녁 늦게까지 차밭에서 찻잎 따는 작업을 하는데, 차밭이 너무 넓어서 더러는 집에 돌아오지 못하고 차밭 인근에서 아예 숙식을 해결하는 경우도 있다고 한다. 이처럼 학부모들이 아이들을 돌보기 어렵기 때문에 학교에서는 학생들에게 아침, 점심, 저녁을 모두 제공하며, 집에서 부모가 돌봐줄 수 없는 아동을 위한 기숙사도 운영하고 있단다.

• **시들리기** 수확한 찻잎을 그늘에서 시들게 하고 있다.

　사실 이 학교 아이들의 학부모는 우간다 경제의 기반을 이루고 있다고 해도 과언이 아니다. 우간다에서 차는 국가를 대표하는 농산물이며 외화 획득을 위한 중요한 환금작물이기 때문이다. 1년 내내 홍차를 제조하는 우간다 차밭 에스테이트에 사는 아이들은 분명 내가 상상하는 이상으로 부모와 함께 보내는 시간이 적을 것이다. 아직 부모님 사랑이 많이 필요한 우간다의 어린 아이들. 나는 엄마로서 아이들과 많은 시간을 보낼 수 있다는 것에 감사해야 한다고 실감했다.

우간다 차 협회

나는 캄팔라로 이동하여 그 외각에 사는 에블린^{Evelyn}의 집에서 홈스테이를 했다. 이 집에는 우리 큰딸과 같은 나이의 여자아이와 초등학교 1학년인 남자아이가 있었다. 에블린과는 한국 출발 전부터 연락을 취하고 있었는데, 내가 "선물로 무엇을 가져가면 좋아요?"라고 물었더니, 그녀는 허브티를 마셔보고 싶다고 했다. 요즘 우간다의 상류계급 여성들 사이에서 수입산 허브티를 마시는 것이 유행인데 값이 비싸고 일반인은 구하기 어렵다고 한다. 내가 한국에서 판매하고 있는 허브티를 선물로 가지고 갔더니 에블린은 양손을 들어 기뻐했다.

"나도 드디어 귀족이 된 기분이야!"

그런데 에블린은 홍차를 마실 기색이 없었다. 이유를 물었더니 홍차는 언제나 마시는 것이 아니라 아침 식사 등에 가끔 마시는 정도라고 한다. 캄팔라 주변 도시에서는 우물물을 식수로 음용하는 경우가 많아 물을 한 번 끓일 때 찻잎을 넣고 홍차를 우릴 때가 있다고 한다. 홍차를 우릴 때 소나 염소 등의 젖을 넣는 일은 많지 않다. 반대로 도시에서 떨어진 농촌에서는 도시에 비해 물 확보가 더욱더 어렵기 때문에 물 대신 가축의 젖을 넣고 우리는 밀크티를 마시는 경우가 있다고 한다.

다음 날 아침, 에블린의 아들이 등교 전에 가벼운 아침 식사를 하고 있었다. 메뉴는 삶은 달걀과 머그잔의 바닥이 비쳐 보일 정도로 매우 연하게 우린 홍차였다. 짧은 아침 식사 시간을 마친 아들은 그녀가 운전하는 자동차를 타고 멀리 떨어진 초등학교까지 등교했다.

나는 에블린이 일하는 동안 캄팔라 시내에 있는 우간다 차 협회^{UTA}를 방문했다. 이 조직의 대표인 조지 씨가 "당신이 케냐가 아니라 우간다 차에 관심을 가져줘서 정말 기쁘다."라면서 나를 맞이해 주었다.

이 협회는 차 재배 농가, 제조공장, 수출업체를 상호 연결하여 자국내 차 산업을 옹호하고 의회에 차 산업 발전을 위한 건의를 하기도 하는 조직이다. 국가에 직접 제안을 할 수 있는 유일한 차 조직이기도 하다. 현재 우간다에는 32개 제다공장과 20개 제다업체가 있다고 한다.

조지 씨는 또 이렇게 말했다.

"우리나라처럼 차 산업이 여의치 않은 나라는 이웃 나라 케냐의 힘을 빌릴 수밖에 없어요. 차 재배 기술부터 제조, 판매에 이르기까지 케냐와의 관계가 좋지 않으면 차 산업을 유지하기가 어렵습니다. 빨리 우리만의 힘으로 차 산업을 발전시키고 싶다는 것이 제 소원입니다."

나는 조지 씨에게 꼭 물어보고 싶은 것이 있었다. 포트포털에서 광대한 차밭을 구경하고 대규모 에스테이트에서 제조되는 홍차를 보고 왔지만 우간다 사람들이 홍차를 마시는 모습을 보기가 힘들었다. 게다가 케냐에서는 손님이 오면 우선 홍차를 내어 대접하지만, 우간다에서는 어디를 방문해도 홍차가 나오지 않는다. 이에 대해 조지 씨는 우간다에서는 홍차가 자가소비용이 아니라 수출용이라는 인식이 강해서 자신들이 기호음료로 음용하면 안 된다고 생각하기 때문에 국내 소비는 그다지 중요시되지 않는다고 한다. 그렇다고 전혀 음용하지 않는 것이 아니라 레스토랑이나 사람이 많이 모이는 시장 등에서는 서민들이 홍차를 음용하는 모습을 만날 수 있다고 했다. 이 얘기에 시장에 가봐야겠다고 마음먹었다.

시장에서 만난 우간다식 티타임

나는 캄팔라를 대표하는 시장인 나카세로 마켓으로 향했다. 시장이 가까워질수록 사람이 점점 더 많아지고 활기찬 모습이 보이기 시작했다. 그 분위기는 다른 나라의 재래시장과 크게 다르지 않다. 시장에 거의 도착했다고 생각한 순간, 내 앞으로 한 여성이 휙 지나갔다. 너무 빨리 지나가서 그녀의 얼굴은 전혀 보지 못했다. 이번에는 내 뒤에서 다른 여성이 앞질렀다. 뒷모습을 보니 그 여자는 앞치마를 입고 손에는 컵이 올려진 쟁반을 들고 있었다. 혹시… 홍차를 배달하는 사람인가?

예상은 적중했다. 시장에 도착해보니 찻집을 열고 있는 여성들을 곳곳에서 발견할 수 있었다. 큰 나무상자를 거꾸로 엎어 놓고 테이블 대신 사용하고 있고, 상자 위에는 플라스틱 물통과 큰 대야가 몇 개, 그리고 플라스틱 컵이나 법랑 컵을 아무렇게나 놓아두고 있었다.

나는 그 모습을 보자마자 가게 주인에게 다가가 "마자니"라고 말하면서 한 잔 달라는 말을 몸짓으로 표현했다. 그러자 여자 주인이 차를 우리기 시작했다.

먼저 1회 분량으로 소포장된 홍차 찻잎을 머그잔에 넣고 설탕을 두 숟가락 넣은 뒤 물통 속의 뜨거운 물을 부었다. 자세히 보니 물은 투명한 색이 아니

었다. 가게 주인이 나에게 설명을 해주었지만, 말이 통하지 않았기 때문에 나는 그 뜨거운 물을 조금만 시음해보기로 했다. 생강을 우린 물이었다. 이 생강물을 머그잔에 부은 후 대야에 들어있던 생 민트를 2~3장 뜯어서 컵에 넣었다. 그다음 레몬그라스 잎을 하나 길게 자르고, 나비매듭처럼 빙글빙글 묶어준 뒤 컵에 넣었다. 이들을 잘 저어주면 완성이다. 차 한 잔에 1,000실링(약 357원)이다.

찻집 주위에는 시장 상인들 몇 명이 모여앉아 즐겁게 잡담을 하면서 차를 마시고 있었다. 그들은 나무 바구니 위에 앉아 있었는데, 바구니 안에는 그들이 판매하는 오렌지가 가득 들어 있다. 그들은 핑크색이나 빨간색, 초록색 등 매우 다채로운 색상의 플라스틱 머그잔에 담긴 홍차를 홀짝홀짝 마시면서 대화에 열중하고 있었다. 그들이 내게도 비어있는 나무 바구니를 가리키며 "여기에 앉아서 드세요."라고 권했다. 그들은 자기들이 홍차 마시는 모습을 사진으로 찍어달라고 부탁하기도 했다. 내가 몇 장 촬영해서 그들에게 보여주었더니 찻집 앞에 가득 쌓인 오렌지를 몇 개 손에 들고 내 옆에 있던 딸들에게 나누어 주었다. 그들 덕분에 우리 가족은 시장 상인들과 함께 차를 마시면서 오렌지를 먹는 우간다식 티타임을 즐길 수 있었다.

차를 마시는 동안 찻집에는 홍차 주문이 차례로 들어왔다. 그 자리에서 서서 마시는 손님이 있는가 하면, 주인이 우린 홍차를 배달하러 가기도 했다. 배달할 때는 작게 자른 비닐을 머그컵 위에 씌우거나 플라스틱제 마가린 뚜껑을 살짝 얹은 후, 혼잡한 시장 사람들 속으로 사라져 갔다. 그녀가 얹은 뚜껑은 배달 중에 홍차가 식지 않도록 하는 기능 외에 시장을 둘러싼 모래 먼지가 들어가지 않도록 하기 위함이었다.

우간다를 방문하기 전까지 우간다에서 많은 홍차가 만들어지고 있다는 것은 전혀 상상할 수 없었다. 그런데 실제로 현지에서 많은 사람들이 차 산업에

종사하고 있는 모습을 보고, 나라의 발전을 위해 차 산업을 일으키려는 사람들을 만난 것은 매우 신선한 경험이었다. 그리고 무엇보다 그러한 사람들의 인생 그 자체가 담긴 우간다 홍차를 현지 사람들과 함께 마시면서 즐거운 한때를 공유했던 시간은 아주 행복했다.

사치코의 세계 차 여행 ❷

초판 1쇄 발행 2024년 5월 30일

지 은 이   오사다 사치코 ⓒ 2024

펴 낸 이   김환기
펴 낸 곳   도서출판 이른아침
주   소   경기도 고양시 덕양구 삼원로 63 고양아크비즈 927호
전   화   031-908-7995
팩   스   070-4758-0887
등   록   2003년 9월 30일 제313-2003-00324호
이 메 일   booksorie@naver.com
ISBN 978-89-6745-158-5 (03810)

값 28,000원